오래된 백지

아동 · 청소년 이야기의
어제와 오늘

지은이

최배은 崔培垠 Choi, Bae-eun

아동·청소년 이야기콘텐츠 연구자. 숙명여대 대학원에서 「한국 근대 청소년소설의 형성과 이념 연구」로 문학박사학위를 받았다. 현재 숙명여대 한국어문학부 초빙교수로 재직 중이며, 부천스토리텔링아카데미 대표강사로 일하고 있다. 숙명여자대학교 한국어문화연구소 책임연구원, 세계아동청소년문학연구회 연구위원, 『방정환 연구』 편집위원, 어린이청소년SF연구공동체 플러스알파 연구원 등으로 활동하고 있다. 지은 책으로는 『한국 근대 청소년소설의 정치적 무의식』, 『문화산업 시대의 스토리텔링』(공저), 『항일문화운동가 신명균』(공저), 『재난 시대의 가족』(공저) 등이 있고, 번역한 책으로 『근대 한국 아동문학』(공역), 엮은 책으로 『한국 근대 청소년소설 선집』 1·2가 있다.

오래된 백지 아동·청소년 이야기의 어제와 오늘

초판인쇄 2023년 10월 15일 **초판발행** 2023년 10월 31일

지은이 최배은 **펴낸이** 박성모 **펴낸곳** 소명출판 **출판등록** 제1998-000017호

주소 서울시 서초구 사임당로14길 15 서광빌딩 2층

전화 02-585-7840 **팩스** 02-585-7848

전자우편 somyungbooks@daum.net **홈페이지** www.somyong.co.kr

값 21,000원

ISBN 979-11-5905-845-5 93810

방정환 06
총서

오래된 백지

아동 · 청소년 이야기의 어제와 오늘

THE OLD
'TABULA RASA'
YESTERDAY AND TODAY OF
KOREAN CHILDREN'S AND
YOUNG ADULT STORIES

최배은 지음

책을 내며

한국 근대문화사에서 아동·청소년은 오랫동안 '백지'로 비유되어왔다. '밀가루, 석판, 도화지, 빈칸'에 이르기까지 그 표현은 다양한 양상을 띠고 있지만, 백지처럼 무한한 가능성을 띤 존재라는 의미는 같다. 100여 년 전, 아동 애호를 위해 널리 전파시킨 그 이미지는 오늘날 아동·청소년을 억압하는 통념으로 작용하고 있다. 아동·청소년이 미래의 성공을 위해 현재의 안락을 포기하도록 종용하고, 아동·청소년의 진로를 어른들이 설계하고 만들어가려는 전횡도 그 '백지'의 논리로 합리화되고 있다. '오래된 백지'는 있는 그대로의 아동·청소년을 인정하기보다 아직 결정되지 않은 상황을 부각시키며 아동·청소년기에 대한 환상을 불러일으킨다.

아동·청소년이 공감할 수 있는 이야기를 찾기 위해 시작한 저자의 아동·청소년 이야기 연구에서 더 많이 만나고 잘 알게 된 것은 어른들의 아동·청소년에 대한 관념과 욕망이다. 그리고 그에 기반해 아동·청소년을 이해하고 교육하며, 곁에 있는 아동·청소년의 눈과 목소리는 외면하는 현실이다. 아동·청소년은 성장하는 존재이기에 언제나 현재이다. 어른들의 과거에 비추어 오늘날의 아동·청소년을 이해하기 어렵고, 지금의 아동·청소년은 미래에 어른으로 존재한다. 곧 아동·청소년을 잘 사랑하려면 우리 내면에 뿌리깊이 박힌 아동·청소년에 대한 이미지를 성찰하고, 현재의 아동·청소년을 자세히, 천천히 보면서 그들과 소통해야 한다. 이 책은 바로 그 노력의 결실이다. 일제강점기부터 해방 이후 한국전쟁과 분단을 거쳐 오늘날에 이르기까지 근 100여 년 동안 창작된 소설, 희곡, 역사 이야기, 만화, 애니메이션, TV 드라마, 웹툰 등 다양한 아동·청소년 이야기를 추적하고, 분석한 결과이다.

올해는 저자가 「한국 근대 청소년소설의 형성과 이념 연구」로 박사학위를 받고 본격적으로 아동·청소년 이야기를 연구해온 지 10년째 되는 해이다. 시기와 갈래를 확장하며 연구해오면서 저자는 늘 같은 어려움에 맞닥뜨렸다. 무슨 주제의 연구를 하든지 체계적인 선행 연구가 별로 없어서 개념과 범주를 정하고, 연구 방법을 모색하며 용어를 다듬어야 했다. 아동·청소년 이야기 작품들도 최근 것이 아니면 어딘가에 뿔뿔이 흩어져 있어서 묻혀 있는 자료들을 찾는 데 발품을 팔아야 했다. 『어린이』, 『신소년』 잡지를 펴낸 방정환, 신명균 등이 여러 방면에서 한국 근대 문학, 문화 발전에 헌신하며 뛰어난 아동·청소년 이야기 작품들을 남겼음에도 불구하고 한국 현대문학사에서 그들의 자취는 희미하다. 아동·청소년 이야기 연구는 소외 분야라서 잘 알려져 있지 않고, 그래서 또 소외되는 악순환을 반복하고 있다. 하지만 저자는 그 소외 영역을 탐구하며 문학사에 기록되지 않은 근대문학의 풍부한 자산을 발견할 수 있었고, 문학중심주의나 예술중심주의, 그리고 어른중심주의나 남성중심주의 등에 갇히지 않을 수 있었다. 또 오늘날 대중문화에서 관습적으로 재현되는 아동·청소년 이미지들이 어떻게 형성되고 지속되고 있는지 발견할 수 있었다. 한편 우리 사회의 많은 사람들이 '아동·청소년'과 '아동·청소년 이야기'에 대해 피상적으로 알고, 특정 시기의 편견과 고정관념에 머물러 있다는 사실을 확인할 수 있었다. 그래서 저자가 탐구하고 발견해온 결과를 보다 많은 사람들과 나누는 일이 아동·청소년 문화 발전에 도움이 되겠다는 생각에서 이 책을 기획하게 되었다.

이 책은 그동안 저자가 여러 학술지와 잡지, 기획도서에 발표한 논문과 평론들을 대중 교양서를 지향하며 다듬은 것이다. 한 손에 가볍게 들을 수 있도록 기획한 이 책이 나오기까지 많은 분들의 도움을 받았다. 다양한 시기와 갈래의 작품들을 만날 수 있도록 학문의 길을 열어주시고 함께 연구해온 많은 선생님들께 깊은 감사를 전한다. 특히 출판 과정에 많은 도움을 주신 방정환연구소 장정희 소장님, 소명출판 박성모 대표님을 비롯한 편집부 여러분께 진심으로 감사드린다.

2023년 10월

최배은

차례

그날의 아동·청소년은 해방되었을까?

2022년과 2023년은 한국 아동·청소년 역사에서 기념비적인 해이다. 2022년은 어린이날 제정 100주년, 2023년은 어린이 해방 선언 100주년을 맞이하는 해이기 때문이다. 어린이날은 오늘날에도 5월의 연휴와 함께 온 가족이 기억하는 날이지만, 1923년에 이루어진 '어린이 해방 선언'은 모르는 사람들이 많다. 천도교 소년회가 1922년 5월 1일을 어린이날로 제정하고, 우리나라 최초 소년단체연합인 소년운동협회가 1923년 5월 1일에 첫 어린이날 기념식을 개최하며 '어린이 해방 선언문'을 공표했다. 이 선언문은 1924년 국제연맹이 채택한 '어린이 권리 선언일명 제네바 선언' 보다 시기적으로, 또 내용적으로 앞서 있다. 그 전문은 다음과 같다.

> 一. 어린이를 재래의 윤리적 압박으로부터 해방하여 그들에게 대한 완전한 인격적 예우를 허하게 하라.
> 一. 어린이를 재래의 경제적 압박으로부터 해방하여 만 14세 이하의 그들에게 대한 무상 또는 유상의 노동을 폐하게 하라.
> 一. 어린이 그들이 고요히 배우고 즐거이 놀기에 족한 각양의 가정 또는 사회적 시설을 행하게 하라.

어린이 해방 선언문은 어린이를 재래의 윤리적, 경제적 압박으로부터 해방하고, 가정과 사회에서 즐겁게 배우고 놀 수 있는 환경을 갖춰야 함을 힘주어 말하고 있다. 그로부터 1세기가 지난 지금, 과연 아동·청소년은 완전한 인격적 예우를 받으며 재래의 여러 압박에서 해방되었을까? 이 질문에 아동·청소년은 물론이고 어른들조차 자신 있게 "그렇다"고 답할 수 없을 것이다. 물론 현대 아동들은 그때에 비해 장유유서 사상이나 부모에 대한 순종, 유아동 노동의 억압으로부터 자유로워졌다. 하지만 학업과 시험, 취업, 성공 등 다른 사람과의 경쟁 과업에 대한 압박이 100년 전에는 상상할 수 없을 정도로 심해졌다. 2019년 한국 청소년들이 작성하여 UN에 제출한 '한국아동보고서'는 한국 아동·청소년이 얼마나 비인간적인 환경에서 생활하는지 증언하고 있다.[1]

한국의 아동·청소년은 '어린이 해방 선언'을 한 지 100년이 넘은 때에도 여전히 해방되지 못하고 온전한 인격으로 대우받지 못하고 있다. 하지만 핵가족이 현대 가족의 지배적인 형태로 자리 잡고, 학력이 출세와 성공의 필수적 요건이 되어버린 한국 사회에서 이러한 문제제기조차 쉽지 않다. 과거와 달리, 자녀 교육을 가정의 중심 과업으로 삼는 일이 당연시되고, 아동·청소년을 압박하는 현실은 그들의 미래를 위해서라는 이유로 합리화되고 있기 때문이다. 아이러니하게도 100년 전 아동들이 그토록 다니기 원했던 학교는 오늘날 그들을 가두고 감시하는 수용소요, 긴 교육과정은 성인이 되기 위해 어쩔 수 없이 감수해야 하는 고행으로 여겨지고 있다. 이렇듯 과거에 불가능했던 교육 기회를 부여한다고 해서 아동·청소년이 해방되는 건 아니다. 아무리 몸에 좋은 음식이라도 원하지 않는 사람에게 강제로 먹인다면, 그 행위는 친절이 아니라 폭력이다. 그동안 우리 사회에서 아동·청소년을 위한다는 명분으로 얼마나 다양한 폭력이 행해져 왔는가.

100년 전, 아동 해방에 눈 뜬 선각자들은 아동을 '미래'로 발견하였다.

지금에 이르기까지 그 믿음은 견고하다. 아동이 미래의 국가를 책임질 '제2의 국민'이기에 소중하게 여기며 잘 길러야 한다고 외쳤던 선각자들의 주장은 오늘날 상식이 되었다. 더불어 아동에 대한 선명하고 견고한 이미지가 형성되었다. 바로 '백지'이다. 17세기 후반 영국의 경험철학자 존 로크가 경험의 중요성을 강조하기 위해 사용했던 '타불라라사빈 석판'가 근대에 발견된 아동상에 심대한 영향을 끼친 것이다. 인간이 태어날 때에는 정신마음이 빈 지면과 같다는 로크의 주장은 이후 학술적으로 반론이 제기되고 보완되었지만, 한국에서는 100년 전부터 별 문제제기 없이 아동의 특성으로 수용되고 활용되었다.

백지는 그 가능성과 개방성에서 알 수 있듯이, 누가 무엇을 채우느냐에 따라 질적 차이가 생긴다. 의미 없는 낙서투성이 종이는 쓰레기통으로 던져지지만, 화가의 작품이 그려진 도화지는 전시관에 걸린다. 우리 사회가 아동·청소년이 자기 삶의 온전한 주체로서 스스로를 채울 수 있는 곳이었다면 이러한 논의는 불필요했을 것이다. 하지만 아동·청소년을 미래로 발견한 그때부터 오늘에 이르기까지 아동·청소년이라는 백지에 무엇을 넣을지 설계하고 제도를 만들어 아동·청소년의 삶을 규율한 주체는 어른이다. 근대 사회의 어른은 아동을 어떻게 양육하고 교육하느냐에 따라, 즉 아동이란 백지에 무슨 그림을 그리느냐에 따라 아동의 미래뿐 아니라 한 국가의 운명이 좌우된다고 보았다. 아동·청소년은 식민지시대에 민족의 독립과 사회주의 혁명의 일꾼으로, 해방과 한국전쟁 이후 분단된 조국에선 남북을 막론하고 새 조국 건설과 전후 재건 사업의 기수로 그려졌다. 어른들은 마치 삶에 정답이 있고, 그 답을 이미 알고 있다는 듯, 아동·청소년이 나아갈 이상적인 방향을 정해두고 아동·청소년을 그 길로 이끌기 위해 노력했다. 아동·청소년 이야기는 바로 그 효과적인 수단으로 탄생했다.

시대를 풍미했던 이념들이 더 이상 앞날을 비추어주지 못하는 오늘날에도 어른들은 여전히 아동·청소년의 이상향을 그리고, 그들이 행복하게 살 수 있는 길을 제시하며 그 실현을 위해 온갖 지원을 아끼지 않는다. 100년 전부터 오늘날에 이르기까지 우리는 아동·청소년을 어른들의 눈과 목소리로 이해하고 있다. 그 결과 우리는 아동·청소년을 잘 모른다. 그럼에도 어른들은 왜 아동·청소년을 잘 알고 있다고 확신할까? 우리는 왜 아동·청소년의 삶과 문제, 미래에 대해 그들보다 어른들의 목소리를 더 신뢰할까? 어른들은 어떻게 아동·청소년의 인성이나 미래를 자기가 의도한 대로 만들 수 있다고 여길까? 이러한 현상이 비단 어른과 아동 청소년의 관계에서만 나타나는 건 아니다. 유색인종과 백인종, 여성과 남성, 비장애인과 장애인 등의 관계에서도 쉽게 발견할 수 있다. 하지만 다른 관계와 달리, 현대 사회에서 아동·청소년과 어른의 관계는 그 힘의 본질이 은폐되어 있다. 그 관계는 모든 나라, 인종, 성별 안에 내재되어 있으며 무엇보다 아동·청소년은 어른에게 동일시 대상이기 때문이다.

이런 관점에서 아동·청소년 이야기는 어른들이 아동·청소년을 매개로 그들 자신의 결핍, 욕망, 가치관을 드러낸 이야기라고 할 수 있다. 다시 말해, 아동·청소년 이야기에는 당대 사회의 아동·청소년에 대한 관념 및 그들에 대한 어른들의 희망뿐 아니라 아동·청소년이라는 사회적 약자를 둘러싼 갈등과 그 약자의 상징으로 제기하는 다른 사회적 약자의 문제가 담겨 있다. 이 책은 100년 전부터 오늘날에 이르는 아동·청소년 이야기에서 바로 그 현상을 발견하고 연구해온 결과이다.

제1장에서는 한국 아동·청소년 이야기가 형성된 일제강점기의 작품들을 살펴보았다. 당대 아동·청소년 이야기는 세계아동애호운동의 영향

아래 민족독립운동의 성격을 띤 소년문예운동의 과정에서 형성되었다. 그래서 이념성과 계몽성이 강하지만 아동·청소년의 수준과 정서에 맞는 이야기 작품을 창작하기 위한 다양한 시도가 있었다. 「근대 청소년소설의 '직업소년'」과 「'소녀소설'의 '소녀'」는 해당 시기에 창작된 청소년소설의 소년, 소녀 인물에 대한 고찰이다. 소설 속 인물의 성격을 분석하고, 그러한 인물이 창조된 원인을 소설 밖 현실의 소년, 소녀 담론을 고려하여 고찰하였다. 「차상찬 '어린이 역사 이야기'의 담화 방식」은 그동안 문학 중심의 연구 풍토 때문에 주목받지 못했던 정보적, 실용적 이야기에 대한 고찰이다. 풍토지리지 및 사담史談을 많이 썼던 차상찬의 '어린이 역사 이야기'를 애국계몽기 역사전기류 문학의 전통을 고려하여 연구하였다. 소년문예운동은 청년 지도자들의 '소년회' 조직과 활성화를 위해 이루어졌기에 그 작품들은 오늘날처럼 개인적 독서 감상에 그치지 않고 동화 낭독이나 연극 발표와 같은 공연물로 활용되었다. 그 과정에서 근대 아동극이 교육극 성격을 띠고 생겨났다. 「근대 아동극의 희극적 요소」는 『어린이』에 게재된 아동극 극본에서 웃음을 일으키는 요소를 분석하여 그 풍자성과 해학성을 밝힌 글이다.

제2장에서는 해방 이후에 창작된 아동·청소년 이야기를 사회학적 상상력에 주목하여 살펴보았다. 해방 이후 아동·청소년 이야기는 SF, 그림책, 동화, 청소년소설 등 갈래와 매체가 다채로워졌으나 일제강점기부터 지배적이었던 리얼리즘 경향이 지속되고 있다. 다시 말해 개인의 삶을 사회문화적 맥락에서 통찰하는 사회학적 상상력은 한국 아동·청소년 이야기의 토대이다. 「청소년소설의 장르 융합과 사회학적 상상력」은 최영희의 소설 「묽은 것」과 『칡』을 분석하며 다른 장르를 융합시키는 사회학적 상상력에 대해 고찰한 것이다. 「가부장의 붕괴, 집을 벗어나는 엄마와 아

이들」은 2000년대 이후, 동화와 청소년소설에 나타난 가부장 중심의 가족 구조의 변화를 탐구하며 그 의의와 한계를 논한 것이다. 「페미니즘 리부트 이후의 아동·청소년 이야기」는 한국에서 미투운동이 거세게 일어나며 페미니즘이 사회적으로 부각된 2017년 이후의 동화, 그림책, 청소년소설을 페미니즘 시각으로 비평한 것이다. 「아동·청소년 과학소설에 나타난 공포」는 1950년대부터 1970년대에 창작된 아동·청소년 SF의 공포 상황을 사회적 억압과 관련지어 해석한 비평이다. 「아동·청소년 과학소설의 디스토피아」는 2000년대 이후의 아동·청소년 SF가 주로 디스토피아 서사임에 주목하여 그 양상을 분석하고 원인을 탐색한 것이다.

제3장에서는 아동·청소년 이야기의 상업적, 실용적 측면에 주목하여 그 스토리텔링 방식을 분석하고 비평했다. 문화산업시대에 이야기 콘텐츠는 서로 다른 갈래와 매체로 활발히 전용轉用되며 그 성공적인 방식에 대한 관심이 늘고 있다. 「만화 『마법천자문』의 전용轉用 전략」은 한국에서 가장 성공한 에듀테인먼트 콘텐츠인 '마법천자문'에 주목하여 만화의 성공 비결을 분석하고, 애니메이션과 TV 드라마로의 전용 전략을 비판적으로 검토한 것이다. 아동·청소년 이야기는 인간의 보편적 정서와 무의식을 자극하여 문학치료 수단으로 널리 활용되고 있다. 박경리는 장편 역사소설 『토지』의 작가로 널리 알려졌지만, 1950년대와 1960년대에 동화와 청소년소설을 아동·청소년 잡지에 연재하였다. 「박경리 동화·청소년소설의 '분리불안' 플롯」은 박경리의 동화 「돌아온 고양이」와 「은하수」, 청소년소설 「솔바람」과 「추억」을 문학치료적 관점에서 고찰한 것이다. 2010년대 이후 웹툰은 한국의 대표적인 이야기 콘텐츠로 자리 잡으며 아동·청소년에게 큰 인기를 끌고 있다. 하지만 아직 그에 대한 비평적, 학술적 관심은 미온적이다. 다음 두 편의 글은 그러한 문제의식에

서 기획되었다. 「청소년 웹툰의 현황과 정서적 기능」은 최근 네이버 플랫폼에서 서비스하는 청소년 주인공 웹툰의 현황을 조사하고, 청소년 폭력 서사인 맹물의 〈깁스맨〉과 이언의 〈그날 죽은 나는〉을 비평하며 그 정서적 기능을 고찰한 것이다. 「'아이나무툰' 웹툰의 젠더 형상화」는 한국 유일의 아동전문 웹툰 플랫폼을 표방하는 '아이나무툰'을 조사하고, 당시에 인기를 끈 웹툰 다섯 편을 페미니즘 시각에서 젠더 형상화 방식을 중심으로 비평한 것이다.

오늘은 어제의 미래이자, 내일의 과거이다. 그래서 미래의 목표를 위해 오늘의 행복을 소홀히 하는 삶은 어리석다. 지금 자기 행복을 소중히 하지 않으면 영원히 그런 삶을 모르고 미래의 덫에 빠질 위험이 있다. 인간은 과거로 돌아갈 수 없다. 그에 대한 어른들의 어떤 갈망과 안타까움이 아동·청소년을 '백지'로 만들어 무한한 가능성을 꿈꾸게 했는지도 모른다. 하지만 어른들의 그런 시각이 아동·청소년을 규율하는 여러 제도와 가치를 양산하며 억압하고, 그들이 마땅히 누려야 할 오늘의 자유와 즐거움을 미래로 지연시키고 있다.

어른들이 아동·청소년을 잘 사랑하려면, 아동·청소년을 알기 위해 노력해야 함과 동시에, 그들 자신의 아동·청소년에 대한 생각과 태도를 깊이 성찰할 필요가 있다. 이 책에 실린 글들은 바로 아동·청소년 이야기를 매개로 100년 전부터 오늘날에 이르는 어른들의 아동·청소년에 대한 의식적, 무의식적 시선을 성찰한 결과이다.

제1부

아동·청소년 이야기의 형성

제1장 ——— 근대 청소년소설의 '직업소년'

1. 들어가며

오늘날 '청소년'은 만 13세에서 18세 사이의, 아이에서 어른이 되어가는 존재를 의미하며 주로 학생이자 소비의 주체로 여겨진다. 학교에 다니지 않거나 돈을 버는 청소년도 있지만 특수한 경우로 치부되고, 청소년이라면 학교에 다니는 것을 당연하게 생각한다. 하지만 이러한 청소년에 대한 관념은 그것이 형성되던 일제강점기와는 큰 차이가 있다. 당시에는 '직업소년'[1]이라는 용어가 생길 정도로 학생보다 돈을 버는 청소년이 훨씬 많았다. 그때부터 아동과 청소년은 미래를 위해 학교에 다니며 배워야 한다는 의식이 형성되고 있었지만, 의무교육이 보장되지 않은 현실에서 대다수의 청소년은 학교 교육을 꾸준히 받기 어려웠다. 3·1운동 이후 교육열이 높아지면서 보통학교 입학률이 증가하지만,[2] 월사금을 마련하기 어려워 보통학교를 졸업하거나 상급학교로 진학하는 학생들은 소수에 그쳤다. 그러니 아동기에 학교를 다녔더라도 10대 중후반의 청소년기에는 학교를 떠나 집안의 농사일을 돕거나 직장에 다니는 경우가 많았다.

청소년소설은 주로 청소년을 독자로 삼고, 그들의 삶을 제재로 하여 창작되므로 당대 청소년의 신분이 반영된다. 일제강점기에 형성되어 당대 청소년 계층에게 널리 읽혔던 근대 청소년소설에선 현대와 달리 학생보다 직업소년이 많이 등장하는데 그 이유도 일차적으로 그러한 사회 현실의 반영으로 볼 수 있다. 하지만 소설은 현실의 단순한 반영이 아니라 작가와 독자의 가치관 및 욕망이 작용하여 이룩된 세계이고, 또 그렇게 형성된 '인간상'이 현실의 인간을 규율하는 이미지로 기능한다. 특히 근대 청소년소설의 작가들은 거의 소년운동 지도자로서 독자들과 사제 관계를 형성하며, 청소년에게 사회 모순과 이념을 교육하기 위한 방편으로 창작 활동을 했기 때문에 이러한 성격이 두드러진다. 즉 근대 청소년소설에 재현된 직업소년은 당시의 직업소년을 반영하는 동시에 작가의 의도와 욕망에 의해 형상화된 제3의 존재이다. 따라서 그에 대한 고찰은 오늘날과 다른 청소년의 존재 양식을 살피며 당대 청소년에게 부여된 사회적 과업[3]을 확인하고 그것이 청소년의 성장과 삶에 미친 영향을 추리해 볼 수 있게 한다.

이 글에선 근대 청소년소설에 재현된 직업소년의 양상과 그에 대한 서술 태도를 분석하여 당대 청소년소설 작가들이 제시한 청소년상의 모순과 한계에 대해 고찰하고자 한다. 그 대상은 일제강점기에 창작된 청소년소설 가운데 직업소년이 등장하는 소설로서 특히 그가 주인공이며 직업소년에 대한 양가적 시선이 분명히 드러나면서 근대 청소년소설을 대표할 수 있는 작품들이다. 즉 근대 대표적인 소년잡지 『어린이』, 『신소년』, 『별나라』, 『소년』 등에서 활발히 소년소설을 발표한 권환, 김영팔, 성경린, 최병화, 현덕 등의 작품과 1930년대의 기성문단에서 주목받고 있었던 박태원과 안회남의 작품들이다.

2. '직업소년'의 양상

'직업소년'은 오늘날에는 생소하게 들리지만 일제강점기의 신문, 잡지 등의 매체에서 쉽게 접할 수 있는 말이다. 그것은 '직업'과 '소년'의 합성어로 직업을 가진 소년을 일컫는다. '직업남성'이나 '직업청년'이란 말이 잘 쓰이지 않던 것으로 보아, 직업소년은 '직업여성'처럼 직업이 사회적 과업으로 부과되지 않던 계층이 직업을 가지게 되면서 생겨난 용어임을 알 수 있다. 직업은 생계를 유지하기 위해 일정한 보수를 받고 일정 기간 동안 계속하여 종사하는 일로서 대가가 주어지지 않거나 일회적인 일과 구분된다. 따라서 노동하는 청소년이 등장하더라도 노동의 성격이 부모를 보조하는 가사노동이나 봉사활동일 경우, 그를 직업소년이라고 볼 수 없다. 또 '소년'은 오늘날 남성만 가리키지만 일제강점기에는 남녀를 대표하는 의미로도 쓰였기에 직업소년의 범주에는 직업을 가진 남녀 청소년이 모두 포함된다.

이러한 기준으로 조사한 바에 의하면, 일제강점기 동안 창작된 청소년 소설 325편[4]에서 직업소년이 등장하는 소설은 약 141편[남 : 116편, 여 : 25편]으로 약 43%를 차지한다. 학생이 등장하는 소설은 약 93편으로 약 29%를 차지한다. 또 학생 등장 소설이더라도 월사금이 없어서 학교를 그만두는 과정을 그리며 이후 직업소년의 길로 나아가는 경우가 많으므로, 제재 면에선 위 비율보다 직업소년의 비중이 더 높다고 할 수 있다. 또 직업소년과 학생의 교집합을 형성하는 '고학생'이 등장하는 소설은 12편 정도[5]이다. 직업소년은 일제강점기 동안 꾸준히 등장하지만, 통시적으로 봤을 때 사회주의가 헤게모니를 장악했던 1920년대 후반부터 1930년대 초반까지의 시기에 집중적으로 등장하고 그 외의 시기엔 학생의 비중이 높은 편이다.[6]

직업소년들이 종사하는 직업은 직공인쇄, 제사, 방직, 철, 고무공장 등, 농부, 장수성냥, 신문, 비웃, 두부, 만주, 빵, 가마, 군밤 등, 점원우동가게, 서점, 잡화점, 의복가게 등, 급사신문사, 여관, 학교, 회사 등, 배달원우유, 신문, 그릇, 머슴, 식모아이보개, 나무꾼, 안내원승강기, 관광, 버스, 곡마단 묘기꾼, 광부, 석공, 어부, 봉투 붙이기, 폐지 수집 등의 주로 생산직과 서비스직이다. 그것을 작품에서 차지하는 비율에 따라 표로 제시하면 다음과 같다.

〈표 1〉

직업	직공	농부	장수	점원	급사	배달	머슴	식모	나무꾼	안내원	묘기꾼	광부	기타
비율	25.8	18.1	13.9	6.9	5.5	4.8	4.8	4.8	4.1	2.7	2.1	1.3	4.8

위에서 보는 것처럼 직업소년들이 종사하는 업종에서 공업, 농업, 상업의 비율이 높다. 그리고 '아이보개, 식모, 곡마단 묘기꾼, 승강기 안내원, 버스 안내원'은 주로 소녀들의 직업이고 나머지 직종에선 소년들의 비중이 크다. 또 '직공'은 청소년들이 선호하는 직업으로 제시되는 한편, '곡마단 묘기꾼'은 납치나 인신매매 등에 의한 노예적 직업으로 묘사된다. 이러한 통계를 볼 때, 소설 속 직업소년의 노동 양상은 당대 청소년의 노동 실태와 크게 다르지 않지만 약간의 차이가 있다.

아래의 〈표 2〉와 〈표 3〉은 1930년의 〈조선국세조사보고〉로부터 얻은 통계[7]로, 〈표 2〉는 전체 유업자에서 15~19세까지의 청소년이 업종별로 차지하는 비율을 정리한 것이고, 〈표 3〉은 각 업종에서 청소년이 차지하는 비율을 정리한 것이다.

〈표 2〉

업종	농업	수산업	광업	공업	상업	교통업	공무 및 자유업	가사 사용
비율	82.2	1	0.23	6.2	4.45	0.9	0.64	1.64

〈표 3〉

업종	농업	수산업	광업	공업	상업	교통업	공무 및 자유업	가사 사용
비율	14.5	11.1	9.1	14.4	10.7	11.7	4.8	18.4

〈표 2〉를 볼 때, 1930년대 청소년이 많이 종사했던 업종은 농업, 공업, 상업 순이었다는 것을 알 수 있고, 〈표 3〉을 통해서 당시 산업 활동에 청소년의 노동력이 무시할 수 없는 비중으로 쓰이고 있었음을 알 수 있다. 이러한 사실을 〈표 1〉과 비교해보면, 두 가지 다른 점을 발견할 수 있다.

먼저, 소설에서 차지하는 직종 비율은 공업, 농업, 상업 순인데 실제 비율은 농업, 공업, 상업 순이라는 점이다. 이러한 차이는 당시 청소년소설이 대개 도시를 배경으로 창작되었던 점과 사회주의 경향의 소설들이 계급모순의 폭로와 대안을 주로 '공장 노동'에서 찾았기 때문에 생겨난 것으로 보인다.

다음으로 〈표 3〉에 나타나 있듯이 업종별 청소년 비중이 가장 높은 직종은 '가사사용'인데 소설에서는 그에 해당되는 '머슴4.8'과 '식모4.8'를 합해도 농·공·상업의 비중에 못 미친다는 점이다. 이것은 근대 청소년소설에서 소녀 주인공의 비중이 낮은 것과 관련 있어 보인다. 가사노동은 주로 소녀들의 몫이었는데 '직업소년' 소설에서 소녀 주인공 비율은 17.7%뿐이니 전체 직종 비율에서 가사노동의 비중이 크지 않게 된 것이다.[8]

요컨대 근대 청소년소설에서 '직업소년' 서사는 당대 현실을 반영하는 한편, 작가들의 이념과 욕망에 의해 창조된 서사이다. 그러한 점은 인물의 사회적 특질[9]과 심리적 특질로도 드러난다. 소설에서 직업소년이 직업을 갖는 이유는 그의 사회적 특질 때문이다. 즉 그들은 소년소녀가장이고 빈곤소외계층으로서 생계를 위해 노동한다. 어려운 환경에서도 고학하며 자신이 번 돈을 상급학교 진학에 쓰는 경우도 있지만 그것은 앞의 통계에서 확인한 것처럼 드물다. 이러한 특질은 당대 불우한 처지에 있는 청소년의 현실을 반영한 것으로 볼 수 있다. 하지만 불우한 처지에 있으면서 개인적 욕망을 앞세우거나 불량행위를 하는 청소년은 소설의 주인공이 되지 않는다. 소설에 존재하는 직업소년은 예외 없이 자신의 처지가 어렵더라도 이타적 자세로 다른 이를 위해 희생하며 정직하고 부지런한 심리적 특질을 지니고 있다. 이러한 점은 당대 불량소년 관련 기사가 많은 점을 보더라도 현실과 거리가 있다.

3. '직업소년'에 대한 양가적 시선

'직업소년'은 근대 자본주의 사회의 이상과 모순을 단적으로 드러내는 존재이다. 근대의 성장주의와 개인주의에 기초한 생애주기 이론에 의하면, 미성년기는 어른과 나란히 직업 생활을 할 때가 아니라 다양한 지식과 체험을 쌓으며 인성을 계발하고 어른으로 독립하기 위한 준비를 할 때이다. 하지만 초기 자본주의 사회에서 이러한 이상적 과업은 부르주아 가정의 자녀들에게만 해당되는 것이었다. 사회적으로 의무교육이 보장되고 아동노동금지법이 제정되기 전까지 프롤레타리아 가정의 자녀들은 생계를 위해 자신의 노동력을 값싸게 팔아야 했다. 즉 '직업소년'에서 그 말을 구성하는 '직업'은 자아실현과는 거리가 먼 개념이며, '소년'의 이상적 과업과 배치되어 그 자체로 청소년의 열등한 사회적 지위와 불우한 환경을 표상한다. 이러한 '직업소년'은 근대 소년애호사상에 기반한 소년운동[10]의 취지에도 맞지 않는 것이다. 소년애호사상에 의하면 직업소년은 구제되고 보호받아야 할 대상으로서 벗어나야 할 신분이다. 그런데 현실적으로는 청소년들이 생계를 위해 그러한 직업을 구하지 않을 수 없었다. 그렇다면 이러한 사회적 모순에 대해 근대 청소년소설 작가들은 어떤 '상상적 해결'을 모색했을까?[11]

그것은 '직업소년'의 외부와 내면에서 그들을 대하는 바람직한 관점의 모색으로 이루어졌다. 즉 '어른들과 학생들은 직업소년을 어떤 존재로 보고 어떻게 대해야 하는가' 또 '직업소년 자신은 스스로를 어떻게 여기고, 어떠한 자세로 살아가야 하는가'에 대한 답을 찾으려 했다고 볼 수 있다.

직업소년이 등장하는 소설은 주로 직장, 가정, 내면에서 '직업소년'이라는 처지 때문에 갈등하는 이야기이고, '직업소년'을 대하는 인물이나 서술자 간의 상반된 태도를 부각시키며 주제를 강화한다. 따라서 의미를 형성하는 공간인 직장, 가정, 내면에서 인물과 서술자의 직업소년에 대한 태도를 분석하여 소설에 그려진 '직업소년상'을 고찰하겠다.

1) 피해자희생자이자 가해자경쟁자

직업소년 이야기 중 가장 큰 비중을 차지하는 것은 직장에서의 갈등을 다룬 이야기이다. 직업소년은 직장의 상사손님나 동등한 지위의 어른 노동자와 갈등한다. 직업소년의 돈을 벌고자 하는 욕망이 어른들의 이해관계와 대립되어 경쟁 구도를 낳기 때문이다. 여기에서 어른 인물은 직업소년을 다른 어른 노동자와 마찬가지의 존재로 여긴다. 즉 그에게 나의 몫을 빼앗길지도 모른다(직업소년은 나에게 가해자가 될 수 있다)는 전제 아래, 나의 이익을 추구하기 위해 흥정하거나 경쟁해야 할 대상으로 대한다. 이러한 어른 인물의 태도는 자본주의 시장 논리에 따르면 합리적인 태도이지만, 서술자는 인정, 도덕의 차원에서 비인간적인 태도로 서술한다.

「마지막 우슴」권환, 1926에서 부잣집 주인은 비웃장수 갑두와 흥정하다가 마침내 어른 비웃장수에게 비웃을 산다. 갑두는 고아이며 어린 누이를 돌보아야 하는 소년 가장이다. 새해 첫날 누이에게 가래떡이라도 먹이기 위해 비웃을 들고 나섰지만 주인은 비웃의 신선도를 따지며 값만 깎고 사지 않는다. 그러다 갑두가 비웃을 원가에라도 팔려고 하는 순간, 어른 비웃장수가 나타나 원가보다 싼 값을 제시하며 판다. 즉 이 소설에서는 생계를 위해 비웃을 팔려는 직업소년의 욕망이 자기 이익을 위해 비웃을 싸게 사려는 어른과 무리하게라도 자기 비웃을 팔려는 다른 어른의 욕망에 의해 패배한다. 그리고 서술자는 갑두의 초점에서 이러한 어른들의 행위를 욕심 사납고 얄밉게 느껴지도록 서술하여 직업소년을 몰인정한 어른들에 의한 피해자로 제시한다. 한편 주인집 행랑어멈은 주인이나 어른 비웃장수와 달리, 갑두를 동정하고 도와준다. 갑두는 행랑어멈이 준 돈으로 떡을 사오지만 배고픔에 지친 누이는 이미 죽어 있다. 이러한 결말 때문에 갑두와 흥정하고 경쟁한 어른들의 태도가 더욱 잔인해 보인다.

이야기 구조는 비슷하지만 어른들의 폭력성을 더욱 부각시킨 이야기로 「백삼포 여공」현동염, 1931이 있다. 주인공 순성은 생계를 위해 삼을 깎아 돈을 벌려고 한다. 이러한 욕망이 삼을 깎는 다른 어른의 욕망과 대립한다. 백삼포 공장에선 표찰삼을 깎도록 허락된 표시을 가진 노동자들이 각자 깎을 삼을 챙기도록 하기 때문에 노동자들끼리의 경쟁이 더 심해진다. 게다가 순성은 표찰도 없으므로 부당하게 자기 몫을 가로채는 이로 취급된다.

> 그년들은 할 수 없다는 듯이 있다가 마구 달라붙어 순성이가 삼 섬을 붙잡은 손등을 갈퀴고 머릿보를 잡아 팽개치고 허리를 끌어 잡아당기고…… 이렇게들 여럿이 때려고 싸웠다. 그래도 순성이는 찰거머리 달라붙듯 삼 섬을 물고 늘어졌다. 바로 이때다. 누런 복장한 감독 놈과 빨건 테 두른 순사가 표지 조

사를 하러 다가섰다. 그중에 여우 같은 계집년 하나가, "여보쇼, 이 애는 표지도 없이 넙적게 앉아 깎아요" 하고 담박 '스파이' 노릇을 하였다.[12]

위와 같이 순성이와 경쟁적으로 삼을 깎는 어른 노동자들이 순성의 삼섬을 빼앗아 차지하려고 폭력도 행사하지만 순성이 물러나지 않자 감독관에게 이른다. 감독관도 채찍을 휘두르며 표찰이 없는 순성을 내쫓으려 하나, 순성은 악착같이 버텨 끝내 삼도 깎고 돈도 받아온다. 그리하여 순성이 그들과의 대립에서 성공한 듯 하지만 그날의 여파로 병에 걸려 죽기 때문에 결국 순성도 패배자이다. 이러한 결말 역시 순성과 갈등했던 인물들을 순성을 죽음에 이르게 한 악당으로 여기게 한다. 서술자는 "그년들", "감독 놈", "여우같은 계집년"처럼 비속어도 서슴지 않으며 매우 적대적인 태도로 이들을 지칭한다. 한편, 순성을 동정하는 어른 노동자가 등장하지만 적극적으로 행동하지 않아 조력자로서 기능하지 못한다.

이와 같이 직업소년의 직장 이야기는 직업소년이 일터에서 어른 노동자나 상사손님에 의해 피해를 보는 이야기로 직업소년에 대한 동정심을 극대화하며 그들을 돕지 않고 자기 이익만 생각하는 어른이나 사회 현실을 비판한다. 여기에서 직업소년을 대하는 인물들의 태도를 통해 당시 직업소년에 대한 사회적 시선의 일단을 확인할 수 있다. 그것은 바로 직업소년이 다른 노동자나 사업주손님의 이해관계와 관련이 있는 한 명의 노동자일 뿐이라는 것이다. 하지만 서술자는 직업소년을 똑같은 노동자로 대하지 말고 동정하며 도와주어야 한다고 주장한다. 그 이유는 그들이 아직 공정한 경쟁을 치를 준비가 되어 있지 않은 미성년이기 때문이다. 이러한 소설의 의미는 소년애호사상을 전제로 합리화되고 있지만, 어른들의 이기적 행동이 궁극적으로 자본주의 경쟁 체제에서 서로 다른 이해관계 때문에 생긴다는 사실을 간과하고 그것을 개인의 인성이나 도덕성의 차원에서 다루므로 사회모순을 근본적으로 폭로하는 데 한계가 있다.

이러한 소설이 대부분이었던 상황에서, 「영수증」박태원, 1933은 '힘세고 못된 부자 어른주인 / 힘없고 착한 소년노동자'의 단순 도식을 넘어 직업소년이 자본주의 사회의 논리와 허위를 깨닫게 되는 과정을 그려 주목된다. 15세 고아 소년 노마는 우동 가게에서 일하지만 석 달째 월급이 밀려 있다. 하지만 여기서 사장과 노마는 적대적 관계로 서술되지 않는다. 사장이 이기적 욕심에서 체불한 것이 아니라 건너편에 새로 생긴 우동 가게에 손님을 다 빼앗겼기 때문이다. 마침내 우동 가게의 폐업 날, 사장은 노마에게 우동을 끓여 먹이고 그날의 수입을 주며 외상 장부를 넘긴다. 외상값을 받아 밀린 월급을 대신하라는 것이다. 노마는 오히려 사장을 동정하며 다음 날부터 열심히 외상값을 받으러 다닌다. 하지만 단골손님이었던 오 서방은 외상값을 주지 않고, 노마를 피해 다니다가 영수증을 가져오라고 한다. 영수증을 만들어 가지만 역시 오 서방을 만날 수 없었던 날, 노마는 눈물을 흘리며 영수증을 찢어버린다. 자본주의 사회의 계약 관계를 입증하는 영수증이 오 서방 같은 자를 만나면 허위에 불과하다는 사실을 깨달았기 때문이다. 물론 이 소설에서도 당시 직업소년의 고단한 노동 현실을 드러내어 그에 대한 동정적 태도를 부각시키지만 갈등 관계를 보다 총체적이고 사회 구조적 측면에서 제기한다.

2) 피보호자이자 보호자

직업소년의 직장 이야기 못지않게 큰 비중을 차지하는 것은 가정 이야기이다. 여기에서 직업소년은 물질적으로 결핍된 가정환경과 갈등하며 부모 대신 가족의 생계를 책임진다. 부모는 없거나 있어도 아파서 오히려 다른 사람이 돌보아야 할 처지이다. 그런 경우, 편부보다 편모의 비중이 높다. 이러한 상황에서 부모는 직업소년을 피보호자이자 보호자로 대하는 양가적 태도를 갖는다.

(가) 영식이를 깨우는 것이 당신의 살덤을 띄여가는 것가티 압흐지만 안 깨울 수도 업는 형편이니까 몃 번이나 손이 아들의 몸에 다엇다가도 참아 그 곤이 자는 잠 저것이 남과 가티 학교에 갈 나희의 학교도 가지 못하고 어른도 하기가 쉬웁지 안은 로동을 하야 이러케 살면 무엇을 할가 하고 울어도 보왓스나 그러나 모진 사람의 목숨을 사람인 그 자신이 임의로 할 수는 도저히 업섯습니다.[13]

(나) 날이 채 새기도 전에 어머니는 일어나면서 '오늘은 어떻게 하면 성미를 부리지 않게 하고 월희를 일어나게 하나'하고 걱정을 하였다. 「얘, 일어나거라!」 「일어나!」 아들겸 딸겸인 월희의 어깨를 어루만지면서 흔들었다 (…중략…) 월희는 누워서 이것을 들을려면 마음이 끝없이 슬퍼지고 아무리 철없는 소녀일지나 집안 살림의 근심이 가득한데다가 한 분 어머니를 두고 이대로 죽으면 어쩌나 하는 생각이 나서 눈물이 비 오듯 하였다.[14]

(가)는 「소년직공」김영팔, 1929에서 아들을 공장에 보내기 위해 깨우는 어머니의 심리를 서술한 부분이고, (나)는 「병든 소녀」안회남, 1933에서 버스 안내양 월희가 아파서 직장에 나가지 못하자 불안해하는 심리를 나타낸 것이다. (가)와 (나)에서 어머니들은 고단해하며 출근하기 싫어하는 자식들을 매우 안쓰러워한다. 그들을 더 재우고 편히 쉬게 하고 싶다. 이러한 심

리에서 어머니들이 직업소년을 아직 자기 품에서 보살펴야 할 미숙한 자식으로 대함을 알 수 있다. 하지만 어머니들은 결국 소년소녀를 일터로 가라고 깨운다. 그들이 돈을 벌지 않으면 가족의 생계를 유지할 수 없기 때문이다. 즉 자식들을 보호하고 싶은 욕망은 생계 문제 앞에서 무너지고 어머니들은 어린 자식들에게 기대게 된다. (나)에서 어머니가 딸을 "아들 겸 딸 겸"으로 여기는 심리는 이러한 양가적 태도를 단적으로 드러낸다. 직업소년들도 이 사실을 잘 알기 때문에 (가)의 영식은 어머니의 "영식아! 어서 공장에를 가야 돈을 벌지 안늬?"하며 깨우는 소리를 "어서 공장에를 가야 우리들이 먹고 살지를 안늬?"라는 의미로 받아들이고, (나)의 월희는 직장에 가기 싫어 병이 나고 싶었던 마음이 막상 현실이 되자, "집안 살림의 근심이 가득"해진다. 그래서 그들은 감당하기 벅차더라도 생계의 책임을 진다.

서술자는 이런 상황을 안타까운 태도와 동정적 시선으로 묘사하면서도 직업소년들이 거부할 수 없는 상황으로 나타내 직업소년들의 가정 보호 역할을 인정한다. 그리하여 어른보다 더 강한 희생정신과 책임감으로 가족들의 부모 역할을 하는 직업소년을 만들어낸다. 물론 현실의 청소년들이 모두 소설 속 주인공처럼 소년소녀가장 역할을 기꺼이 받아들이고 훌륭히 수행해내지는 않았을 것이다. 하지만 그런 인물은 근대 청소년소설 세계에 그려지지 않는다.

「해뜨기 전」성경린, 1929의 소년 직공 순석은 가장 역할을 하지만 형이 있는 둘째이다. 형은 친척 아저씨와의 대화에서 잠깐 언급될 뿐인데, 가장 역할을 거부하고 가출한 것으로 추측된다. 하지만 이러한 인물은 근대 청소년소설에서 거의 한 명도 등장하지 않는다. 순석은 어머니에 대한 효심과 동생들에 대한 자애로 가득 차 있어서 동생들은 마치 아버지에게처럼 순석에게 기대고 응석을 부린다.

「경순의 병」성경린, 1932에선 이러한 역할이 보다 극대화되어, 고아 소년 명환이 갓난아기 동생을 키우고 있다. 그의 직업은 금강산 관광 안내원인데 동생을 돌보느라 일도 자주 나가지 못한다. 이 소설은 한마디로 14세 때부터 4년 동안 갓난아기를 돌본 직업소년의 양육분투기이다. 아기가 자주 아프지만 약은커녕 끼니거리를 구할 돈도 없고, 일거리가 생기더라도 아픈 아기 때문에 포기해야 한다. 그런데 소년은 이러한 속수무책의 상황에서도 아기를 양녀로 데려가겠다는 노부부의 청을 거절한다. 다소 무모해 보이는 이 소년의 의지를 서술자는 바람직하고 훌륭한 태도로 서술하지만, 그런 상황을 타개할 수 있는 전망은 제시되지 않은 채 끝을 맺는다.

결말 부분에서 명환은 오랜만에 생긴 일거리도 관광객들의 식중독 때문에 취소되어 절망에 빠진다. 그때 명환에게 지푸라기 같은 희망을 준 것은 미약한 어른의 작은 도움이다. 우연히 만난 아랫마을 고 서방이 자기도 어려운 처지이면서 명환에게 일원을 빌려준 것이다. 하지만 그것은 소년의 상황을 개선시키기에는 너무 일회적이고 순간적인 도움이라 소설은 끝나도 걱정은 남는다.

위에서 살펴 본 것처럼 직업소년이 직장에서 차지하는 위치 못지않게 가정에서 부여받은 지위도 가혹하다. 직업소년의 자유를 제한하는 측면에서 보면, 직장에서보다 가정에서의 압박이 훨씬 더 심하다. 직장은 바꿀 수 있지만, 가족은 바꿀 수 없고 그에 대한 책임도 가족의 경우 절대적이기 때문이다. 그래서 직업소년에 대한 서술자의 태도는 단호하다. 직장에서는 보호받아야 할 대상이지만, 가정에서는 아무리 어린 나이라도 가족을 보호하고 지킬 책임이 있는 주체로 그린다. 여기서 가족주의의 강고함을 엿볼 수 있다.

3) 열등감을 지닌 존재이자 가능성을 지닌 존재

직장 이야기와 가족 이야기에선 직장과 가정이라는 환경에서 직업소년 자신과 타자가 지녀야 할 관점이 드러나고 있다. 어른들에게는 직업소년을 동정과 보호의 시선으로 대하라고 하고, 직업소년들에게는 가정의 보호자로서 사명감을 가지라는 것이다. 그런데 당위론적 맥락을 떠나 직업소년 자신의 내면을 보면 그는 열등감을 지니고 있다. 앞에서 말했듯이 직업소년은 사회적으로 권장되는 신분이 아니다. 학교에 다녀야 할 시기에 가정 형편이 어려워서 어쩔 수 없이 직업을 갖게 된 소년이므로 그들은 자신을 '학생'보다 열등한 존재로 여긴다. 직업소년은 주로 특별한 지식과 능력이 없어도 할 수 있는 단순 생산직과 서비스직에 종사했으므로 그 직업을 통해 미래를 위한 소질과 역량을 계발하기도 어려웠고, 사회적 지위를 높일 수도 없었다. 그래서 성공하려면 반드시 상급학교로 진학해야 한다는 사회적 인식이 널리 퍼져 있었다.

소설에 등장하는 직업소년들은 보통학교에 입학했다가 월사금이 없어서 학업을 중단하거나 보통학교를 졸업하고 상급학교로 진학하지 못하는 경우가 많다. 학생 등장 소설이더라도 그러한 상황에 처한 청소년의 갈등과 곤경을 그린 소설들이 많아서 직업소년 소설과 관련이 깊다.

학업을 중단해야 하는 상황에 처할 때 청소년들은 자기와 달리 학생의 신분을 유지하는 동무들을 동경하는 한편, 직업소년의 신분을 부끄럽게 여긴다. 특히 단짝 동무와 진로가 달라지면 우정엔 금이 가고 직업소년의 열등감은 시간이 갈수록 깊어진다. 그러한 갈등을 그린 대표적 소설로 「잃엇든 우정」현덕, 1939을 들 수 있다. 주인공 소녀 명희는 보통학교를 졸업하고 백화점 승강기 안내원으로 취업하지만 단짝 동무 숙자는 고등여학교에 진학하여 교복을 입고 다닌다. 학생의 신분을 공표하는 교복은 오늘날 감시와 구속의 상징으로 환영받지 못하지만, 일제강점기에는 학생이라는 특권층을 과시하는 기능을 하였다. 그래서 교복 대신 직장 유니폼을 입은 직업소년들은 또래 학생들의 교복을 부러워하고 자신의 유니폼을 부끄럽게 여겼다. 그런 열등감을 지닌 명희는 근무지로 놀러온 숙자가 자신의 처지를 조롱했다고 오해하고 절교를 선언한다.

> 그렇게 처지가 달라지며부터 자주 찾아오던 숙자가 발길이 드물어지고 요즘으로는 영 오질 않아 명희는 은근히 야속하게 생각하던 터입니다. 명희는 누구보다도 그 숙자에게 없슨여김을 당하는 것이 더욱 분하다 하였습니다. 하여튼 숙자는 명희를 상대로 웃고 떠들던 학교 교복을 입은 아이들과 한편이 되어 있었던 것은 틀림없는 사실입니다. 어쩌면 애초부터 자기를 그렇게 우서 주기 위하야 숙자는 같은 학교 아이들을 끌고 와 일부러 승강기를 탄 것이 아닌가고까지 생각되었습니다.[15]

위와 같이 명희는 숙자와 함께 온 학교 친구들의 장난과 웃음을 자신에 대한 놀림과 비웃음으로 오해한다. 결국 숙자가 급성 폐렴에 걸린 명희를 자기 아저씨가 근무하는 병원으로 데려가 구하고 나서, 명희는 오해를 풀고 둘의 우정은 회복된다. 그런데 직업소년의 열등감이 그들 자신의 결핍감 때문에만 생기는 건 아니었다. 진학한 또래 동무들이나 학교 선생님, 동네 어른들 등이 학생 신분에 비해 직업소년을 무시하고 차별하는 사회적 편견이 존재했다. 그래서 「내 힘과 땀」최병화, 1934에서처럼 서술자가 독자들을 향해 직업소년을 대하는 올바른 자세를 훈계하기도 한다.

> 무석이는 이갓치 자긔의 힘과 땀의 값으로 지나가는 동무이다. 단돈 한푼이

라도 부모님이 안 주시면 도화지나 습자지도 못 사 쓰는 너의들노써 집안 살님을 도웁고 자긔의 학비까지 대여 쓰는 무석이를 신문장수라고 놀니고 업수히 역인다는 것은 아모리 철이 업는 너이기로서니 어리석은 짓이라 아니 할 수 업다. 이제부터는 무석이를 대할 때 동정하는 마음과 사랑하는 마음으로써 무석이의 괴로운 로동을 위로하야 줄 것을 이저서는 안 된다.[16]

위의 말은 소설의 첫 부분에 "누가 무석이더러 신문장수라고 별명을 지어서 놀니고 또 낫추보고서 업수히 역이느냐 말이다"라고 제기했던 문제에 대한 답이다. 즉 이 이야기는 누군가 무석이를 놀린 사건에서 비롯되었으며 그 행동을 훈계하기 위해 들려주는 것이다. 서술자는 무석이가 "돈에 욕기가 나서" 노동하는 것이 아니라 아픈 아버지를 대신하기 위한 것임을 밝히고 부모에게 경제적 지원을 받는 작중 청자의 처지와 비교하며 동정과 사랑으로 대할 것을 이른다.

그러나 직업소년의 열등감을 극복하기 위해선 좀 더 적극적인 논리가 필요했다. 즉 '직업소년'이 '학생'보다 인생을 배우고 미래를 준비하기에 불리하지 않은 신분이라는 근거가 필요했던 것이다. 당대 작가들은 그것을 '노동'의 의의와 야학에서 찾았다. 일제강점기의 '학교'가 시간이 흐를수록 조선어와 민족문화를 배제하고 일제의 실용주의 식민화 교육 중심으로 이루어지면서 이러한 논리는 설득력을 얻을 수 있었던 것으로 보인다. 그래서 어쩔 수 없는 환경 때문에 직업소년이 되는 것이 아니라 스스로 학생의 신분을 버리고 직업소년의 길을 택하는 인물이 등장한다.

오빠는 중학교 3학년까지 다니다가 그만 두지 않았니? 성적도 남에게 첫째를 빼앗겨 본 적이 없었지! 그러나 나는 누가 시킨 것도 아닌데 내 스스로 오랫동안

> 정들인 학교를 퇴학하고 농군이 되었다. 그것은 사람이 훌륭하게 되려면 반드시 학교에만 다녀야 하는 것이 아니라는 것을 믿은 까닭이다. 이 세상에서 농사를 짓는 사람은 사람에게 없어서는 살 수 없는 밥과 같다 (…중략…) 땅을 파는 농군뿐이 아니라 사람의 농군이 될 터이다. 그리고 세상의 밥이 되겠다. 밭을 갈면서 마음도 갈겠다. 영희야! 그런 쓸데없는 생각을 말고 나와 같이 농군이 되자.[17]

위의 글은 「산기슭」박승진, 1929에서 영희의 오빠가 보통학교를 졸업하고 고등과 진학을 못 하여 서러워하는 영희를 타이르는 말이다. 오빠는 중학교 3학년을 다니다가 스스로 학교를 그만두고 농군이 되었다. 장학금을 탈 정도로 우등생이었던 오빠가 학교를 그만둔 이유는 학교보다 농사 짓는 일이 훌륭하게 성장하는 길이라고 믿었기 때문이다. 그 근거가 분명히 드러나 있지 않지만 농군이 사람에게 없어서 안 되는 밥과 같다며 농사가 세상의 그 어떤 일보다 우선되고 중요한 일임을 밝히고 있다. 여기선 노동이 돈을 벌기 위한 수단에 그치지 않고 그 자체의 가치를 지닌다.

이와 같이 학교 교육과 학생 신분에 대한 막연한 동경과 환상을 깨뜨리고 구체적인 교육 내용을 따짐으로써 스스로 경제적 자립을 이루고 야학에서 민족어와 민족의식을 배울 수 있는 직업소년이 학생보다 더 우월하다는 논리가 생긴다. 그리고 학생이 등장하더라도 일반적인 학교가 아니라 사회운동가들이 만든 빈민들을 위한 학교나 직장의 소년부 산하에 마련된 야학에 다니는 학생들이 많아진다. 이런 학교의 특징은 월사금을 받지 않고 오히려 학생들에게 학용품이나 책을 제공하며 민족의식과 계급의식을 갖게 하는 이념 교육을 한다. 그러나 그 수가 많지 않고, 학교나 선생의 구체적인 모습이 생략된 채 서술자의 관념적 논평으로 제시되어 대안으로 제시되기에 한계가 있다.

4. 무기력한 어른들의 대리자

근대 자본주의 사회에서 아동이나 청소년은 애호의 대상이기도 하지만, 착취의 대상이기도 했다. 성인보다 미약한 그들의 노동력은 값싸게 이용할 수 있고, 다루기 쉬우며 노동쟁의 등을 일으킬 위험도 적기 때문이다. 또 개인의 의사와 상관없이 부모와의 계약만으로 값싸게 사오거나 납치하여 노예처럼 부릴 수 있는 존재이기도 했다.[18] 따라서 유소년노동에 대해 금지하고 감시하는 법과 기구가 마련되기 전까지 가난한 집 아이들은 비인간적인 환경과 처우 속에서 부당하게 착취당하는 경우가 많았다. 그러나 일제는 본국에서와 달리, 식민지 조선에 이러한 법과 제도를 마련하지 않았다. 오히려 일제 말 전시체제에는 청소년고용기구를 마련하여 국가 권력이 나서서 유소년의 노동력을 조직적으로 착취했다. 이러한 시대와 사회의 청소년은 오늘날과 달리 '노동하는 존재'였으며, 그러한 존재를 지칭하는 말이 '직업소년'이었다.

일제강점기에 소년운동의 차원에서 형성된 근대 청소년소설에는 '학생'보다 '직업소년'의 비율이 높다. 그것은 당시 사회 모순을 반영하는 것이면서 그것을 상상적으로 해결하기 위해 작가들이 모색한 결과로 볼 수 있다. 즉 청소년소설에 등장하는 '직업소년'은 당대 그들에 대한 사회적 인식과 작가들의 의도와 욕망이 작용하여 형성된 인물이다.

소년은 '애호의 대상으로서 학교에 다니며 미래를 준비하는 시기'라는 이상과 '스스로 생계를 책임져야 하는 현실'과의 모순에서 '직업소년'에 대한 양가적 시선이 생겨난다. 그들은 직장에서 한 사람의 노동자로서, 사업주나 다른 어른 노동자들에게 자신의 이익을 해칠 수도 있는 가해자경쟁자로 인식되지만, 서술자는 주로 어른들과의 경쟁에서 패배하는 사건을 동정적 어조로 서술함으로써 소년을 피해자[희생자]로 인식하도록 한다. 한편 직업소년은 아직 부모의 보호가 필요한 시기이지만 고아이거나 병들고 가난한 편모, 편부의 자식이라는 가정환경 때문에 보호자의 역할을 부여받는다. 작가는 직장 이야기에서 직업소년에 대한 보호의 필요성을 주장할 때와 달리, 가정 이야기에서는 직업소년의 보호자로서의 사명을 강조한다. 한편 직업소년은 학교에 다니지 못한다는 사실 때문에 스스로 열등감을 지니고 있으나, 당시 학교 교육의 환상과 허위를 깨고, 새로운 삶을 추구할 가능성을 지닌 존재로 간주되기도 한다.

따라서 근대 청소년소설에 제시된 '직업소년'은 시대와 사회의 희생자이지만, 민족모순과 계급모순이 존재하는 사회에서 오히려 떳떳하고 바람직한 처지로 합리화된다. 그리고 그들 자신의 보호와 성장의 문제보다 어른들이 하지 못한 일들을 사명감 있게 해 나갈 과업이 부여된다. 한마디로 근대 청소년소설에 재현된 '직업소년상'은 무기력한 어른들의 대리자로 볼 수 있다. 이때 어른들은 민족적, 계급적 폭력에 대해 성찰하고 적극 저항하지 못하기 때문에 거기에는 어른 중심의 일방성이 두드러진다고 하겠다.

이러한 태도는 작가인 청년 세대가 근대 초기에 그들의 부모 세대를 비판하며 가정에서 해방되어 사회와 국가의 지도자가 되려고 했던 욕망과 거리가 있다. 또 직업소년의 인권을 보호하고 현실을 개선하기 위해선 제도적 차원의 대안이 우선적이고 필수적임에도 불구하고, 직업소년을 대하는 타인들의 동정 및 직업소년 자신의 의지와 노력 등 우연적이거나 개인적인 대안이 제시될 뿐이다. 그것은 제도적 차원의 문제제기가 일제 당국과의 직접적인 대결을 초래할 수 있기 때문일 터인데, 여기서 다시 한 번 당시 무기력한 성인들의 모습을 볼 수 있다.

제2장 ‘소녀소설’의 ‘소녀’

1. 들어가며

‘소년’은 한국 근대문학의 형성기에 부각되어 근대문학의 핵심적 존재로 자리하고 있다. 반면에 ‘소녀’는 ‘소년’보다 그 등장이 늦고[1] 근대 청소년소설에서의 비중도 크지 않다.[2] 그런데 최근 창작되는 청소년소설에서는 ‘소녀’의 비중이 높은 편이다.[3] 이러한 현상은 소설에 형상화된 인물이 당시의 사회문화와 깊은 관련이 있으며 그 변화에 따라 달라짐을 짐작케 한다. 요컨대 ‘소녀’라는 인물은 한국 근대 사회문화에서 유의미한 하나의 기호라고 볼 수 있다.

2000년대 이후, 근대문학에 등장하는 ‘소년’, ‘청년’, ‘아동’, ‘여학생’ 등 연령과 성별을 나타내는 인물 기호에 주목한 연구가 활발히 이루어져 왔으나,[4] 그 일부의 양상인 ‘소녀’에 대한 연구는 드물다. 다시 말해 소녀는 연구 영역에서 소홀히 다루어졌는데, 그러한 사실이 또한 소녀의 주변적 성격과 지위를 드러낸다고 하겠다. 하지만 ‘소녀’에 대한 연구 없이 그 대립쌍인 ‘소년’에 대한 연구도 온전히 이루어지기 어렵다. 더욱이 소녀의 이미지는 오늘날에도 성인 남성의 욕망을 자극하며 활발히 소비되고 있기 때문에 그에 대한 연구는 과거뿐 아니라 현재의 문화 현상을 이해하기 위해서도 긴요하다.

따라서 이 연구는 근대 ‘소녀’ 담론과 ‘소녀소설’을 대상으로, ‘소녀’의 기원 및 성격을 분석하여 ‘소녀’ 연구의 단초를 마련하고자 한다. 연구의 중심 대상은 일제강점기 주요 잡지에 등장하는 소녀 담론과 소년잡지에 소녀소설[5]로 발표된 소설이다. 근대 청소년소설에서 소녀가 소녀소설에만 등장하는 것은 아니지만, 소녀를 염두에 두고 창작된 소녀소설에서 그 성격이 더 분명히 드러난다고 보았기 때문이다. 물론 필요한 범위에서 근대 소년소설에 등장하는 소년과 소녀 인물도 고려하며 논의할 것이다. 대상 시기 동안 소녀의 성격에 큰 변화가 없으므로 공시적으로 논한다. 대상 작품은 다음과 같이 총 21편이다.

〈표 1〉

연도	작가	작품 제목	발표지	발표일
1923년	방정환	(소녀소품) 「아버지생각－순희의설음」	『어린이』	4월 1일
1925년	신창원	(소녀소설) 「그윽한 생각」	『반도소년』	3월
1928년	최의순	(소녀란 소녀소설) 「옥점이의 마조막 하소연」	『어린이』	7월
1928년	최경화	(소녀애화) 「동무와 잡지와 떡」	『어린이』	9월
1928년	백시라	(소녀소설) 「곡마단의 두 소녀」	『어린이』	12월
1929년	이주홍	(소녀소설) 「눈물의 치마ㅅ감」	『신소년』	12월
1930년	오경호	(소녀소설) 「불상한 少女」	『신소년』	5월
1930년	민봉호	(소녀소설) 「순이의 설음」	『어린이』	8월
1930년	민봉호	(소녀소설) 「거룩한 마음」	『어린이』	11월
1931년	연성흠	(소녀소설) 「참된 희생(2)」	『어린이』	6월
1934년	김자혜	(소녀소설) 「댕기」	『어린이』	1월
1934년	이차순	(소녀소설) 「어머니 사랑」	『신가정』	3월
1935년	이정호	(소녀소설) 「순희의 설음」	『동아일보』	6월 2일
1937년	고의순	(소녀소설) 「문희와 영애」	『동화』	6월
1937년	김복진	(소녀소설) 「봉뚝섬」	『소년』	8·9·10·12월
1938년	박흥민	(소녀소설) 「월사금」	『동아일보』	11월 9일
1939년	현덕	(소녀소설) 「잃엇든 우정」	『소년』	10월
1939~ 1940년	김영수	(장편소녀소설) 「네거리의 순이」	『소년』	1939년 8·9·10·12월, 1940년 1·2·3·5·6·8월
1940년	김복진	(소녀소설) 「물레방아 도는데」	『소년』	8월
1943년	초단파	(소녀소설) 「그림 그리는 소녀」	『아이생활』	2월
1943년	장동근	(소녀소설) 「월하의 소녀」	『아이생활』	3월

2. '소녀'와 '소녀소설'의 개념 및 형성 배경

소녀少女는 아직 완전히 성숙하지 않은 여자를 뜻하는 말로 소년少年의 성별 대립어이다. 그것은 고어古語 사전에 등장하지 않고,[6] 1920년대 이전에 활발히 쓰이지 않은 것으로 보아 근대에 유입된 말로 보인다. 이러한 점은 근대 이전부터 쓰인 '소년'과 다른데, 한마디로 '소년'의 의미가 변하고 나서 '소녀'가 형성되었음을 짐작케 한다. 이미 알려진 것처럼, 소년은 본래 특정 연령과 성별의 지칭어라기보다 연소자 일반을 가리키거나 '나이가 어린'의 뜻으로 쓰였다. 그러다 애국 계몽기에 국망의 위기를 극복할 신세대로 소년이 부각되면서 '소년'은 점차 남성적 이미지를 띤 미성년을 지칭하게 되었다. 이후 소년은 청년, 유년과 구분되면서 그 사이의 시기를 의미하게 된 것으로 보인다. 물론 일제강점기 동안 '소년', '아동', '어린이' 등의 미성년을 지칭하는 용어들은 혼용되는 경우가 많았고, 소년이 유년과 사춘기 연령을 포괄하는 개념으로 쓰이기도 했으나 1920년대 후반부터는 유년과의 구분이 보다 분명해지는 양상을 확인할 수 있다.

소년의 범주가 언제부터 남성에 한정되었는지는 정확히 알기 어려우나 성적 특질이 분명히 드러나지 않는 유년과의 구분이 주요하게 작용했을 것으로 보인다. 그래서 박숙자처럼 소년을 유년과 같은 탈성적 존재로 보면[7] 그 대립쌍인 소녀의 정체성도 모호해진다. 박숙자는 소녀의 표상으로 남성 앞에서 부끄러워 홍조 띤 모습을 제시하며 그것을 탈성적 표상이라 하는데, 그것은 모순된 해석이다. 부끄러움 즉 홍조 자체가 남성을 의식한 여성의 감정, 감각을 표현하는 것으로 볼 수 있기 때문이다. 다시 말해 그것은 소녀의 여성적 욕망을 억업해야 한다는 사회적 금기에 대한 몸의 반응이지 탈성성의 상징으로 보기 어렵다. 이러한 소년의 형성 이후에 '소년' 및 '청년-여자'와의 경계 속에서 '소녀'가 규정되고 있음을 당시의 담론에서 확인할 수 있다.

> 인간이 세상에 나타난 후 남녀의 구별이 불분명한 때! 사진을 보고도 남아인지 여아인지 얼듯 알어내이기 어려울 때 즉 영아기를 지내고 유년기를 넘으면 남녀의 구별이 신체상에 명확히 낫타날 때가 도라온다. 이러한 즈음부터는 이때가지 두루 아동이라고 부르든 말이 변하야 소년 소녀라는 각각 다른 명칭이 생기게 된다 (…중략…) 소녀기는 대개 7세부터 15세까지를 말하나니 모든 호기심 박구어 말하면 외계에서 밧는 허다한 감각을 충분히 인식하랴고 애쓰는 구지심求知心이 아모 때보다도 만흔 것이다 (…중략…) 그리고 이 시기에 잇서는 의지작용보다도 감정작용이 몃 갑절 대단함으로 이때를 가라쳐서 정서시대라고 할 수 있다 (…중략…) 여긔서 동모와 떼를 지여 산보를 한다 비밀의 일을 꿈이여 본다 잡지 소설 등에 몰두沒頭하고 학교 교련을 게을니 하는 일까지 생기게 된다. 이러한 때에 이르면 벌서 소녀기와 작별할 때가 갓가와 온 것으로 볼 수밧게 업다. 다시 말하면 소위 여자가 되는 때 — 청년기가 닥처오는 것이다 (…중략…) 그러면 처녀기라는 때는 과연 어느 대를 가라처 말함인가. 보통 소녀기와 청년기에 잇는 자로서 독신자의 특색인 처녀성을 몸과 맘에 변동식힘 업시 고유한 채로 담고 잇는 동안을 처녀기라고 하는 것이다.[8]

위의 글은 『어린이』에 소녀소설을 발표했던 부인기자 최의순이 처녀기의 번민에 대해 논하며 "19세의 모某 처녀 일기장"에서 인용한 것이다. 여기에서 '소년, 소녀'는 유년기를 지나 신체상에 남녀 구별이 분명히 드러날 때 지칭하는 용어이자, 청년기의 전 단계로 이해된다. 소녀의 연령은 7세부터 15세까지로 보고, 호기심과 감정 작용이 왕성해지는 점을 그 시기의 특징으로 들고 있다. 대체적으로 이러한 개념은 근대 소녀 담론에서 크게 변하지 않지만 점차 소녀의 연령대가 달라진다. 1920년대 초반까지는 10세 미만을 가리키는 용어로 종종 쓰이지만[9] 1920년대 후반부터 1930년대에 이르면 십 대 중반의 연령을 가리키는 용어로 훨씬 많이 쓰인다. 그리고 여성성이 부각된 소녀가 성인 남성의 회고담이나 소설에서 연애 감정을 불러일으키는 대상으로 등장하는 경우가 많아진다.[10] 근대 소녀소설에서는 소녀의 나이가 제시되지 않은 경우가 많지만 13세 이상의 소녀 비중이 높다.

근대 주요 잡지의 소녀 담론에 구현된 소녀의 이미지는 다음과 같다. 먼저, 소녀는 가련한연약한 존재이다. 이러한 이미지는 주로 성인 남성의 풍물 기행담이나 소녀의 수난사를 통해 비정한 세태를 폭로하는 기사에서 발견된다.[11] 그러한 글에서 소녀는 가난하여 헐벗고 굶주린 모습이며 가정이나 사회에서 인격적으로 존중받지 못하고 성인들의 이익과 욕망을 위해 납치, 매매되는 착취 대상이다. 또 그러한 환경을 극복할 수 있는 육체적, 정신적 힘을 갖지 못한 연약한 모습을 띤다.

둘째, 소녀는 순수하고 아름다운 존재이다. 이러한 이미지는 주로 시나 추억담에서 발견되는데[12] 봄의 계절감이나 시골의 한가롭고 아름다운 정서와 어우러져 나타난다. 그러한 글에서 소녀는 나물을 캐고 들꽃을 꺾으며 동무들과 즐거이 노는 천진난만한 모습으로 묘사된다. 그들은 풋풋하고 향긋한 자연의 이미지로 이상화되면서 성인 남성에게는 때 묻은 심신을 정화시키는 존재로, 성인 여성에게는 자신의 과거를 아름답게 윤색시키는 존재로 기능한다.

셋째, 소녀는 남성을 유혹하는 존재이다. 이러한 이미지는 주로 '불량

소녀' 미행담이나 연애소설에서 발견된다.[13] 그러한 글에서 소녀는 주로 여학생의 모습을 하고 여성적 매력을 발산한다. 이러한 소녀 역시 순결하고 순수한 이미지를 띠지만 남성의 애욕 대상으로 존재한다.

'소녀소설'은 소녀 독자를 염두에 두고 '소녀'를 주인공으로 창작된 소설이다. 그것은 근대 청소년소설의 한 갈래로 창작되었지만 그 용어는 일본에서 유입된 것으로 보인다. 근대 청소년소설의 형성을 가능케 한 소년문예운동이 전개되기 전부터 소녀소설은 다음과 같이 소설의 한 갈래로 소개되고 있다.

> 이러함으로 現代의 小說에는 自然 여러 가지 種類가 잇스니 假令 上流小說, 中流小說, 下流小說, 實業小說, 海事小說, 軍事小說, 政治小說, 少年小說, 少女小說 等 枚擧키 難한 것이다.[14]

위의 인용은 1920년 7월, 『개벽』 제2호에 발표된 「소설개요小說槪要」의 일부이다. 필자는 글의 시작에 앞서 "이에 강술하는 소설개요는 필자가 동경예술좌연극학교東京藝術座演劇學校에서 수업한 필기를 근거하야 회왕會往에 연예강습소의 속성교과서로 가장 간단히 편술한 바이라"[15]고 밝혀 여기서 소개하는 소설 이론이 일본에서 유입된 것임을 알 수 있다. 일본에서는 1902년부터 『소년계』, 『소녀계』라는 성별 잡지가 발행되었고, 1910년대부터 소녀를 주인공으로 한 소녀소설이 창작되어 대중적으로 큰 인기를 얻었다.[16] 일본의 소녀소설은 부르주아 가정의 소녀 독자를 대상으로 창작되어 그들의 서구 취향 및 자유주의적 욕망을 반영하지만, 결국 모성주의와 군국주의에로 귀결되는 양상을 보인다.[17] 당시 식민지 조선의 여학생들도 이러한 소설을 즐겨 읽었던 것으로 보인다. 백철의 부인 한시봉이 '즐거운 가정'에 대해 쓴 다음의 글에서 그러한 사실을 엿볼 수 있다.

> 더구나 내가 여학교 시절에 읽던 소녀소설과 같이 모두가 공상과 같이 되어 가는 것도 아니라는 사실이다. (…중략…) 이 절간 한구석에 초가집을 정한 것이 내 소녀 때 간혹 공상하던 그 문화주택과는 거리가 머렀던 때문에 처음에는 기가 막혔다.[18]

위와 같이 한시봉은 결혼 생활이 여학생 때 소녀소설을 읽으며 공상했던 것과 달라서 실망스러웠던 점을 말하고 있다. 여기에서 그가 읽었던 소녀소설이 연애나 결혼에 대한 낭만적 환상을 불러일으켰다는 점을 알 수 있는데, 그것은 일본의 소녀소설일 가능성이 크다. 한국 근대 소녀소설에서 연애를 다룬 것은 발견되지 않으며, 그것은 대부분 가난한 소녀의 수난 이야기이므로 '문화주택'에 대한 환상과는 거리가 멀기 때문이다.

한국과 일본의 소녀소설은 소녀 독자를 염두에 두고 창작되어, 소녀를 주인공으로 한다는 점에선 같지만, 주인공 소녀의 신분과 욕망이 다르다. 일본 소녀소설의 주인공 소녀들은 유복한 가정에서 경제적 어려움 없이 자라나며 개인적 욕망으로 인한 갈등을 겪는 데 비해, 한국 소녀소설의 소녀들은 편모 편부 슬하의 가난한 집안에서 가족이나 사회의 요구에 짓눌려 살며 폭력적 현실에 무기력하게 당한다.

이러한 차이를 고려할 때, 무엇보다 근대 소녀소설의 창작 배경은 소년문예운동의 자장 안에서 찾을 수 있다. 소년운동가들의 헌신적인 활동에 의해 소년잡지가 대중적으로 보급되고 소녀 독자가 증가하면서 그들을 대상으로 한 소설이 창작된 것으로 보인다. 소녀 독자들은 '독자 담화실'이나 '독자 사진란'에도 적극적으로 참여하며[19] 소녀소설을 요구한다.

> 참말 신년호는 자미잇슴니다. 그런데 왜 少年소설 少年토론만 내고 少女소설 少女토론은 안내주심닛가 넘어도 섭섭합니다.水原 崔順愛[20]

위에 대해 기자는 '소년'이란 말이 넓게는 소년, 소녀를 통틀어 일컫는 것이므로 잡지에 실린 '소년소설', '소년토론'이 소년 독자뿐 아니라 소녀 독자도 대상으로 한 것임을 밝히고 있다. 하지만 1년 뒤, 『어린이』에 '소녀란'이 신설되고 '소녀소설'이나 '소녀애화'가 게재되는 것을 볼 때, 『어린이』 편집진들이 이러한 독자의 요구를 수용했던 것으로 보인다. 〈표 1〉에 나타난 것처럼 소녀소설은 대부분 그 후에 창작된다. 그러나 소년소설에 비해 그 수가 적고 지속적이지 않다. 그 이유는 무엇보다 여성 작가가 거의 없고 그 활동이 적은 것과 관련 있어 보인다.[21]

3. '소녀'의 성격

소녀소설은 소녀 독자를 염두에 두고 소녀를 주인공으로 창작된 소설로서 작가 및 당시의 소녀관이 반영되어 있다. 그렇다고 앞에서 살핀 소녀 담론에 나타난 소녀의 이미지가 그대로 드러나는 것은 아니다. 소녀소설은 근대 청소년소설의 한 갈래로 창작되었기 때문에 그 교육적 성격에 의해 유혹적 이미지가 배제되어 있다. 총 21편의 작품 중 '불량소녀'를 주인공으로 한 것은 「어머니의 사랑」 한 편인데, 여기서 주인공 명히는 동성 친구들과 밤늦게 놀러 다니지만 그 구체적인 모습은 보이지 않고 그녀의 욕망이 남성을 향해 있지도 않다. 그리고 어머니의 사랑에 감동받아 어머니 말씀을 듣지 않고 제멋대로 행동했던 점을 깊이 반성한다. 이 소설은 소녀의 불량 행위를 제재로 삼아 개인의 욕망에 충실한 인물을 창출할 수 있었지만 교육적 의도 때문에 그러지 못했다. 이와 같이 1920년대 초반부터 1940년대에 이르기까지의 짧지 않은 기간 동안 창작된 소녀소설에서 소녀의 성격은 고정적이다. 그 구체적 양상을 사회적 특질, 개인적 특질, 기능적 특질로 나누어 살핀다.

1) 가련한 신분

인물을 구성하는 요인 중 하나는 그의 사회적 지위이다. 근대 청소년소설의 주인공들은 대개 고아이거나 편모 편부 슬하의 가난한 처지에 놓여 있는데, 소녀소설의 소녀들도 마찬가지이다. 부모가 없거나, 있어도 가난하고 무능력하여 믿고 의지할 수 없는 경우가 대부분이다.[22] 그래서 일본의 소녀소설과 달리, 학생 신분보다 아이보기, 부엌데기, 꽃팔이, 승강기 안내원, 곡마단 묘기꾼, 공장 노동자 등의 노동하는 소녀가 많다. 부모가 부자인 인물은 「동무와 잡지와 떡」의 란옥, 「거륵한 마음」의 정순, 「잃엇든 우정」의 숙자인데 그들은 소설의 주요 인물 중 하나인 가난한 소녀를 돕게 된다. 다시 말해 소설에서 부유한 처지의 소녀는 가난한 소녀를 돕기 위해 존재한다. 가족과 물질이 결핍된 소녀의 신분은 그 자체로 가련하다는 정서를 불러일으키며 중심 사건과 주제를 구성하는 핵심 요소가 된다. 즉 근대 소녀소설은 대부분 가족의 결핍에 따른 소녀의 슬픔과 서러움을 그린 이야기이거나 가족의 결핍이 가난으로 이어져 그로 인해 수난을 겪는 이야기이다.

전자의 대표적 작품으로 「아버지 생각－순희의 설음」을 들 수 있다. 이것은 본래 방정환의 작품인데, 이정호가 1935년 『동아일보』에 「소녀소설 순희의 설음」으로 다시 발표했다. 갈래 명칭이 '소녀소품'에서 '소녀소설'로 변하고 제목에서 '아버지 생각'이 생략되었을 뿐 본문은 거의 똑같다.[23] 명백한 표절인데 그 문제는 여기서의 논점에서 벗어나므로 접어두고, 12년 뒤에도 표절될 만큼 대중의 감성을 자극하는 요소가 주목된다.

이 소설은 제목에서 알 수 있듯이 집을 나간 아버지를 걱정하고 그리워하는 순희의 설움을 중심내용으로 한다. 순희가 주인공이고 그의 시점에서 사건을 서술하지만 순희보다 아버지에 대한 묘사가 더 많고 자세하다. 그럼에도 불구하고 이 소설의 주인공이 아버지가 아니고 순희인 이유는 이 소설의 주제를 형성하는 정서가 순희로부터 비롯되기 때문이다. 이 소설 중앙에 배치된 '한쪽 동공에서 떨어지는 눈물' 삽화처럼 순희는 격렬한 슬픔과 서러움의 상징이다. 그래서 전지적 서술자는 소설 말미에 "여러분 이 가련한 순희의 집에 아버지가 속히 돌아오시도록 마음을 합하야 빌어들이십시다"라고 순희에 대한 독자의 동정을 호소할 수 있다. 근본적으로 이러한 순희에 대한 동정은 일제로부터 나라를 빼앗기고 가족 공동체의 해체 위기를 맞은 시대적 감수성에 기반을 둔다. 이러한 점은 주인공이 가난하여 학대당하는 이야기에서도 마찬가지이다. 「불상한 소녀」오경호, 1930, 「순이의 설음」민봉호, 1930 등에서는 아이보개나 부엌데기 소녀 주인공이 주인에게 학대당한다. 그래서 가난 때문에 가족을 잃고 외로이 지내는 소녀의 가련함과 그런 소녀를 학대하는 부자 주인의 매정함, 폭력성이 부각된다. 즉 독자로 하여금 소녀에 대한 동정심 외에 그들을 괴롭히는 대상에 대한 분노감을 갖게 한다.

이와 같이 소녀소설에서는 가련한 신분의 소녀를 통해 일제 강점의 폭력적 사회 현실을 비판한다. 하지만 소년소설에 비해 이념성이 약하고 소녀의 가련함만이 부각되는 경우가 많다. 예를 들어 「옥점이의 마조막 하소연」의 옥점은 주인아주머니에게 학대당하면서도 그에 대해 부당하게 여기지 않고, 주인아주머니는 옥점이 자기 아들을 구하고 죽자 그녀의 진심을 알고 슬퍼한다. 요컨대 이 소설에서 고아 옥점의 서러운 처지는 잘 드러나 있으나 그것이 사회적 문제로 간주되고 있지는 않다.

2) 순응적, 감상感傷적, 의존적 심리

인물은 현실의 인간처럼 개인적 욕망과 심리를 지닌 존재이다. 그런데 근대 청소년소설의 주인공들은 개인적 특질이 약하고 사회적 신분에 의해 규정되며 사회적 가치와 이익을 추구하는 경향이 강하다. 한마디로 그들은 심리적 특질이 약하다.

소녀소설의 주인공 중 개인적 욕망을 지니고 그것 때문에 타인과 갈등하는 작품으로 「댕기」김자혜, 1934와 「어머니 사랑」이차순, 1934을 들 수 있다. 전자에서 주인공 영옥은 언니가 크리스마스 선물로 보내준 댕기를 머리에 드리고 싶어 하지만 그것을 금지시키는 학교 선생과 갈등하고, 후자에서는 주인공 명히가 밤마다 놀러 다니고 싶어 하지만 그것을 걱정하는 어머니와 갈등한다. 그러나 영옥은 선생이 무서워 그 앞에선 한마디 질문도 하지 못하고 혼자서 "웨 선생이 그러케 좋은 댕기를 드리지 못하게 할까?"[24]라고 생각할 뿐이다. 영옥은 개가 되어도 좋을 만큼 댕기를 드리고 싶어 하지만, 댕기를 드리고는 개의 모습으로도 선생 앞에 데려가지 말라고 한다. 이와 같이 영옥은 댕기에 대한 욕망이 크고 선생의 명령에 대해 수긍하지 못하면서도 순응적, 회피적 자세를 보이고 있다. 한편 명히는 영옥과 달리, 어머니 말을 거역하고 자기 욕망대로 행동하지만 그 결과

감기에 걸린다. 그리고 어머니의 진심 어린 간호에 감동받아 자신의 행동을 깊이 뉘우친다. 여기서 명히가 적극적으로 추구한 욕망은 부정적인 결과를 낳기 때문에 이 작품은 개인적 욕망의 위험을 경고하고, 아울러 어머니의 말을 잘 들어야 한다는 교훈을 강조한다. 대부분의 텍스트에서 소녀는 남의 말을 잘 듣고 주어진 상황에 순응하는 모습을 보이고 있다. 그러한 태도가 소녀를 위기에 빠뜨리기도 한다. 납치 모티프 근대 청소년소설에서 그 대상은 대부분 '소녀'인데 그들은 순응적 태도로 인해 쉽게 납치당한다. 소녀들은 자기를 납치하려는 성인이 미심쩍다고 느끼면서도 적극적으로 항거하거나 도망치지 못하고 괴한의 마수에 걸려든다.

소녀소설에서 가장 두드러지게 묘사되는 소녀의 심리는 감상성이다. 「그윽한 생각」신창원, 1925의 정자는 전학 오기 전 학교의 선생님과 친구들이 그리워 그 "회포를 은은한 눈물로"[25] 풀어내고, 「그림 그리는 소녀」초단파, 1943의 선옥은 어머니의 무덤을 그리는 소녀를 보고 말할 수 없는 감상에 사로잡힌다.

> 「가을이 되였으나 나의 눈에는… 아마 나는 감각에 녹이 쓰러버린 게다」 하고 선옥이는 말할 수 없는 초조를 늣기며 집을 향하여 발거름을 옴겻습니다 (…중략…) (…저렇게 귀여운 소녀가 어머니를 잃다니…가엾서라…) 선옥이는 소녀의 가엾은 신세를 생각하면서 그 그림 속에 흐르고 있는 어머니에게 대한 한없는 사랑과 슳음을 깊이 깊이 느기며 말힐 수 없는 감상感傷에 사로잡여 였습니다 (…중략…) 어머니의 무덤 옆에서 그 소녀도 자고 있었습니다. 소녀는 사랑하는 어머니와 가치 영원한 잠을 자고 있었습니다. 『아! 무정하다 ―』 선옥이는 가슴에 솟아오르는 감정을 억제하랴고 입술을 깨물었습니다.[26]

위와 같이 이 소설은 소녀의 감상이 사건의 전개 요인이자, 의미이다. 주인공 선옥은 가을을 맞아 그림을 그리려고 들을 헤맨다. 그러다가 죽은 어머니 무덤을 그리는 소녀를 만나 슬픔을 느끼며 그림의 착상을 얻는다. 그런데 그 소녀도 죽어서 선옥은 그녀를 추억하며 슬픔에 젖는다. 여기서 갑작스러운 소녀의 죽음은 '가을, 들국화, 무덤'과 같이 아름답고 쓸쓸한 분위기를 자아내기 위한 장치이기 때문에 소녀가 왜, 어떻게 죽었는가는 제시되지 않고 선옥도 궁금해하지 않는다. 그야말로 독자들의 눈물샘과 감상성을 자극하기 위한 매우 작위적인 소설인데, 그러한 감상·감각이 소녀가 갖춰야 할 내면으로 묘사된 점이 주목된다.

앞에서 인용했듯이 선옥은 마음에 드는 경치를 발견하지 못하자, 자기 감각에 녹이 슬어버린 것이라며 말할 수 없는 초조를 느낀다. 그러다가 자기 감각과 감상을 자극하는 소녀를 만나 여러 가지 생각에 잠긴다. 여기에서 소녀의 감각, 감상이 내면의 풍부함을 판단하는 척도로 여겨진다. 이와 같이 당시 소녀소설에서 소녀의 감상적 심리는 작품의 비애미를 더할 뿐 아니라 타인에 대한 동정이나 사랑에서 비롯된 따뜻하고 아름다운 특질로 미화된다.

앞에서 살핀 두 특질과도 관련되지만 소녀소설의 소녀들은 의존적이다. 문제 상황을 스스로 해결하지 못할 뿐 아니라 심리적으로도 가족이나 동무들에 대한 의존심이 강하다. 「월하의 소녀」장동근, 1943에서 그러한 모습을 단적으로 확인할 수 있다. 이 소설의 주인공 옥심이는 상급학교로 진학하지 못한 오빠가 서울로 가서 고학하기 바라자, 오빠가 떠날까봐 노심초사하며 그것을 막으려고 온갖 방법을 쓴다. 오빠를 서울로 부르는 친구 영배의 편지를 훔쳐보고, 어서 오라는 내용을 오지 말라는 내용으로 바꿔 오빠에게 전달하기도 한다. 옥심이가 이렇게 오빠에게 필사적으로 매달리는 이유는 그에 대한 의존심 때문이다.

『난 옵바가 서울 가면 정말이지 쓸쓸할 것만 같애. 그리구 쳤재 아버지 어머니가…』[27]

위와 같이 옥심은 오빠가 떠난 빈자리를 견딜 수 없어하며 오빠에게 가족의 의무를 상기시켜 집을 떠나지 못하게 하려 한다. 오빠는 옥심의 행동을 나무라기보다 개인적 욕망을 위해 가족을 떠나려던 자신을 뉘우친다. 이와 같이 소녀의 의존심은 소설에서 가족이나 타인에 대한 사랑으로 정당화된다.

이상에서 살핀 소녀의 '순응적', '감상感傷적', '의존적' 심리는 소설에서 착하고 아름다운 소녀적 특질로 형상화되어 소녀 독자의 내적 규범을 형성하는 데 영향을 미쳤을 것으로 보인다.

3) 탐색하지 않는 '주체'

인물은 소설의 구조에서 여러 기능을 담당한다. 널리 알려진 그레마스의 행위항 모형[28]은 그러한 기능적 특질에 따라 인물을 분류한 것으로 볼 수 있다. 그것을 참고하면 모든 서사에는 '주체'가 존재하고, '주체'는 '객체'를 욕망하며 조력자 / 적대자, 보내는 자 / 받는 자의 관계 속에서 그것을 얻기 위해 여러 탐색과 모험을 거친다. 방정환의 탐정소설 「동생을 차즈러」1925와 「칠칠단의 비밀」1926~1927에서 주체는 '소년'이고 객체는 '소녀'이다. 그들은 오누이로 설정되어 '소년'의 능동적이고 적극적인 탐색에 비해 그러한 오빠를 기다리는 '소녀'는 수동적이고 의존적으로 그려진다. 그리고 악한적대자은 일본인과 중국인, 조력자는 조선인으로 등장시켜 '소년'의 '소녀' 구조 행위가 민족주의 이념을 띠게 한다.

그런데 소녀소설에서는 주인공 소녀가 납치당하고 조력자에 의해 구출된다. 납치당한 소녀들의 수동적, 소극적 성격은 주체의 기능에 파행을 가져와 플롯에 영향을 미치며 그 의미도 모호해진다. 「봉뚝섬」김복진, 1937과 「네거리의 순이」김영수, 1939를 살펴보자. 전자에서는 음전이 납치당하고, 그의 어머니와 여선생이 음전을 구한다. 여성들만이 주체와 조력자로 구성된 특이한 경우로서 그것이 플롯의 파행을 빚게 된 원인으로 보인다. 이 소설은 5회에 걸쳐 연재된 것인데, 4회는 『소년』 1937년 11월호가 발견되지 않아 그 내용을 알 수 없다. 따라서 그 앞뒤를 살펴 추리하는 수밖에 없다. 1, 2회가 납치된 계기와 과정 이야기이고, 3회는 주체가 납치된 사실을 알게 된 이야기이며, 마지막 회가 구조 이야기이다. 3회는 음전과 같은 처지인 홍연이 조력자로 등장하여 음전과의 탈출을 시도하는 장면에서 끝나고 마지막 회에서 음전이 상해 곡마단의 묘기꾼으로 등장한다. 그로 보아, 4회는 그들의 탈출이 실패하고 음전이 상해 곡마단으로 팔려가 수난을 겪는 이야기임을 짐작할 수 있다.

요컨대 이 소설은 납치된 주체를 구하는 행위보다 납치 자체와 그로 인한 수난에 더 중점을 두고 있다. 그래서 어머니와 여선생이 3년 동안 음전을 찾아다닌 행위는 요약적으로 서술되고 구조도 우연스레 이루어진다. 그들은 곡마단 구경을 갔다가 음전을 발견하여 구하는데 다른 납치 이야기와 달리, 적대자가 등장하여 음전의 구조 행위를 방해하지 않는다. 그래서 어머니와 여선생은 적대자와의 말싸움 한 번 없이 순조롭게 음전을 구한다. 이러한 사건 전개 때문에 이 소설의 주제가 모호해진다. 4회를 보지 못해 속단하기 어렵지만 결말이 위와 같기 때문에 여기선 음전의 납치 과정에서 드러나는 긴장감과 음전에 대한 가련함이 부각된다.

하지만 적대자의 성격이나 그 대결 양상이 분명하지 않기 때문에 그것이 세태 비판 등의 의미를 형성하진 않는다. 작가는 소녀의 납치 모티프를 통해 흥미 있는 소녀소설을 창작하려다 그 성격의 틀에 갇혀 갈 길을 잃은 듯하다.

「네거리의 순이」는 「봉뚝섬」에 비해 짜임새 있는 구조를 갖추고 있다. 하지만 주체인 소녀의 기능은 마찬가지이다. 주인공 순이는 고아 소녀이지만 비슷한 처지의 할아버지, 소년과 함께 가족처럼 지낸다. 이 인물 구성에서 짐작할 수 있듯이 순이는 납치당하고 할아버지와 소년에 의해 구조된다. 그런데 여기에선 조력자 소녀 영옥의 활약이 눈부시다. 순이보다 먼저 기생집에 납치당해 여러 해를 지낸 영옥은 순이와 달리, 재빠르고 적극적인 성격으로 순이의 탈출에 헌신적인 노력을 기울인다. 그러나 그의 기능은 할아버지와 소년의 행위를 돕는 보조적인 데에 머문다. 그리고 순이는 음전과 달리, 납치당한 뒤 스스로 탈출을 시도하지만 담을 넘지 못하고 붙잡혀 더 깊은 곳으로 감금된다. 이러한 과정은 순이의 구조를 더 어렵게 만들어 긴장감을 높이려는 장치로 볼 수 있다. 요컨대 이 소설에서도 순이는 스스로 문제를 해결하는 '주체'가 아니다.

아버지도 어머니도 다 돌아가시고 외톨이 되자, 그런 아이만 데려다가 기르는 어느 고아원으로 들어가 순이가 열세 살이 되자, 사직골 큰대문집으로 애기 보는 아이가 되어 들어가 있다가, 바루 요즘에 다시 그 집을 뛰어나와, 이렇게 지금같이 꽃팔이 아이가 된 것도, 그 자세한 것은 순이는 잘 몰랐습니다. 그리고 또 그까짓 것은 알려고도 안했지만, 순이는 그런 일을 한가하게 생각할 겨를이 없었습니다. 고향은 수원이긴 수원인 듯한데, 웨 서울로 올라오지 않으면 안 되었던 까닭도 순이는 구태어 알려고도 하지 않았습니다.[29]

위의 인용은 서술자가 순이의 내력을 알려주는 부분인데, 서술자가 말하는 순이에 대한 정보를 순이 본인은 모른다는 사실이 강조되고 있다. 하지만 열세 살의 평범한 지능을 가진 소녀가 자신이 직접 겪은 일을 모른다는 것은 납득하기 어려운 일이다. 이것은 순이가 정말 모른다기보다 위에서 두 번이나 서술된 것처럼 "알려고 하지 않"기 때문에 생긴 무지라고 볼 수 있다. 여기에서도 자신의 상황이나 문제에 대해 성찰하지 않는 순이의 성격을 알 수 있으며, 서술자는 "그까짓 것", "한가하게" 등의 말로 순이의 그런 태도를 합리화한다.

이와 같이 소설의 주체가 깊이 사고할 줄 모르고 문제 상황에서 감정적으로 반응하므로 주제의식은 약화되고 통속성이 강화된다. 앞에서 말한 방정환의 탐정소설은 소녀의 납치 사건을 통해 당시 청소년의 인신매매 세태를 비판한다. 그리고 조선인 공동체가 조력자로 등장하여 주체가 욕망하는 객체뿐 아니라 다른 청소년들도 구해서 단합된 민족의 힘을 강조한다. 하지만 「네거리의 순이」에서는 인신매매 집단의 성격도 모호하고 조력자가 사회적 악을 근본적으로 해결할 의지와 힘이 없기 때문에 순이만 구한다. 즉 '사회적 악'을 적대자로 설정했음에도 불구하고 그 문제의 초점과 해결은 개인주의적이다. 그래서 인신매매 집단은 건재하고 다른 수많은 청소년들은 그 소굴에 있기 때문에 세상의 악은 물리치기 어렵다는 인상을 준다. 요컨대 여기서 소녀의 납치 사건은 진지하게 고민할 문제라기보다 대중의 흥미를 자극하기 위한 제재에 그치고 있다.

소녀소설의 주인공들은 대개 이러한 특질을 띠고 있어서 소설 전반적으로 우연성과 감상성이 짙다. 「눈물의 치맛감」과 「거룩한 마음」은 예외적인데, 이 소설들에서 소녀 주인공들은 문제 상황을 이성적으로 판단하고 주체적인 의지로 해결한다. 두 작품 다 소녀들의 가난에 대한 바람직한 태도를 주제로 하는 소설로서 계몽적 의도가 소녀의 성격 형성에 영향을 미쳤음을 알 수 있다.

4. 가련한 여인 이야기 관습과 '소녀소설'

앞에서 살핀 '소녀'의 성격은 매우 익숙하다. 착하고 아름답지만 사회적 약자의 가정에서 태어나 온갖 수난을 겪는 '여성'은 예부터 오늘날에 이르기까지 한국에서 사랑받는 서사 주인공이다. 양성평등이 바람직한 가치로 인식되는 오늘날에도 드라마 속 여성 주인공들은 부당하고 폭력적인 남성에게 끌려 다니고 휘둘리는 모습을 보인다. 여기서 주목되는 것은 그 변함없는 여성의 성격이다.

서론에서 밝혔듯이 인물은 당시의 사회문화를 나타내는 기호이며, 그 변화에 따라 성격도 변하기 마련이다. 물론 현대 여성 주인공은 과거와 달리 현명하고 당찬 성격을 지닌 경우가 많다. 하지만 그런 여성도 남성의 강압 앞에선 일단 수동적 태도로 수난을 당한 뒤, 나중에 따지고 분개하는 모습을 발견할 수 있다. 이렇게 인물의 성격을 무리하게 설정하면서까지 여성을 수난자로 그리는 이유는 무엇일까?

그에 대해 일찍이 문제를 제기하고 연구 토대를 마련한 최시한은 그 대답을 이야기 관습에서 찾고 있다. 그는 여인이 수난을 당해 가련한 삶을 살아가는 이야기를 '가련한 여인 이야기'로 정의내리고, 그것을 한국의 가부장질서와 인정주의, 감성주의 등의 사회문화에 기반을 둔 한국적 이야기 관습의 특징으로 본다.[30]

한국 근대 소녀소설은 그러한 '가련한 여인 이야기'의 일종으로 보인다. 일본의 소녀소설과 용어는 같지만 등장하는 소녀의 신분과 욕망이 다른 이유도 한국의 사회문화를 반영한 문학적 관습에 기인한 것으로 보인다. 그렇다고 하여 근대 소녀소설의 주인공이 성인 대상의 '가련한 여인 이야기' 주인공과 그 성격이 전부 일치하는 것은 아니다. 앞에서도 밝혔듯이 근대 소녀소설은 청소년소설의 한 갈래로 창작되었기 때문에 교육적 관점이 작용하여 소녀의 여성적 자질이 일부 억압되어 있다. 그래서 가련한 여인 이야기에서 보통 다뤄지는 성적 수난이 나타나지 않는다.

특히 근대 소녀소설을 가련한 여인 이야기로 이끈 간과할 수 없는 요인 중 하나는 억압받고 수탈당하는 식민지 상황이라 할 수 있다. 연약하고 아름다운 소녀의 이미지는 일제강점기에 수탈당하는 민족의 감수성을 자극하는 데 유용했던 것으로 보인다. 당시 함께 눈물을 흘리는 행위는 민족의 불행을 나누는 동병상련의 표현으로서 사회적으로 요구되는 것이었다. 즉 어려운 처지의 사람들에게는 나만 불행하지 않다는 위로 기능을, 그렇지 않은 사람들에게는 나도 민족의 불행에 동참하고 있다는 양심의 정화 기능을 했을 것이다. 이러한 이유로 소년운동의 차원에서 작품이 창작, 보급되던 시기에도, 또 그러한 성격이 약화되고 상업성이 두드러진 시기에도 소녀는 가련성을 면치 못했던 것으로 보인다.

제3장 차상찬 '어린이 역사 이야기'의 담화 방식

1. 들어가며

'역사 이야기'란 역사적 사실을 제재로 특정 시대와 공간에서 일어난 역사적 인물의 삶이나 사건을 서술하여 그 의미를 나타낸 이야기서사이다.[1] 근대 어린이 문예물에서 역사 이야기는 그 갈래명이 사화, 역사동화, 소년영웅전 등으로 일정하지 않은 채 창작동화나 소년소설 못지않게 많이 창작되었다. 그러나 그동안 아동문학이 주로 허구적 이야기 중심으로 연구되다 보니 역사, 과학 등의 정보적 성격이 강한 이야기들은 별로 주목받지 못했다. 하지만 근래에는 디지털 혁명으로 이야기가 다양한 매체와 갈래로 생산되고 소비되면서 문학 중심주의에서 벗어난 실용적 이야기에 대한 연구의 필요성이 커지고 있다. 근대 어린이 역사 이야기는 다음과 같은 의미 있는 논점을 시사하고 있다.

첫째, 문체의 측면에서 한문으로 기록된 역사적 자료들이 어린이 독자에 맞게 어떻게 다시 서술되는가? 언문일치가 추구되고 한글 위주의 문자생활로 옮아가던 당시 아동잡지에 글을 발표한 집필자들 중 역사학자와 한글학자도 많았으며 그들은 역사적 지식과 정보를 국문 중심의 글쓰기로 전달하기 위해 부단히 모색하고 실천하였다. 따라서 어린이 역사 이야기는 근대적 문체의 형성 과정을 보여주는 소중한 자료이다.

둘째, 갈래의 측면에서 어린이 역사 이야기는 근대 계몽기부터 일제강점기에 성행했던 역사·전기류 문학 및 야담과 어떤 관련을 맺고 있는가? 또 그것은 1920년대부터 본격화되었던 근대 아동문학의 형성에 어떻게 기여하는가?

셋째, 용도의 측면에서 어린이 역사 이야기는 오늘날 에듀테인먼트 콘텐츠의 기원이라고 할 수 있는가? 그렇다면 오늘날 그 콘텐츠의 생산에 끼친 영향은 무엇인가?

요컨대, 근대 어린이 역사 이야기 연구는 아동문학적 측면에서뿐 아니라 근대적 문체의 형성 과정을 살피고 오늘날 활용되는 어린이 역사문화 콘텐츠의 제재 및 서술 원리를 비판적으로 검토하기 위해서도 필요하다.

근대 어린이 역사 이야기는 주로 『어린이』, 『신소년』, 『소년』과 같은 아동잡지에 손진태, 신명균, 차상찬 등의 역사학자, 한글학자, 민속학자들이 나라의 역사와 문화를 계몽하기 위해, 또 독자의 흥미를 끌기 위해 연재하였다. 그중 차상찬은 『어린이』 1925년 6월호에 사화史話 「24세에 대금 황제가 되었던 소년 장군 이징옥」을 처음 게재한 이후 폐간될 때까지 꾸준히 어린이 역사 이야기를 발표하였고, 1930년대 후반 『소년』에도 「소년영웅전」 등을 연재하였다. 주지하다시피 차상찬은 『조선사천년비사』, 『조선사외사』, 『한국야담사화전집』 등을 저술한 역사 이야기 작가로서 『별건곤』 등 성인 대상의 잡지에도 성인용 역사 이야기를 발표하였다. 한편 그는 임경업 장군 이야기를 1926년 11월, 『별건곤』 창간호에 수록한 이후, 『어린이』에 두 번, 『소년』에 한 번 발표하였다. 『어린이』에 발표한 글은 각각 『별건곤』에 발표한 글의 일부이면서 문체를 달리했고, 『소년』에 발표한 글은 『어린이』, 1930년 1월호에 발표한 글의 일부를 문장 수준에서 수정한 것이다. 이와 같이 차상찬은 근대 어린이 역사 이야기의 대표적 작가이면서, 같은 인물 이야기를 대상 독자와 시기를 달리하여 발표하고 그때마다 문장을 수정했으므로 그의 작품은 당대 '어린이 역사 이야기'의 특징을 연구하기에 적합하다.

따라서 이 글은 차상찬의 어린이 역사 이야기를 대상으로 그 특징과 담화 방식을 분석하여 근대 어린이 역사 이야기의 모습과 가치를 밝히는 데 이바지하고자 한다. 이 연구는 다음과 같은 방식을 시도할 것이다. 먼저 갈래의 특징을 규명하기 위하여 근대 역사·전기류 문학과 당대 허구적 아동문학과의 차이를 비교하며 그 글의 목적과 제재를 고찰할 것이다. 그리고 어린이 역사 이야기는 그것의 소통 상황이 텍스트 생산에 결정적 영향을 끼치므로 그러한 의미를 포괄하는 담화 방식을 분석할 것이다. 서술 대상이 '무엇'에 해당한다면, 담화는 '어떻게'에 해당한다. 무엇을 '어떻게' 서술하고 발화하고 표현하는지에 관련된, 서술 방식 또는 표현 방식의 국면이 담화인 것이다.[2] 즉 한문으로 기록된 역사적 자료를 내포독자인 아동에 맞게 번역하고 서술한 방식을 분석하되 그것의 통시적 변화도 살펴볼 것이다. 연구 대상은 차상찬의 『어린이』와 『소년』에 발표한 역사 이야기[3] 총 40편인데, 특히 매체와 시기를 달리하며 반복하여 실린 다음의 인물 이야기들을 중점적으로 분석한다. 그 목록은 다음과 같다.

〈표 1〉 차상찬의 어린이 역사 이야기 중 중복 게재 작품

대상 인물	수록 매체	갈래 표시	작품명	필명
을지문덕 장군	『어린이』 3(9), 1925.9.	사담	천하용장 을지문덕 장군	청오생
	『어린이』 7(3), 1929.3.	조선의 3대 전승자랑	일거에 전멸식힌 살수대첩	
정충신 장군	『어린이』 4(3), 1926.2.	사담	정충신 이약이	차상찬
	『어린이』 13(1), 1935.3.	어린이사화	소년장군 정충신	차상찬
	『소년』 1(2), 1937.5.	소년영웅전2	독 속의 적병	차상찬
임경업 장군	『별건곤』 1, 1926.11.	전기	만고정충 임경업장군	차상찬

대상 인물	수록 매체	갈래 표시	작품명	필명
임경업 장군	『어린이』 6(7), 1928.12.	사화	병자호란과 임경업 장군	차상찬
	『어린이』 8(1), 1930.1.	위인의 어릴 때	만고 정충 병자명장 임경업의 어릴 때 이약이	차상찬
	『소년』 1(1), 1937.4.	소년영웅전1	활 잘 쏘는 장수	차상찬
이율곡	『어린이』 7(2), 1929.2.	역사	정포은과 이율곡	차상찬
	『어린이』 8(1), 1930.1.	위인의 어릴 때	문장이 천하 제일이든 이율곡	계산인
허생원	『어린이』 7(7·8), 1929.7.	사화	천하기인 먹적골 허생원 이약이	차상찬
	『어린이』 7(8), 1929.10.	사화	천하기인 먹적골 허생원 이약이	차상찬
허생원	『별건곤』 22, 1929.8.	통쾌무쌍기인편	조선의 재갈량인, 천하기인 먹적골 허생원	수춘학인
궁예	『어린이』 8(5호), 1930.5.	사화	궁예왕 이야기	차상찬
	『소년』 1(4), 1937.7.	소년영웅전3	외눈백이 영웅	차상찬
	『소년』 4(6), 1940.6.	소년사화	태봉국왕 김궁예	차상찬
최윤덕 장군	『어린이』 8(9), 1930.11.	사화	천하 용소년 최윤덕 장군	차상찬
	『어린이』 9(10), 1931.11.	사화	어려서 호랑이 잡은 최윤덕 장군	차상찬
	『어린이』 12(4), 1934.4.	역사	천하 용소년 최윤덕 장군	차상찬
서고청	『어린이』 9(9), 1931.10.	전기	종의 아들로 대학자된 서고청 선생	차상찬
	『소년』 1(9), 1937.12.	위인의 소년시대 제2화	서고청	차상찬
김경손 장군	『어린이』 12(1), 1934.1.	역사	12장사로 몽군을 대파 고려용장군 김경손	차상찬
	『소년』 1(6), 1937.9.	소년영웅전5	혹부리 장군	차상찬

2. 갈래의 특징

1) 야사적 정보 이야기

차상찬의 역사 이야기에 표시된 갈래와 그 빈도를 표시하면 다음과 같다.

갈래	사화	사외 사화	사담	전기	역사	역사 동화	역사 강화	어린이 사화	소년 영웅전	소년 사화	서도 명화
빈도	13회	1회	1회	2회	5회	3회	2회	1회	5회	1회	1회

위와 같이, 사화史話가 13회로 가장 많은데, 나머지도 거의 모두 '역사' 이야기임이 내포되어 있다. 기존 연구에서는 이러한 갈래 표시에 별로 주목하지 않았다. 물론 이는 명확한 갈래 의식에 의해서라기보다 직관적이고 편의적으로 붙인 것으로 보이며 작가인 차상찬이 아니라 다른 잡지 편집자들이 정했을 수 있다. 그럼에도 불구하고 이러한 갈래 표시는 당시 잡지의 생산자와 소비자가 소통하는 용어로서 다른 갈래와 구분되는 특징을 나타내고 있다. 그것은 바로 '역사'이다. 즉 차상찬의 역사 이야기는 가치 있는 전통 역사와 문화 정보를 전달하여 독자들이 알게 하고, 교훈을 주기 위한 목적에서 창작되었다. 이러한 사실은 이런 글들이 당시에 인식적 가치보다 정서적 가치를 앞세우며 형성되고 유행하던 동요, 동화, 소년소설과 다른 성격의 글임을 알려준다. 방정환은 『어린이』 창간을 앞두고 1923년 2월 14일 동경에서 서울에 있는 조정호에게 다음과 같은 편지를 보낸다.

> 어린이는 결코 부모의 물건이 되려고 생겨나오는 것도 아니고 어느 기성사회의 주문품이 되려고 나오는 것도 아닙니다. 그네는 훌륭한 한 사람으로 태어나오는 것이고 저는 저대로 독특한 사람이 되어 갈 것입니다. (…중략…) 그래서 자유롭고 재미로운 중에 저희끼리 기운껏 활활 뛰면서 훨씬훨씬 자라가게 합시다. (…중략…) 『어린이』에는 수신강화 같은 교훈담이나 수양담(특별한 경우에 특수한 것이면 모르나)은 일체 넣지 말아야 될 것이라 합니다. 저희끼리의 소식, 저희끼리의 작문, 담화 또는 동화동요, 소년소설, 이뿐으로 훌륭합니다.[4]

위의 글에는 방정환의 『어린이』 편집방향이 잘 나타나 있다. 그는 어린이가 자유롭고 재미있게 지내며 스스로 자라가게 하기 위하여 『어린이』에는 수신강화 같은 교훈담은 일체 넣지 말고 어린이들끼리의 소식, 작문, 담화, 동화, 동요, 소년소설을 넣자고 제안한다. 이때 역사 이야기는 강화 같은 교훈담에 해당하므로 방정환을 비롯한 편집진들은 어린이 간행 초기부터 '역사 이야기'와 '동화, 소년소설'을 구분하고 있었음을 알 수 있다.

그렇다면 이때 '역사歷史'는 무엇을 의미할까? 그 사전적 의미를 참고할 때 역사는 과거 사실의 기록이다. 그 점이 허구적 이야기인 당시의 동화, 소년소설과 구별되는 특징이다. 그런데 차상찬의 어린이 역사 이야기는 사관이 공식적으로 기록한 정사가 아니라 주로 외사나 야담을 바탕으로 한 것이다. 차상찬은 그러한 갈래의 성격을 『어린이』에 발표한 첫 작품에서 명확히 의식하였다. 1925년 『어린이』 6월호에는 두 편의 사화가 실려 있는데, 김기전의 「율곡선생이약이」와 차청호의 「소년장군이징옥」이다. 목차에는 둘 다 사화라 하였으나 본문의 갈래는 서로 다르게 표시하였다. 「율곡선생이약이」는 '넷어른이약이'라 하였고 「소년장군이징옥」은 '사외 사화史外 史話'라고 하였다. 즉 본문에 표시된 갈래가 목차에서보다 구체적이고 필자의 집필 의도를 드러낸다. 같은 역사적 인물 이야기이지만 김기전은 역사를 강조하기보다 '넷어른'이라는 표지를 사용했고, 차상찬은 역사를 강조했으되 그것이 '사외 사화'임을 밝혔다. '사외 사화'라는 모순된 이 표지는 정사 외 역사 이야기임을 밝힌 것인데, 그로부터 사실과 허구의 착종이 일어나고 역사 이야기의 성격이 모호해진다. 그 단적인 예로 「허생원이약이」를 들 수 있다. 그것은 오늘날 박지원의 한문단편소설로 알려진 '허생전' 이야기로서 1929년 7월과 10월에 두 번 연재되었다. 허구적 이야기로 알려진 이 작품이 여기선 '사화'로 표시되고 「천하기인 먹적골 허생원이약이」로 소개되어 허생이 실존 인물처럼 서술된다. 차상찬은 이 이야기를 비슷한 시기인 1929년 8월, 『별건곤』에 「통쾌무쌍 기인편 조선의 재갈량인 천하기인 먹적골 허생원」으로 다시 발표하였다. 그렇다면 차상찬은 왜 허구적 인물을 실존 인물처럼 소개한 것일까? 그것은 바로 차상찬의 역사에 대한 이해와 관련 있어 보인다.

「허생전」은 박지원의 『열하일기熱河日記』 중 「옥갑야화玉匣夜話」에 수록되어 있다. 「옥갑야화玉匣夜話」는 박지원이 중국에 갔다가 돌아오는 길에 옥갑에 들러 여러 비장들과 나눈 이야기들을 적은 것이다. 「허생전」은 윤영尹映에게서 들은 변승업卞承業 할아버지의 치부 유래를 이야기하는 형식으로 삽입되어 있다. 본래 제목도 따로 없다. 박지원의 기록을 사실로 믿는다면 「허생전」은 박지원이 윤영에게서 들은 이야기를 서술하였으므로 민담民譚을 소설화한 것이다. 이희준李羲準의 『계서야담溪西野譚』에도 이 작품과 흡사한 내용의 허생 이야기가 실려 있고, 실존하였던 인물 허호許鎬의 일이 허생과 비슷하다고 한다. 하지만 오늘날에는 윤영이라는 인물의 정체가 애매하고 허생의 성인 허許조차 부인되어, 박지원이 자신의 작품임을 숨겨서 당대 사람들의 비난을 모면하려 했다는 견해가 지배적이다.[5] 허생의 실존 여부와 상관없이 차상찬은 이 이야기를 「옥갑야화」를 통해 접했을 것이며, 따라서 다른 야화와 마찬가지로 이를 사외 역사로 수용하여 사화로 소개한 것으로 보인다.

요컨대 차상찬의 역사 이야기는 허구적 창작물과 달리 역사적 정보를 전달하기 위한 목적에서 쓰였으나, 그가 주로 근거한 역사는 정사正史보다 민중들의 입에서 전해져 내려온 야사에 가까웠으며 정보적실용적 갈래에 속하되 그 안에서 표현적예술적 갈래의 특성을 지닌 것이었다.[6] 이것은 일제강점기에 민족문화를 발굴하고 현양하여 일제의 민족문화 왜곡에 저항하는 독립운동의 일환이었다는 점에서 주목을 요한다. 차상찬은 개벽사에서 수행하던 1920년대 초반 '조선문화의 기본조사'에 참여하였는데 이것은 일제의 구관조사舊慣調査에 대항하여 조선의 문화와 역사를 민중의 생활 현장에서 채록한 의의가 있다. 즉 차상찬에게 역사는 지식과 교양의 차원에서 알아야 할 정보라기보다 일제의 민족문화 왜곡 및 말살 정책에 맞서는 논리이자 무기였으며 따라서 그 가치를 판단하는 기준도 사실성이나 정확성보다 민중성이나 저항성이었던 것으로 보인다.

2) 구국 영웅전

차상찬의 어린이 역사 이야기는 역사적 사건보다 주로 인물의 행적을 중심 제재로 삼고 있다. 차상찬의 어린이 역사 이야기는 거의 인물 이야기로 보아도 무방하다. 이런 특징을 반영하여 갈래를 '전기', '소년 영웅전'으로 표시한 작품도 있으나 그러한 표시가 없는 작품도 역사적 인물의 어린 시절이나 행적을 논평과 함께 쓴 '전'으로 볼 수 있다. 그가 다룬 인물은 다음과 같다.

〈표 2〉 차상찬 역사 이야기의 중심인물

수록 매체		인물
『어린이』	무신	이징옥, 을지문덕, 정충신, 임경업, 곽재우, 홍경래, 이괄, 김응하, 최윤덕, 정기룡, 김유신, 남이, 이지란, 김경손, 온달
	문신	서화담, 정몽주, 이율곡, 한석봉, 서고청, 김상용, 장순손, 맹사성, 이원익, 박삼길
	기타	궁예, 평강공주
『소년』	무신	임경업, 정충신, 강감찬, 김경손
	문신	서고청, 홍서봉
	기타	궁예, 맹상군

위와 같이 무신의 비중이 문신보다 높고, 주로 임진왜란과 병자호란에서 활약한 이들과 북방의 침략을 막은 이들을 다룬다. 다시 말해, 주로 외

세가 침략하였을 때 용감히 맞서 싸운 구국 영웅들을 제재로 삼고 있다. 이러한 경향은 근대 계몽기 역사전기문학의 맥을 잇고 있다. 주지하는 바와 같이, 근대 계몽기에는 외세 침탈의 위기로부터 나라를 지키고자 애국계몽운동이 일어났으며, 신채호의 『을지문덕전』을 비롯하여 강감찬, 이순신, 곽재우 등의 구국 영웅들을 주인공으로 한 역사전기소설이 창작되었다.[7] 하지만 대상 독자가 다르기에 글의 초점과 중심내용이 달라진다.

차상찬의 어린이 역사 이야기는 '위인의 어릴 때', '천하 용소년', '어려서 호랑이 잡은~', '소년 장군~', '소년 영웅전', '위인의 소년시대'라는 제목에서 알 수 있는 것처럼 주로 인물의 어릴 때 용맹한 행적을 중심사건으로 서술한다. 따라서 일대기를 다루는 일반적인 '전'의 형식을 벗어나 있다. 「17세 소년 장군 정충신 원사의 이약이」를 예로 들어 보면, 출생에서부터 어린 시절 이야기가 전체 분량의 절반을 넘고 나머지 부분은 주요 업적을 요약한다. 마지막 부분도 그의 품성을 강조하여 서술된 내용만으로는 인물의 공적公的 일대기를 알기 어렵다. 바꿔 말하면, 정전正傳의 내용은 적고 거기서 흔히 중시되지 않는 어린 시절의 야사적 내용이 주를 이룬다.

한편 역사 이야기의 주인공인 어린 인물들의 성격은 당시에 창작되었던 소년소설의 주인공 인물들과 매우 대조된다. 당대 현실의 문제를 핍진하게 그리는 갈래로 인식되었던 소년소설의 주인공 소년소녀들은 가련한 처지에 힘이 없어서 부조리한 세상의 희생자로 그려지는 경우가 많았다. 또 그런 애화는 독자들의 감상感傷을 자극하여 '곱고 아름다운 이야기'로 여겨지며 인기를 끌었다.[8] 이러한 차이는 두 갈래의 목적과 기능이 다르고, 그에 대해 작가들이 의식하며 창작했음을 보여준다.

요컨대 차상찬은 구국 영웅들을 제재로 하여 그들의 용맹한 어린 시절과 나라를 구한 업적을 소개하며 당시 아동들이 선조들에 대한 자부심을 갖고 일제의 핍박 아래에서도 용기와 희망을 잃지 않게 하려고 했던 것으로 보인다.

3. 담화 방식

1) 언문일치 지향

갑오개혁 이후, 한문 중심의 과거제도가 폐지되고 신식 교육이 실시되자, 한문의 교육·문화적 기능과 정보기능이 현저하게 약화되었다. 그 대신에 민족의 독자적인 문자로서 국문이 가진 대중성과 실용적 가치가 크게 주목되었고, 국문을 통한 지식과 정보의 사회적 확대가 가능해짐으로써 문화적 민주주의의 기반이 확대되기 시작하였다.[9] 이런 시기의 글쓰기, 특히 근대 아동을 위한 글쓰기는 주목을 요한다. 새 시대를 개척할 중요한 독자로 부상한 아동은 한문 중심에서 국문 중심의 문해력을 지녀야 했기에 작가들은 그들을 대상으로 국문 글쓰기에 대한 다양한 모색과 실험을 하게 되었다. 특히 어린이 역사 이야기는 담화 방식에서 창작동화나 근대적 과학지식을 전달하는 글에 비해 보다 복잡한 맥락이 있다. 국문 중심의 글쓰기란 언문일치를 지향하며 입말에 가까운 말과 표현을 쓰는 행위로 볼 수 있다. 창작동화나 근대적 과학지식을 전달하는 글은 새로 만들어가는 갈래이므로 작가들이 아동 독자를 상상하고 그들에게 들려주는 이야기로 입말을 살려 쓸 수 있다. 하지만 어린이 역사 이야기는 작가들이 근거한 역사적 자료들이 있으며 그것은 대개 한문으로 기록되어 있다. 더욱이 '전'은 '도론, 서두, 본문, 결말, 논찬'[10]이라는 역사 서술 형식으로서 그 담화 방식은 쉽게 깨기 어려운 것이다. 차상찬은 특히 그런 글을 많이 읽고 쓴 작가로서 그런 경향이 더 강했을 것으로 보인다. 실제로 1926년 11월, 『별건곤』 창간호에 실린 「전기 만고정충 임경업 장군」을 보면 구투를 살린 국한문체를 쓰고 있다. 그리고 『어린이』에는 그중 일부를 국문으로 번역하여 실었다.

(가) 피가 잇고 쓸개가 잇는 우리 조선 사람치고는 몃 萬古를 갈지라도 병자호란의 국치를 잇지 못할 것이오 병자호란의 국치를 잇지 못하는 사람은 또한 당시 忠義熱烈한 蓋世名將 林慶業 將軍을 잇지 못할 것이다. 이 林장군은 巨金 332년 前 즉 李朝 宣朝 27年明神宗萬曆 22년 甲午 11월 2일丙子日 子時에 江原道 原州郡 富論面 蓀谷里에서 呱呱의 소리를 내엿스니 字는 英伯又稱 繼伯이오 貫은 平澤이다. (公의 출생지에 관하야 혹칭 忠州 達川 혹칭 平南 价川 혹칭 原州라 하야 그 설이 不一하나 原州郡 富論面 蓀谷里속칭 손의실에 公의 誕生遺址가 잇고 또 其 洞 白雲山에 소위 將軍 大坐形이라는 公의 先墓가 잇스며 기타 閔巷傳說과 자손의 傳言에 의하면 公이 原州에서 출생하야 幼時에 忠州 達川으로 이주한 것이 확실하다) 爲人이 短小하야 신장이 7尺에 不滿하나 少時로부터 慷慨磊落한 大志가 有하고 膽勇이 絶倫한 中?河의 辯才를 겸하야 항상 論兵을 조와하고 將師의 層도 自負하니 (…중략…) 6세 時에 忠州街路에서 群兒와 遊戲할새[11]

(나) 병자호란때에 림경업장군이라면 여러분도 그 이름을잘아실것입니다. 그는 지금으로부터 三百三十六年전 리조선조대왕李朝宣祖大王二十七年甲午十一月二日丙子日 子時 — 午後十一時로 午前一時 사이 — 에 강원도 원주군부론면손곡리江原道原州郡富論面蓀谷里에서 나섯슴니다. (충주달내에서

나섯다고하는사람도잇스나 原州가올습니다.) 그는 키가비록적으나 어려서부터 큰뜻이잇고 담력이남보다뛰여나며 말이또한천하제일이엿습니다. 여러동무들과놀때에도다른작난은하지안코 항상병정노름을하야자귀는대장이되고 여러아희를 호령, 지휘하얏습니다. 그가겨우여섯살때입니다. 하로는 평소와갓치 여러아희들을모와가지고 충주忠州큰거리에서 또 병정노름을하는데[12]

(가)와 (나)는 임경업 이야기의 처음 부분이다. 글의 내용과 순서는 거의 같고 서술만 달라졌다. (가)의 한자 표현은 (나)에서 국문 표현으로 바뀌어 있다. 그에 대한 말이 간소해졌고, 군더더기가 생략되었다. (나)가 (가)에 비해 훨씬 언문일치를 이루고 있지만, 아직 한문투가 남아있다. 그런데 1930년대 후반 『소년』에 실린 작품들은 한문투가 거의 사라지고 오늘날에 가까운 표현을 보이고 있다.

임경업씨는 병자호란때에 유명하던 장수입니다. 그는 키가 퍽 적었지마는 어려서부터 마음이 크고 힘이 남보다 뛰어나게억세며, 말을 또한 썩잘하였습니다. 여러동무들과 놀때에도 다른 장난은 하지 않고 일상 병정노름만 하되 자기는 대장이 되어가지고 여러아이들을 호령하고 가르켰습니다.[13]

위의 글은 1937년 4월, 『소년』 창간호에 실린 임경업 이야기이다. 어린 시절의 이야기로서 (가), (나)와 같은 내용을 다루고 있지만 (나)에서 간소화되었던 출생 시기 및 지역에 대한 설명이 아예 생략되었다. 또 '담력이 남보다뛰여나며 말이또한천하제일이엿습니다'는 '마음이 크고 힘이 남보다 뛰어나게억세며, 말을 또한 썩잘하였습니다'와 같이 한자어를 토박이 입말 표현으로 바꾸었다. 하지만 차상찬의 어린이 역사 이야기는 대부분 (나)와 같이 한문투, 전傳의 흔적을 지니고 있다. 한편 (가)와 달리, (나)에서는 담화 상황을 청중 앞에서 이야기를 들려주는 상황으로 가정하여 '병자호란때에 림경업장군이라면 여러분도 그 이름을잘아실것입니다'와 같이 독자를 '여러분'으로 부르고 경어체 종결어미 '-ㅂ니다'를 사용하여 친근한 입말의 효과를 살리고 있다.

2) 일화 중심의 해설

차상찬의 어린이 역사 이야기는 앞에서 지적했듯이 인물의 일대기보다 어린 시절의 일화를 중심사건으로 다루고 있다. 그리고 사건을 전달하는 방식은 장면적, 묘사적이기보다 요약적, 해설적이다. 이것은 차상찬이 생각한 '역사 이야기' 형식 때문일 수도 있고 작가의 개성일 수도 있다. 이 문제에 대해 당시의 다른 인물 이야기와 비교하여 살펴보도록 하겠다. 1925년 9월호 『어린이』에는 차청오의 「을지문덕장군」과 박달성의 「김삿갓이약이」가 함께 실려 있다. 둘 다 역사적 인물 이야기인데 「을지문덕장군」은 사화로, 「김삿갓이약이」는 동화로 표시되어 있다. 두 글의 일화를 서술한 부분을 따오면 다음과 같다.

(가) 문덕장군은수나라군사의량식이부족하야모도주린빗이잇는것을보고 더욱피곤하게하랴고 조곰식 싸우다가문득달어나서하루동안에일곱번을 싸와서 일곱 번을다 거짓패하니 적장이거듭익이는것을밋고 작구쪼차서 동東으로 살수薩水에까지이르럿습니다. 문덕장군은다시 적장을달내기위하야 글詩한수一首를지여서적장에주엇스니 그글의뜻을말하면 「신통한계책은텬문을다 알고 긔묘한꾀는디리까 지통하엿다, 싸홈을 익이

고 공이 이미놉하스니만족한줄을알거든그만두기를바라노라」라는의미니 우리조선에서 한문漢文으로오언시五言詩를짓기는 이 문덕장군이츠음이올시다.[14]

(나) 역시 크다란삿갓을 벗것다요 막대기를 휘휘내두르며 정처업시 길을떠낫겟다요 밥엇어먹는데는 산골이뎨일이라고 산골로드러섯것다요「엇던놈의곳에가서 엇던놈보고 수작을거러보노-」하고 이리저리궁리를하면서 한곳을닥다르닛가 산밋솔밧속으로서 글외는소리가들니엿습니다.「올타 이놈의곳에도 글방이잇구나드러가한테떠보고가리라 이까짓 산골훈장놈이야더군다나 똥을열네말쌔울나!」하고 빙글빙글우스면서 글방을차자들어갓습니다.[15]

(가)는 을지문덕 장군이 살수대첩에서 적군을 속여 승리하는 일화인데 '조곰식싸우다가문득달어나서하루동안에일곱번을싸와서 일곱 번을 다 거짓패하니'처럼 일곱 번 싸운 사건을 한 문장으로 요약해서 들려준다. 또 이 사건과 관련하여 을지문덕이 우중문에게 보낸 한시를 '「신통한계책은텬문을다 알고 긔묘한꾀는디리까지통하엿다, 싸홈을 익이고 공이 이미놉하스니만족한줄을알거든그만두기를바라노라」라는의미니'처럼 해석하여 알려주고 '우리조선에서 한문漢文으로오언시五言詩를짓기는 이 문덕장군이츠음이올시다'라는 국문학적 지식을 설명하고 있다.

(나)는 김삿갓이 글을 잘 짓는다고 잘난 체하다가 산골 훈장이 더 잘 지어 망신당하는 이야기이다. '막대기를 휘휘내두르며', '빙글빙글우스면서'에서 볼 수 있는 것처럼 '휘휘' '빙글빙글' 등의 의태어를 사용하여 행동을 묘사하고 '엇던놈의곳에가서엇던놈보고 수작을거러보노-', '올타

이놈의곳에도 글방이잇구나드러가한테떠보고가리라 이까짓 산골훈장놈이야더군다나 똥을열네말쌔울나!'처럼 김삿갓의 생각을 직접 인용하여 서술자가 설명하지 않고 인물의 행동을 통해 사건을 파악하게 하고 있다. 여기선 김삿갓과 훈장의 시 짓기 경쟁이 중심사건이어서 한시 구절이 제시되고 그에 대해선 역시 "「火三月不滅」이라는 것은 불이석달동안은 끈치지아엇다는말인데 이말은 녯적동양에 유명하얏든진시황秦始皇의 아방궁阿房宮을 력발산 긔개세力發山氣蓋世하든 항우項羽가 불을찔러태워버리는데 엇더케 굉장히큰집이엿든지 불길이석달을가도끈치지안엇다는 유명한 력사뎍이약이입니다"와 같이 해설한다. 그러나 해설은 한시를 설명할 때에만 나오고 전반적인 이야기는 인물들의 대화와 행동으로 서술하고 있다.

역사의 기록 양식인 '전'이나 '기'는 본래 설명적, 요약적 담화이지만, 시간이 지나면서 서사성이 강화되어 장면적, 묘사적 담화를 보이기도 한다. 근대 어린이 역사 이야기도 위에서 예를 든 것처럼 작가마다 그 구체적인 담화 방식이 달랐던 것으로 보인다. 그것은 곧 작가의 개성이자 문체를 드러내는 일일 것이다. 물론 이러한 담화 방식은 기본적으로 정보적 갈래와 문학적 갈래를 가르는 기준이기도 하다. 그러한 관점에서 볼 때, 차상찬의 어린이 역사 이야기는 박달성에 비해 정보적 갈래의 담화 경향이 강하다.

4. 나가며

역사는 모든 이야기의 근원으로서 오래 전부터 중시해온 이야기이다. 그래서 역사는 그 내용과 형식이 다양하게 변하며 여러 이야기 갈래를 낳기도 하였다. 특히 근대 계몽기에는 애국 계몽운동의 일환으로 구국 영웅들의 전기문학이 성행하였고, 그 과정에서 정사가 아닌 야담이나 설화가 혼융되어 역사전기문학의 흥미와 민중성을 높였다.[16] 그렇게 향유되던 역사적 인물 이야기가 1920년대 소년문예운동의 일환으로 간행되던 아동잡지에 아동 독자를 위한 '역사 이야기'로 실리기 시작한다. 물론 시대도 대상도 달라졌기에 같은 인물이라도 그 내용과 담화 방식은 변할 수밖에 없다. 무엇보다 1920년대는 근대적 국문문체가 형성되어 근대적 '아동'과 '아동문학' 개념이 생기고 그러한 작품의 형식을 만들어가던 때로 어린이 역사 이야기도 그러한 사회적, 문학적 영향을 주고받으며 창작되었다. 여기서는 차상찬의 어린이 역사 이야기를 대상으로 그 일면을 살펴보았다.

먼저 갈래의 특징을 규명하기 위하여 근대 역사·전기류 문학과 당대 허구적 아동문학과의 차이를 비교하며 글의 목적과 제재를 고찰하였다. 차상찬의 어린이 역사 이야기는 허구적 창작물과 달리 역사적 지식과 정보를 전달하기 위한 목적에서 쓰였으나, 그가 주로 근거한 역사는 민중들 사이에서 전해져 내려온 야사였다. 또 근대 계몽기 역사전기문학에서 다루어졌던 외세의 침략을 막아낸 구국 영웅들을 주로 제재로 삼고 있으나 인물의 일대기보다 어릴 때 용맹한 행적을 중심으로 서술한다.

아울러 한문으로 기록된 역사적 자료를 내포독자인 아동에 맞게 전달하는 방식을 중심으로 담화 방식을 분석하였다. 차상찬의 어린이 역사 이야기는 성인 대상의 잡지에 국한문체로 쓴 글과 달리, 국문 중심으로 한자를 병기하였다. 대부분 한문투, 문어투의 흔적을 지니고 있으나 진일보한 언문일치 문체를 구사하였다. 독자를 '여러분'으로 부르고 경어체 종결어미 '-ㅂ니다'를 사용하여 친근한 입말의 효과를 살리기도 하였다. 그리고 인물의 일화 중심으로 사건을 요약적, 설명적으로 전달한다. 이러한 담화방식은 1930년대 후반에 가면 훨씬 '전'의 양식을 벗어나 근대적 문체로 바뀐다.

요컨대 차상찬의 근대 어린이 역사 이야기는 역사전기문학의 변모와 함께 한문 문체의 근대화 과정을 보여주는 좋은 자료이다.

제4장 근대 아동극의 희극적 요소

1. 들어가며

1923년 방정환, 김기전, 조정호 등의 천도교 청년회원들이 아동애호사상을 바탕으로 발행한 『어린이』는 근대 아동문학과 문화를 창조하고 선도해온 종합교양잡지이다. 특히 창간호부터 동화, 동요, 소년소설, 희곡 등 다양한 아동문학 작품들과 그 작법들을 게재하여 아동문학에 대한 이해를 넓히고 작가와 독자를 개척해온 선구적 업적이 남다르다. 그동안 이러한 『어린이』의 의의에 주목하여 『어린이』 게재 문학작품에 대한 다양하고 심도 있는 논의가 이루어져 왔으나, 희곡 연구는 미진한 편이다. 그것은 무엇보다 소설과 시에 편중된 기존의 연구 풍토 때문이겠으나, 『어린이』에 게재된 희곡이 타 장르에 비해 작품 수가 적고 독창성이 보이지 않는 점도 영향을 미쳤을 것이다. 그럼에도 불구하고 그것은 근대적 아동관이 형성되는 시기에 근대극의 형식을 띠고 본격적으로 발표된 아동극 희곡[1]이기에 그 의의가 적지 않다. 한국문화에 극의 전통이 빈약하고, 오늘날에도 극이 어린이와 청소년 교육 전반에서 외면되고 있음을 볼 때, 이는 교육적으로도 뜻 깊은 것이다.

일제강점기에 간행된 『어린이』에 게재된 희곡은 총 34편[2]이며, 재미와 교훈을 추구하는 교육극의 성격을 띠고 있다. 곧 그것은 아동 관객을 대상으로 전문 연극인들이 예술성을 추구하며 상연하는 희곡이라기보다 학교나 소년회 등의 모임에서 아동들끼리 연행하기 위한 희곡이라고 할 수 있다.[3] 희곡의 제목 앞에 갈래 명처럼 붙은 "여흥"이란 말과 마지막에 붙은 "상연할 때"에서 이 점이 잘 드러난다. "상연할 때"는 무대 연출 및 분장 방법 등에 대해 안내한 글인데 아동끼리 쉽게 연극하는 방법을 알려 주고 있다. 『어린이』 게재 희곡에서 창작이라기보다 동서양 설화를 각색한 대본의 비중이 높고 당시의 성인 대상 재담才談, 만담과 유사한 희극적 요소가 강한 이유도 그와 무관해 보이지 않는다.[4] 아동들끼리 희곡을 연출하고 연기하며 즐기기에 잘 알려진 설화와 웃음을 유발시키는 요소가 효과적이었을 것이다. 이것은 리얼리즘을 지향한 '소년소설'에서 비극성이 지배적인 것과 대비되는 현상으로서, 아동극의 오락적 측면에 주목하고, 잡지 편집에도 그런 기능을 기대한 바 있음을 암시한다.[5] 따라서 『어린이』 게재 희곡의 희극적 요소에 주목하면 당대 아동극의 미적 특징과 교육적 의의에 대해 더 깊이 이해할 수 있을 것이다.

웃음은 주체와 대상의 상호작용에 의한 것으로 사회문화에 따라 코드가 달라지기에 일반적인 정의를 내리기 어렵지만, 그동안 철학과 문학 등에서 웃음의 원리 및 요소에 대한 여러 연구가 이루어져왔다.[6] 그에 따르면, 희극적 요소에 의한 웃음은 인간의 어떠한 결함이 드러나 기대에 어긋난 상황이 연출되었을 때 일어나는 반응이다.[7] 이때 웃음의 주체와 대상의 관계에 따라 웃음의 의미와 효과가 달라진다. 웃음의 주체가 대상에 대한 거리감을 가지고 우월한 위치에 있을 때에는 그에 대한 부정과 비판이 일어나지만, 웃음의 대상 속에 주체 자신이 포함되어 있으면 부정을 통한 이해와 긍정의 효과를 얻게 된다. 대개 전자를 풍자, 후자를 해학이라고 한다.[8] 아동문학에서 풍자는 그 대상을 통해 선악의 기준 및 권선징악적 교훈을 전달하고, 해학은 인간의 불완전한 모습을 인정하는 가운데 자신과 타인에 대한 이해의 폭과 깊이를 더할 수 있게 한다.[9]

요컨대 이 연구는 근대적 아동극을 아동들에게 본격적으로 전파시킨 『어린이』 게재 희곡을 대상으로, 희극적 요소를 분석하고 그 의미와 효과를 탐색하여 근대 초기 아동극 대본의 미학적 특징과 기능의 일단을 밝혀보고자 한다.

웃음을 일으키는 요소는 매우 다양한데,[10] 여기서는 베르그송의 분류 기준인 성격, 말, 상황으로 나누어 분석한다. 『어린이』 게재 희곡에서 주로 인물의 결함, 인물의 말장난, 극의 아이러니 구조가 웃음을 일으키기 때문이다.

연구 대상은 『어린이』 게재 희곡 총 34편 가운데 희극적 요소가 들어있는 22편으로서 구체적인 목록[11]은 다음과 같다.

	장르명	제목	작자	수록권호	발행년월일
1	동화극	노래주머니(1장)	×	1권 1호	1923.3.20.
		노래주머니(2장)		1권 2호	1923.4.1.
2	동화극	톡기의 재판	소파	1권 10호	1923.11.15.
3	아동극	똑갓치 똑것치	×	2권 1호	1924.1.3.
4	동화극	멘아리(한 막)	김운행	2권 3호	1924.3.5.
5	동화극	싀골쥐·서울쥐(1막)	김운행	3권 3호	1925.3.1.
6	동화극	장님과 코끼리(1막)	마해송	3권 5호	1925.5.1.
7	동화극	부자의 심리(전2막)	김철오	3권 6호	1925.6.1.
8	소년극	둑겁이의 배	마해송	3권 8호	1925.8.1.
9	동화극	끗없는 녯말(전1장)	김일석	3권 9호	1925.9.1.
10	동화극	꾀바른 톡기	신고송	5권 2호	1927.2.1.
11	소녀대화극	방학여행	청화생	5권 6호	1927.6.1.
12	대화극	도적과 현인	연호당	5권 8호	1927.12.1.
13	아동극	엉터리 조각가	미소	6권 2호	1928.3.20.
14	방학희가극	음악선생	경화	6권 7호	1928.7.20.
15	소년대화(극)	딴청잘하는당손이	경화	7권 1호	1929.1.20.
16	동화극	거짓말왕자와정말왕자(전1막)	최경화	7권 5호	1929.6.20.
17	동화극	세 가지 대답(1막3장)	박승진	7권 11호	1929.12.20.
18	아동극	사자와 호랑이	연명흠	8권 5호	1930.5.20.

	장르명	제목	작자	수록권호	발행년월일
19	창작동극	쳉기통(전1막)	정인섭	8권 6호	1930.7.20.
20	아동극	모긔와 거미	경화생	8권 10호	1930.12.20.
21	아동극	원숭이의 재판	최윤수	9권 7호	1932.6.20.
22	농촌소년극	도야지(1막)	계윤집	10권 8호	1932.8.20.

2. 희극적 요소

1) 인물의 결함

인물의 결함은 『어린이』 게재 희곡에서 웃음을 유발하는 요소로 가장 많이 쓰이고 있다. 인물의 신체, 인지, 심리적 결함은 그 자체로 웃기거나 인물의 판단 착오를 초래하며 예상 밖의 상황을 일으켜 웃게 한다. 대상 희곡에서 인물의 신체 결함이나 변형의 요소가 쓰인 작품은 〈노래주머니〉, 〈장님과 코끼리〉, 〈음악선생〉, 〈엉터리 조각가〉 등이 있다.

창간호에 실린 〈노래주머니〉는 '혹부리 영감' 설화를 개작한 것[12]인데, 주요 인물인 혹부리 영감과 도깨비의 신체가 일반적인 인간의 기준으로는 결함이자 변형이어서, 그들의 등장 자체가 관객들을 웃게 한다. 그러므로 이 극에서는 인물의 모습이 주요한 희극적 요소로서 기능한다. 이 외에도 신체 변형과 관련된 도깨비들의 대사가 웃음을 유발시킨다.

독1 : (벌떡 일어서면서) 『이놈을 코를 잡아 늘이지요.』 김은 코를 쥐고 쩔쩔맨다.
독2 : 『입에도 혹을 붙여서 입을 못 벌리게 하지요.』 김은 입을 손으로 막는다.
독3 : 『이놈을 벌거벗기고 허리를 늘여서 나뭇가지에 친친 감지요.』 김은 두 손으로 제 가슴을 꼭 끼어 안는다.

독4 :『이놈의 입에서 개구리가 나오게 하지요.』 김은 다시 입을 가린다.[13]

위의 코를 잡아 늘이고 입에도 혹을 붙이며 허리를 늘이는 등의 신체 변형과 관련된 말은 도깨비들의 노랫말이기도 한데 혹부리 영감에게 가하는 처벌의 의미를 띠고 있다. 하지만 도깨비들의 장난기와 노랫말의 유희성에 의해 현실감이 떨어져서 긴장과 공포보다 웃음과 재미를 준다. 결국 욕심쟁이 혹부리 김 서방에게 가해진 처벌 — 박 서방의 혹까지 얼굴에 붙임 — 도 신체에 이중적 변형을 가하여 예상 밖의 모습을 보이므로 희극성이 높아진다.

〈장님과 코끼리〉, 〈음악선생〉은 시력의 결함이 판단 착오를 일으켜 웃게 하는 이야기이다. 〈장님과 코끼리〉는 '장님 코끼리 다리 만지듯 한다'는 속담으로도 잘 알려진 설화를 극화한 것인데, 여섯 명의 장님이 각자 코끼리를 만져보고 다르게 인식하며 오판하는 과정이 웃음을 유발시킨다. 〈음악선생〉의 음악선생은 장님은 아니지만 저시력이라서 여러 인식 착오와 실수를 한다.

은쥬 :『얘들아 어제 말이야 선생님이 내 궁둥이를 보고 례를 하는 줄 알고 작고만 어듸 가늬 엇저니 하면서 례를 밧노라고 고개를 숙이시길내 내가 도라서서 아 선생님 하닛가 호오 난 또 여긔가 얼골인 줄 알엇지 붉은 댕기를 보고 그랫고나 참 내가 잘못햇다 얘 미안햇다 하시면서 맛츰 겨트로 지나가든 왼 사람을 난 줄로 알고 작고만 따라가면서 그러시겟지』[14]

위와 같이 음악 선생은 학생의 댕기를 얼굴로 잘못 알고 엉덩이에 대고 인사한다. 이 희곡에서는 그와 같은 오인과 실수가 반복되며 희극성을 강화한다. 마침내 저시력 선생은 학생들이 과자 먹는 모습을 보지 못하여 과자 때문에 말문이 막힌 상황을 큰 병에 걸린 것으로 오인하며 의사를 부른다. 하지만 학생들과 의사는 이 상황을 진지하게 받아들이기보다 공모하여 선생을 놀려 주면서 한바탕 혼란에 빠진다.

여기에서 두 이야기 모두 시력 결함에 의한 판단 착오가 웃음을 유발시키지만 대상에 대한 태도는 다르다. 〈장님과 코끼리〉의 장님들은 부분을 만져보고 그것을 전체로 속단하는 오류를 범하면서도 '우물 안 개구리'처럼 자신들의 판단만 옳다고 주장한다. 이러한 태도는 시력 결함 못지않은 심리적 결함으로 여겨지며 비판적 태도를 갖게 한다. 하지만 〈음악선생〉의 저시력 선생은 그 실수가 어쩔 수 없는 것으로 여겨지며, 그로 인해 학생들의 선생에 대한 존경심이 훼손되지 않는다.[15] 즉 전자는 대상에 대한 풍자요, 후자는 해학이라는 것을 알 수 있다. 요컨대 같은 신체적 결함이라도 그 결함이 심리적 결함과 결부되느냐에 따라 대상에 대한 태도 및 웃음의 의미가 달라진다.

〈엉터리 조각가〉에서는 사람의 신체가 사물로 변형되는 상황에서 웃음이 유발된다. 돈에 욕심이 나서 3일 만에 여섯 개의 동상을 조각하기로 약속한 조각가는 그것이 도저히 불가능함을 깨닫고 학생들을 고용하여 동상을 재현하게 한다. 처음에는 의뢰인이 속았으나 동상을 거듭 돌아보는 과정에서 학생들의 모습이 달라져 들통이 난다. 이렇게 신체가 사물화되고, 다시 그 사물화된 신체가 달라지는 이중의 변형 과정에서 희극성이 강화된다.

인지 결함이 웃음을 일으키는 작품으로는 〈노래주머니〉, 〈딴청잘하는 당손이〉, 〈톡기의 재판〉, 〈멘아리〉, 〈도적과 현인〉 등이 있다.

〈노래주머니〉에서 도깨비들이 박 서방의 혹을 노래주머니로 오인하게 된 것은 도깨비3이 말귀를 못 알아듣는 특질을 지녔기 때문이다. 그가 박 서방의 말을 잘못 알아듣고 괴수 도깨비에게 틀린 정보를 전달한 것이다. 그의 이런 사오정 기질은 극 초반부터 드러난다. 괴수 도깨비가 도깨비들에게 새로운 노래를 요구하자, 도깨비3이 자신 있게 나서서 노래하지만 그 곡은 바로 도깨비들이 지겹게 불렀던 노래이다. 그의 상황에 맞지 않는 엉뚱한 행동은 웃음을 자아낸다. 〈딴청 잘하는 당손이〉의 당손이도 말귀를 못 알아먹고 상황에 맞지 않는 행동을 반복하여 웃음을 일으킨다. 당손이는 설날 어른들께 세배를 드리고 받은 선물을 그 대상에 맞게 다루지 못해 모두 잃어버린다. 그러한 상황이 반복, 심화되면서 급기야 자기 동무를 소처럼 외양간에 매어 두는 장면에 이르면 희극성은 극대화된다.

〈톡기의 재판〉, 〈도적과 현인〉에서도 도깨비3과 당손이처럼 말귀를 못 알아듣는 캐릭터들이 웃음을 일으킨다. 하지만 그들은 진짜 못 알아듣는 것이 아니라 어떤 이유에 의해 일부러 못 알아듣는 척한다. 〈톡기의 재판〉에서 토끼는 호랑이를 구해주었다가 잡아먹힐 위기에 놓인 나무꾼을 구하기 위해 말귀가 어두운 척한다.

> 톡긔 : (귀를 기우리고 한참 생각하다가 능청스럽게) 『어-엇더케 되엿서요? 알 수 업난 걸이요 누가 갓 치고 누가 그것을 살려주엇서요? 그리고 누가 누구를 잡어먹으려고…… 웅-당신이 이 호랑이를 잡어 먹으려고 해요』
>
> 나그네 : 『안-이요 내가 호랑이를 잡아먹으려 그러는 게 안이라 이 호랑이가 이괴짝에 갓처 잇난대 내가 살려주엇서요』
>
> 톡긔 : 『네-알앗슴니다 그러닛가 이 호랑이하고 당신이 이 괴짝속에 갓쳐 잇섯슴니다그려』[16]

위와 같이 토끼는 나무꾼이나 호랑이가 하는 말을 일부러 뒤집고 혼란스러워하며 상황 파악이 안 되는 체한다. 그것은 호랑이를 다시 궤짝 속에 넣기 위한 연기인데, 감상자들이 잘 아는 단순한 상황을 이해하지 못하는 토끼의 능청이 반복되고 심화되는 과정에서 희극성은 강화된다. 〈도적과 현인〉에서는 도적이 자신의 죄를 감추기 위해 재판장에서 "몰라, 몰라"하고 시치미 떼는 장면이 웃음을 유발한다. 어떤 질문에 대해서도 무조건 "몰라"만 외치기 때문에 소통을 거부한 그의 답변은 고장 난 인형 같은 느낌을 주며 기계성을 강화한다.

〈멘아리〉의 주인공 복동이는 나이가 매우 어리다. 그래서 그는 산에서 들리는 자기 소리의 메아리를 자기 소리에 답하는 타자의 소리로 받아들인다. 그런데 메아리가 질문엔 답하지 않고 자기 소리만 흉내 내자 복동이는 그가 놀리는 줄 알고 화를 낸다. 이와 같이 생명이 없는 자연 현상을 인간으로 오인하여 벌이는 아이의 행동이 반복되면서 웃음을 유발한다. 여기서의 인지 결함은 복동이가 어리기 때문이므로 누구나 공감할 수 있는 실수이면서 그 순진한 모습에 웃음 짓게 한다.

한편, 인물의 심리적 결함이 웃음의 요소로 쓰인 작품은 〈노래주머니〉, 〈싀골쥐 서울쥐〉, 〈똑갓치 똑것치〉, 〈방학여행〉 등이다. 〈싀골쥐 서울쥐〉를 제외하곤 인물의 욕심 때문에 의도와 다른 결과로 이끌어지는 상황에서 웃음이 유발된다. 따라서 여기에서는 〈싀골쥐 서울쥐〉만 살피고 나머지는 아이러니 구조에서 논하겠다. 〈싀골쥐 서울쥐〉에서는 서울쥐의 허영이 앞뒤가 다른 모순된 모습을 보여 웃음을 일으킨다.

약동 : 『걱정 말고 나만 딸어 들어오게.』 (…중략…)

약동 : 『어떤가? 자네 이런 훌륭한 그릇들을 보앗겟나? 이 접시 한 개가 이

십 원이라네 싀골서는 참 이런 것은 못 보네 또 이 은합 속에는 공국이 하나 잔득 들엇네 자네는 냄새만 맛터도 침이 제절로 흘러내릴 걸 이것 봐라 오늘은 뚝껑을 덥퍼놧다 그럿치만 한 번 열어볼까? 코등으로 이러케 밀어서 (코를 대어서 여는 체한다) 이것 봐라 뚝경이 들석거린다 됏다 됏다 열닌다 여보게! 이것 보게 어떤가? 내 재조가 용하지 (뚝경은 열녓다) 자 만히 자시게 나도 먹을 테니 쪽쪽』(…중략…)

약동 : (별안간에 등짝을 긋치며) 『에그 가 가 가만히 잇게 오네 와 주인이 나오네 큰일 낫네 자 얼는 달어나세 얼는 얼는』[17]

위와 같이 서울쥐 약동은 자신이 숨어 사는 식당과 그곳의 음식이 마치 자신의 것인 양 시골쥐에게 으스대고 자랑하다가 사람들에게 쫓기자 혼비백산하는 모습을 보인다. 자신이 가지고 있는 것보다 더 많은 것을 가진 체하는 허영은 인간의 대표적인 희극적 성격이다. 그만큼 희극에서 비중이 높은 인물도 허영심이 강한 인물이다. 하지만『어린이』게재 희곡에서는 허영쟁이보다 욕심쟁이가 압도적으로 많다. 그것은 당대 어린이들에게 경계시켜야 할 심리가 허영보다 욕심이었기 때문일 것으로 보인다. 이때의 욕심은 많이 가진 자가 더 가지려고 하는 심리도 있지만, 결핍된 자들이 제한된 재화나 기회를 두고 자기만 차지하려는 마음인 경우가 많다. 그것은 결핍된 자들의 이기심과 상통한다. 여기에서 당대 아동들에게 결핍된 상황에서도 이기심을 버리고 서로 나누며 살아야 한다는 윤리의식을 교육하려는 의도가 엿보인다.

2) 말장난

말장난 즉 어희語戲는 예로부터 널리 쓰이는 희극적 요소이다. 동음이의, 과장, 난센스 등의 방법으로 우리의 논리와 상식을 초월한 소통의 체계를 구축하는 과정에서 웃음이 유발된다. 즉 인간의 논리적 결함을 접했을 때 생기는 웃음이지만 인지적 결함이 있는 인물의 실수와 달리, 의도적으로 상식과 논리를 파괴하는 말을 만들어내어 웃음을 일으킨다. 따라서 말장난으로 인한 웃음은 인물의 특질에서 유발되는 것이 아니라 그가 구축하는 '말'에서 생성되는 것이자, 위트의 산물이다. 다시 말해 그것은 신체적 결함을 보고 즉각적으로 터져 나오는 감각적 웃음과 달리, 말들의 의미와 논리 파괴 과정을 인지했을 때 나오는 지성적 웃음에 해당된다. 『어린이』 게재 희곡에서는 그 비중이 적으며, 주로 지혜 대결 이야기에서 말장난으로 인한 희극성이 부각되고 있다. 그러한 작품으로 〈둑겁이의 배〉, 〈끗없는 넷말〉, 〈세 가지 대답〉 등을 들 수 있다.

〈둑겁이의 배〉에서는 배고픈 호랑이, 토끼, 두꺼비가 떡 하나를 차지하기 위해 재미난 이야기 대결을 벌이는 과정에서 과장으로 인한 웃음이 일어난다. 즉 이런 유형은 '거짓말 내기', '웃지 않는 공주 웃기기' 등의 이야기처럼 '웃음' 자체를 목적으로 벌이는 대결이므로 극이 전개될수록 과장이 심해지고 기지가 발휘되어 독자의 기대와 재미를 더한다. 그래서 마지막에 말하는 인물이 승자가 된다.

> 둑겁이 : (한참 생각하다가, 갑자기, 픽-쓰러진다)
>
> 톡기 : 이거, 왼일야.
>
> 호랑이 : 여보게! 정신 차리게.
>
> 톡기 : 오-내에게 떡을 빼앗기게 되엿스니까 분해서, 그린 양일세. (…중략…)
>
> 호랑이 : 여보게, 정신 차리게 왼일인가?
>
> 둑겁이 : (시침이를 떼고) 나는, 술, 이약이만 들어도, 이러케 된다네.[18]

위와 같이 〈둑겁이의 배〉에서도 가장 나중에 말한 두꺼비가 승자가 된다. 그는 '술에 제일 잘 취하는 이'라는 문제에서 호랑이, 토끼의 말을 듣고 기절한 체하며 술 이야기만 들어도 쓰러진다고 하여 떡을 차지한다. 모두 과장의 기법을 쓰고 있지만 "술집만 지나가도", "보리밭만 가도", "술과 관련된 말만 들어도" 취한다는 식으로, 과장의 정도가 점층적으로 심해지며 희극성을 강화한다. 또 제목이 나타내는 것처럼 두꺼비의 신체 변형이 일어나 웃음을 준다. 혼자 떡을 차지한 두꺼비는 호랑이와 토끼에게 떡을 빼앗길까 두려워 한입에 넣어서 배가 세 배나 커지고 호랑이와 토끼는 이 꼴을 보고 배꼽을 잡는다.

〈끗없는 녯말〉과 〈세 가지 대답〉은 최고 권력자의 불합리한 요구에 대응하는 재치 있는 답변에서 웃음이 유발된다. 전자에서는 이야기를 좋아하는 왕이 이야기꾼들에게 끝나지 않는 이야기를 하라고 요구한다. 3년 동안 이야기를 한 이야기꾼이 더 이상 이야깃거리를 찾지 못하자 사형에 처한다. 이렇게 목숨을 걸고 이야기해야 하는 상황에서 한 이야기꾼이 자신 있게 나선다.

> 둘재번녯말군 : 『한 녯적에 어느 님금이 그 나라에서 나는 곡식을 모와 튼튼한 창고 안에다 너어 두엇습니다! 그 해 그 나라에 쌀 먹는 벌네가 수없이 나서 도라단니면서 곡식을 죄다 먹고 나종엔 먹을 게 없어 헤매다가 그 창고 바람벽에 겨우 벌네 한 마리가 드나들 만한 틈새가 잇는 걸 발견하고 벌네 한 놈이 그 틈새로 드러가서 곡식을 한 알 물고 나온 뒤로 또 한 놈 드러가 한 알 물어내오고 셋재 놈이 또 드러가 무러내오고 그 다음……』(…중략…)
>
> 왕 : 「또 이야기를 막으면서」『어서 그 다음 말을 해라』

둘재번넷말군 : 『저는 결단코 폐하의 명령을 위반하지 안슴니다』 (…중략…)

왕 : 『정말 듯기 실쿠나! 대쳐 얼마 동안이나 지내야 그 벌네들이 그 창고에 잇는 곡식을 다 물어내겟니?』

둘재번넷말군 : 『아마 천 년은 넉넉히 걸니겟슴니다.』[19]

이야기꾼은 위와 같이 쌀을 한 톨씩 나르는 벌레의 행위로써 이야기를 이어나가 결국 왕을 이긴다. 여기에선 "끝없는"이 맥락에 따라 동음이의가 되는 현상에서 웃음이 유발된다. 왕은 흥미진진한 플롯이 끝없이 이어지는 이야기를 요구한 것이지만, 이야기꾼은 지루한 행위의 반복과 나열로 이야기 자체의 수명을 끝없이 이어가 왕을 제풀에 지치게 한 것이다.

〈세 가지 대답〉에서는 보다 욕심 사납고 의도적 악행을 저지르는 권력자가 등장한다. 또 희곡의 초입에 이 이야기는 영국 존 왕의 이야기를 극화한 것이라는 설명을 덧붙여 풍자의 의미를 더한다. 왕은 자기 나라에서 최고의 부자가 소유한 재산이 탐이 나서 그에게 논리적으로 해결할 수 없는 문제를 내고 못 맞히면 목숨과 재산을 빼앗겠다고 협박한다. 부자는 여러 뛰어난 학자들에게 도움을 요청했지만 답을 구하지 못하고 절망한다. 그때 부자와 닮은 하인이 위트와 용기로써 그 문제를 해결한다. 하인은 부자 대신 왕 앞에 가서 다음과 같이 답한다.

왕 : 『그럼 첫재 내가 어느 때까지 살 것인가』

하 : 『네 폐하께서는 그저 도라가시는 날까지밧게는 더 사러 게실 수가 업고 또 도라가시는 그 시간에 꼭 도라가실 것입니다』

왕 : (뜻밧게 대답을 듯고도 놀나는 빗이 업시) 『하하하하 그것 참 매우 재미잇는 대답이다 그럼 둘재는 내가 말을 타고 세게를 한 번 도라오랴면 멧츨과

몇 시간이 걸릴 것인가』

하 : 『네 폐하께서는 아츰 일즉이 태양과 함께 이러나서서 태양이 다러나는 속도로 말을 달니시면 꼭 스물네 시간에는 이 세계를 한 번 도라오실 것임니다』

왕 : (…중략…) 『그럼 셋재로 내가 지금 무슨 생각을 하고 잇는가 이 대답만은 못 할 터이지』

하 : 『네 황송합니다 폐하께서는 소인을 정말 칸타베리의 부자인 줄만 생각하고 게시겟지요』

왕 : 『그야 물론이지』

하 : 『그럿치만 소인은 그가 아니올시다』[20]

이 난센스 퀴즈의 함정은 주관성과 예측불가능성에 있다. 왕의 수명, 왕의 세계일주 시간, 왕이 지금 생각하고 있는 것은 모두 왕 개인의 운명, 건강, 능력, 감정 등에 따라 달라지는 것으로 합리적인 답을 구하기 어려운 문제이다. 그래서 하인은 그에 대한 답변도 주관성에 근거하여 답하고 있다. 단적으로 말해, "알 수 없는 질문에 대한 답은 무엇인가?"라고 물으니, "알 수 없는 질문에 답하는 것입니다"라고 동어반복을 하고 있는 것이다. 단 마지막 질문에 대해선 하인이 왕보다 우월한 답을 내놓는다. 그것은 왕이 모르는 정보 — 하인이 부자가 아니라는 사실 — 를 하인이 알고 있기 때문이다. 즉 왕은 '지금 생각하는 바'라는 자기만 알 수 있는 문제를 내었다가 결국 자기가 모르는 사실에 의해 퀴즈 대결에서 지고 만 것이다. 이와 같이 이 극은 난센스 퀴즈에 답하는, 상식을 초월한 답변에서 웃음을 준다.

3) 아이러니

웃음은 예상 밖의 상황이나 그 결과에 대한 반응인 경우가 많다. 이 원리로부터 아이러니는 희극성의 핵심적 요소를 차지한다. 『어린이』에선 그러한 희곡의 예로 〈노래주머니〉, 〈톡기의 재판〉, 〈똑갓치 똑것치〉, 〈방학여행〉 등을 들 수 있다. 〈노래주머니〉에서는 욕심쟁이 김 서방이 박 서방처럼 혹을 떼고 재물을 얻으려다 박 서방의 혹까지 달게 된다. 〈톡기의 재판〉에서는 은혜를 모르는 호랑이가 자신을 구해준 나무꾼을 잡아먹으려다 다시 궤짝에 갇히는 상황에 빠진다. 둘 다 심리적 결함을 가진 인물이 자신의 욕심으로 인해 불행해지는 이야기로서 그들의 불행은 처벌의 의미를 띠며 동정보다 쾌감을 준다. 아이러니 효과는 이들보다 〈톡기의 재판〉이 더 크다. 〈노래주머니〉에서는 혹을 떼어낸 인물과 붙인 인물이 서로 다르고, 김 서방의 혹을 떼기 위한 노력이나 의도가 부각되지 않는데 비해, 〈톡기의 재판〉에서는 사건의 발단과 결말이 온전히 호랑이의 의도에 의해 전개되기 때문이다.

처음에 호랑이는 궤짝에서 풀려나기 위해 나그네에게 애원하며 동정을 호소하고 나그네의 안전을 보장하지만 막상 그의 도움으로 자유를 얻게 되자, 태도가 돌변하여 나그네를 잡아먹으려 한다. 그리고 그 행위를 '인간은 사물들을 괴롭히니 죽어도 싸다'는 다른 사물들의 판단으로 정당화하려다가[21] 오히려 토끼의 꾀에 넘어가 스스로 궤짝 속에 들어가게 된다. 이와 같이 의도와 다른 불행한 결말의 책임이 온전히 호랑이에게 있으므로 호랑이의 심리적 결함 및 모순된 태도가 부각되고 아이러니 효과가 커진다.

〈똑갓치 똑것치〉, 〈방학여행〉도 인물의 이기적 욕심에 의해 의도와 다른 결말을 맺게 되는 구조가 희극성을 강화한다. 두 작품은 공통적으로 결핍에 처한 인물들이 한정된 재화나 기회를 가지고 서로 자기만 차지하려고 욕심내다가 결국 모두 그것을 놓치는 이야기이다.

전자에서는 배고픈 두 마리의 토끼가 왜떡 한 개를 가지고 싸우는데 지나가던 여우가 중재자로 나선다. 그는 왜떡을 공정하게 나누어 준다면서 반으로 가른다. 그러자 토끼들이 자기 몫이 더 작다고 아우성을 치고, 여우는 공정한 분배를 한다며 좀 더 많은 쪽을 뜯어 먹는다. 이런 상황이 반복되어 결국 여우가 왜떡을 다 먹어 버린다. 이러한 과정을 지속시키고 촉진시키는 것은 서로 많은 쪽을 먹으려고 다투는 토끼들의 욕심이다. 그들은 욕심에 눈이 어두워 자신들의 몫이 점점 줄어드는 것도 모르고 이 과정을 반복하기에 그 어리석음이 웃음을 유발한다. 마침내 토끼들이 그 사실을 알아차리고 여우에게 항의하자, 여우는 마지막 조각을 입에 넣으며 이제 완전히 똑같아지지 않았느냐고 응수한다. 여기에서 제목인 〈똑갓치 똑것치〉가 동음이의적 언어유희이면서 극의 아이러니를 단적으로 나타낸 말임을 알 수 있다. 토끼들은 서로 똑같은 양을 먹기 바랐으나 그 의도와 달리, 여우가 개입하여 똑같이 먹지 못하는 결과를 초래한 것이다. 하지만 이 극에선 여우의 행위를 문제 삼지 않는다. 여우의 사기와 약탈은 양보할 줄 모르는 토끼들을 심판하는 행위로 정당화되고 있다.

〈방학여행〉은 보기 드문 창작극인데 〈똑갓치 똑것치〉와 기본 구조가 같다. 여기서 대결하는 이들은 자매이고, 그들의 결핍된 욕망은 방학 여행이다. 서울에 사는 자매는 다른 친구들처럼 바닷가나 유원지로 여행을 가고 싶어 한다. 하지만 아버지가 돌아가신 지 얼마 안 되어 가정형편이 어렵기 때문에 그들의 소망은 이루어지기 어렵다. 그때 고모가 방문하여 어머니에게 고모네 여행에 어떤 아이를 데리고 가면 좋을지 의논한다. 공교롭게도 한 명만 갈 수 있다. 고모와 어머니의 대화를 엿들은 자매는 본심과 달리 서로 가지 않겠다고 양보한다. 왜냐하면 고모와 어머니가 양보하는 착한 아이를 보내겠다고 했기 때문이다.

惠 : 아니야요 언니가 가야지 언니에게만 일을 식히고 나 혼자 놀어갈 수는 업소

貞 : 참 퍽도 욱이는고나 나는 실흐니 네가 가요

惠 : 나는 실흐니 언니가 가요

貞 : 그러지 말고 네가 간다고 얼는 대답을 해라

惠 : 언니가 가겟다고 얼는 그래요

貞 : 가든지 안 가든지 얼른 간다고 대답만 하렴으나

惠 : 글세 안 가드래도 가겟다구 언니가 말만 해요

貞 : 에이 고집통이! 무슨 일로 안 갈 테냐

惠 : 암만 그래도 내가 가겟다고는 안 할 걸

貞 : 엣기 요 깍정이

惠 : 엣기 이 욕심쟁이 가트니라구[22]

위의 인용은 서로 양보하던 자매가 팽팽히 맞서다 결국 싸우는 장면이다. 이때 표면적으로 양보하는 말은 심층적으론 내가 가겠다는 뜻을 나타내므로 양보가 지나칠수록 서로 양보하지 않으려는 욕심이 드러나 그 역설적 태도가 웃음을 자아낸다. 자매의 양보와 싸움을 지켜보던 고모는 우애 깊은 자매를 자기가 싸우게 했다며 둘 다 데려가지 않기로 한다. 자매의 의도와 다르게 전개된 고모의 오해와 결정이 아이러니를 강화하며 웃음을 준다.

3. 풍자와 해학의 놀이극

근대 아동잡지 『어린이』는 근대적 아동관을 바탕으로 아동들에게 유익하고 재미있는 문예물을 제공하며, 일제의 공교육에 맞서는 대안 교육 교재로서의 역할을 충실히 해왔다.[23] 아동극 희곡도 창간호부터 실려 아동들끼리 연출하고 연기하며 즐길 수 있는 "여흥" 거리를 제공했다. 『어린이』 게재 희곡은 내포독자를 관객보다 연행자로 상정하여 예술성보다 오락성을 추구하고 텍스트보다 즉흥적인 표현력이 중시된다. 그래서 창작극보다 쉽고 익숙한 설화를 각색한 동화극의 비중이 높고 희극성이 강하다.

『어린이』 게재 희곡에서 주요한 희극적 요소는 인물의 결함, 인물의 말장난, 극의 아이러니 구조인데 그중 '인물의 결함'이 높은 비중을 차지한다. 한편, 『어린이』 게재 희곡에서는 당대 아동들의 수준과 흥미를 고려하여 말장난 등의 지성적 웃음보다 인물의 신체 변형을 통한 감각적 웃음을 더 많이 추구한 것으로 보인다. 그리고 22편의 작품 중 18편이 풍자에 속하는데, 그중 12편[24]이 욕심쟁이를 풍자 대상으로 삼아 욕심을 경계하고 있다. 다시 말해 욕심쟁이가 등장하는 희곡은 내포독자로 상정된 아동이 웃음의 대상인 욕심쟁이보다 윤리적으로 우월한 위치에서 그들을 비판하며 냉정한 웃음을 띠게 한다. 그리고 욕심쟁이가 자신의 욕심 때문에 망신을 당하거나 좋은 기회를 잃어버리는 결말로 인해 권선징악적 교훈과 쾌감을 얻게 한다.

아동들은 풍자를 통해 선악의 기준을 분명히 하며 윤리의식을 형성하고 해학을 통해 자신과 타인에 대한 이해의 폭을 넓힐 수 있다. 『어린이』 게재 희곡은 아동들이 수동적 감상자에 머물지 않고 직접 연행하며 즐기는 가운데 이러한 교육적 효과가 얻어지게 했다는 점에 그 의의가 있다. 이렇게 볼 때, 성인 대상의 희곡과 다른 『어린이』 게재 희곡의 특성은 사건 전개보다 대화 위주의 단순 형태로서 풍자와 해학의 놀이극을 지향한 점이다. 이는 당시의 아동·청소년소설들이 궁핍한 현실을 그리는 데 집중한 점과 매우 대조되면서 아동극에 대한 인식이 유희 중심이었음을 보여준다.

제2부

아동 · 청소년 이야기의 사회학적 상상력

제1장

청소년소설의 장르 융합과 사회학적 상상력

최영희의 「묽은 것」과 『칡』을 중심으로

1. 들어가며

세상에 존재하는 것은 관계와 시간에 얽혀 있다. 그런 맥락에서 문학 작품이란 문학적 상상력뿐 아니라 사회적 상상력, 보다 정확히 '사회학적 상상력'의 산물이다.

사회학적 상상력은 미국의 사회학자 C. 라이트 밀즈가 『사회학적 상상력』에서 사회학 연구를 위해 제안한 개념이다.

> 사회학적 상상력이란 한 관점에서 다른 관점으로, 즉 정치적인 것에서 심리적인 것으로, 단일 가족 연구에서 세계 각국의 정부 예산에 대한 비교 연구로, 신학교에서 군부대로, 또는 유류 산업에 대한 고찰에서 현대시 연구로 시선을 옮겨가는 능력이다. 그것은 가장 비개인적이거나 먼 곳에서 일어난 변환에서 가장 친밀한 인간 주체의 속성까지 아우르는 능력이며, 또한 그 둘 간의 관계를 볼 줄 아는 능력이다. 이러한 상상력의 발휘 이면에는 그 사회와 시대에서 자신만의 특징과 본성으로 살고 있는 개인의 사회적 · 역사적 의미를 알고자 하는 충동이 있다. 간단히 말해서 이러한 이유 때문에 사람들은 이 세계가 어떻게 돌아가고 있으며 사회 안에서 개인의 일생과 역사가 교차되는 조그만 점인 자신에게 어떤 일이 일어나는지를 이해하고자 할 때 그러한 사회학적 상상력을 쓰는 것이다.[1]

밀즈는 미국 주류 사회학의 두 경향인 "'개념'만 주목하는 거대 이론과 미시적 주제와 '방법론'만을 중시하는 추상적 경험주의"[2]를 비판하기 위해 '사회학적 상상력'을 제시했지만, 그것은 문학작품을 창작하고 비평할 때에도 매우 유용하고 적극적으로 발휘해야 할 능력이다. "모든 개인은 대대로 특정 사회에서 살며 개인적인 일생을 살아가되, 어떤 역사적 연속성 안에서 그렇게"[3] 하기 때문이다. 즉 "개인은 사회와 그 사회의 역사적 추진력에 의해 형성"되는 동시에 그 사회에 "살고 있다는 사실 자체만으로 비록 미미하나마 그 사회의 형성과 역사적 진로에 공헌"[4]한다.

우리가 역사소설에서 역사적 정보 이상의 가치를 기대한다면 그것을 가능케 하는 힘은 사회학적 상상력이다. 과거 사실의 받아쓰기와 역사적 인간에 대한 피상적 재현으로는 어떠한 역사적 사건이나 인물도 현재적 진실을 나타내기 어렵다. 이는 비단 역사소설에 국한되지 않는다. 아동문학이나 판타지 따위까지 포함한 모든 이야기에 해당된다. 즉 이야기 창작자들은 인물이 욕망을 지닌 기능적 행위자이면서 역사적 개인이어야 함을 함께 고려해야 한다. 그것은 어떻게 가능한가? 최영희의 작품들은 그 답을 찾는 데 큰 도움을 준다.

우리에게 SF 작가로 잘 알려진 최영희는 아동과 청소년 대상의 역사소설도 다수 창작하였다. 그림책 『여덟 살 꼬마시인 허난설헌 이야기 초희가 썼어』[5]와 『조선시대 최고의 책장수 조신선은 쌩쌩 달려가』,[6] 역사동화 『오늘도 개저녀기는 성균관에 간다』,[7] 청소년소설 「2000년대 이후 촛불집회 이야기, 점 하나」[8] 등은 모두 사회학적 상상력이 돋보이는 작품들이다. 그의 역사 인물 이야기에서 효과적인 기법 중 하나는 주인공이 어린이가 아닐 때 독자가 동일시할 수 있는 어린이를 등장시켜 그를 초점자나 서술자로 서술하는 것이다. 『오늘도 개저녀기는 성균관에 간다』는 성삼문의 유생 시절 이야기인데, 그의 시중을 들던 직동 '개저녀기'의 눈과 입으로 성삼문의 천재성과 인품을 그려낸다.

여기서 개저녀기는 제목에서 알 수 있는 것처럼, 보조적 인물에 머물지 않는다. 주로 성삼문과 관련된 사건이지만 개저녀기는 중심사건의 주체로서 성삼문보다 서술 비중이 높다. 그렇다고 해서 성삼문 이야기가 약화되는 건 아니다. 오히려 관념적으로 다가왔을지도 모를 역사적 인물을 현실감 있게 되살려 인상적으로 만든다. 그럴 수 있었던 비결은 바로 성삼문을 홀로 우뚝 선 개인으로만 그리지 않은 데 있다. 즉 인물의 생애에서 한 시기를 잡아 그 상황을 구체화하고 거기에서 맺은 관계들을 탐구한 것이다. 특히 유생의 시중을 드는 평민 계층인 직동에 주목하여 그들의 삶을 복원한 것은 성삼문을 알리는 일 못지않게 소중하고 가치 있다. 그것은 우선, 나인, 상궁, 내시처럼 특정 기관에 매인, 독특한 신분이지만 잘 알려져 있지 않았던 '성균관 직동'이란 계층을 부각시켰고, 개저녀기와 성삼문의 관계를 위계적이기보다 서로 배우고 돕는 관계로 그려서 직동을 신분제 사회의 천대받는 계층이 아닌, 성장하는 존재로 형상화했기 때문이다. 그리고 이는 작가가 조선시대 직동과 유생으로 살아간 두 사람을 상상하고 조선의 사회구조 속에서 바라보며 현재적 관점에서 비판적으로 해석했기에 가능한 일이다. 이러한 그의 사회학적 상상력은 작품 전반에서 발휘되고 있는데 특히 장르가 융합된 작품들에서 개성적으로 드러난다. 그에 대해 「묽은 것」과 『칡』을 중심으로 살펴보겠다.

2. 일본군 성노예의 고통을 투과한 SF 「묽은 것」

마커스 주삭의 소설 『책도둑』[9]은 작가가 부모에게서 들은 2차 세계대전 때의 한 장면에서 착상되었다고 한다. 수용소로 끌려가다 지쳐 쓰러진 유태인에게 독일 시민이 다가가 빵 한 조각을 준 모습이 전쟁고아 소녀를 키우며 유태인을 숨겨주는 독일인 가족 이야기로 창작된 것이다. 이처럼 어떤 단편적이고 순간적인 체험이나 정보, 직관이 작가의 상상력을 자극해 장편 이야기로 전개되는 경우가 있다. 그런 측면에서 볼 때, 확인된 사실은 아니지만[10] 최영희의 단편소설 「묽은 것」[11]은 폴란드 헤움노수용소에서 탈출한 한나 이야기에서 착상된 것이 아니었을까 짐작해볼 수 있다. 소설에서 등장인물인 일본인 이부키 교수가 들려주는 한나 이야기는 다음과 같다.

"폴란드 헤움노수용소에서 탈출한 한나라는 아이일세. 몇 달만 지체했어도 그곳에서 죽었을 아이지. 한나를 구해낸 사람은 영국 출신의 양부모였네. 양부모는 한나를 데리고 미국으로 떠났지. 그런데 그 배에서 한나의 유령이 목격된 걸세. 살아있는 한나와 생김새는 같으나 형태는 묽었던 거지. 목격자에 따르면 묽은 한나는 진짜 한나를 만나 몇 마디 이야기를 나누다 사라졌다 하네."[12]

「묽은 것」의 주인공 여문은 위에서 말한 한나의 유령처럼 묽은 존재이다. 하지만 일반적으로 알려진 유령과 다른 점이 많으며 한국 전통문화에서의 '원혼'이나 '원령怨靈'에 가깝다.[13] 유령은 대개 죽은 자의 영혼으로 알려져 있지만, 본래의 여문은 죽지 않고 존재한다. 또 일반적으로 사람들은 유령을 볼 수 없지만, 묽은 여문은 모든 사람들이 볼 수 있는 실체로 존재하고 그들과 대화할 수 있다. 심지어 여문의 '묽은 떡'을 사람이 먹을 수 있고, 사람이 먹는 물을 여문이 먹기도 한다. '남은 질문'이란 뜻의 이름을 가진 '여문'은 이와 같이 미스터리한 존재로 등장하여 독자들로 하여금 여문의 정체성 탐색 과정에 동참케 한다. 여문은 묽은 것들만 사는 까치울을 벗어나 다른 마을에 들어서서야 묽지 않은 것, 즉 원래 존재들을 알게 되고, 거기에서 그들과의 차이를 발견하며 자기가 누구인가를 알아간다. 놀라운 사실은 사람들이 사는 마을에도 여문처럼 묽은 존재가 점점 생겨나고 있다는 점이다. 까치울로 돌아온 여문은 묽은 것들을 뱉어내는 소용돌이를 통해 그 너머의 묽지 않은 여문을 보고서 비로소 자기가 누구인지 알게 된다.

15세의 일본군 성노예 희생자인 묽지 않은 여문은 그 끔찍한 고통을 견디기 위해 자기 에너지의 일부로 묽은 여문을 만들어서 안전한 까치울에 살게 했던 것이다. 까치울에 있는 모든 사람과 사물은 여문이 오고부터 던져진 — 여기서의 논리를 따르면 묽지 않은 여문이 보낸 — 존재로서 여문의 삶을 평화롭고 풍요롭게 만든다. 단, 일본인만 빼고. 일본인은 묽지 않은 여문의 원한이 보내는 존재로서 묽은 여문이 묽은 일본인들을 해치운다.

요컨대, 「묽은 것」은 역사적으로 실재했던 일본군 성노예 희생자의 삶을 제재로 하여, 그들이 그 고통스러운 시간을 어떻게 견딜 수 있었는지 SF적으로 탐구한 것이다. 등장인물인 이부키 교수의 가설에 따르면 '묽은 것'은 극심한 긴장 상태에 놓인 사람에게서 떨어져 나온 생체 에너지의 일부이다. 즉 작가는 생체 에너지학의 원리를 빌어 '여문'이란 인물을 창조하고 있는데, 이부키 교수가 풀지 못한 문제들을 의문으로 남긴 채 이야기는 맺는다. 실상 '묽은 것'에 대한 과학적 해명이 무엇인가는 이 작품의 의미와 진실을 형성하는 데 별로 중요하지 않다. 오히려 역사적 사건을 굳이 SF로 서술한 의도가 무엇인가에 대해 질문해야 할 것이다. 그 질문은 돌려 생각하면 '묽은 것'과 그들의 마을인 까치울을 왜 여문의 판타지로 그리지 않았는가와 상통한다. '묽은 것'들을 유령이나 여문의 환상으로 설정했으면 훨씬 상식적이고 수월했을 텐데 말이다. 하지만 그러기엔 작가가 사회학적 상상력으로 체험한 15세 여문의 고통이 너무 생생했기 때문일 것이다.

이 작품의 가장 큰 장점은 상상력의 빛으로 역사적 고통을 투과하여 개인의 고통을 실체화한 것이다. 고통을 추상화하거나 감성의 영역에 머물지 않게 하기 위해 작가는 과학적 상상력을 발휘했다. 그리하여 고통은 에너지를 지닌 물리적 실체로 형상화되어 독자들과 더 아프게 마주한다. 결코 웃을 수 없는 여문, 일본군으로부터 까치울을 지키기 위해 늘 신경을 곤두세우고 있는 여문, 해방이 되고 수십 년이 흘러 더 이상 일본군이 오지 않는데도 묽지 않은 여문과 결합하지 못하는 여문은 이 땅의 수많은 '묽은 것'들을 상상케 한다. 묽지 않은 존재로부터 던져져 자기 사명을 다하고 있는 '묽은 것'들이 지금 이 세계에도 얼마나 많을 것인가. 그들은 유령이 아니기에 절대자에게 올리는 기도나 주술사의 위안으로 사라지지 않는다. 그들을 원래 있던 곳으로 돌려보내기 위해 필요한 것은 묽지 않은 존재들이 감당하기 힘든 고통으로부터 해방되는 일이며, 그것은 결코 개인적 차원에서 해결할 수 없는 일이다. 그래서 묽은 여문이 복사꽃밭에 단도를 묻으며 "묻은 자리를 기억해 두었다가 네가 원한다면 언제든 다시 칼을 쥘게"[14]라고 다짐하는 장면은 독자들에게 다음과 같은 다짐을 하게 한다. "여문아, 네가 다시는 칼을 쥐는 일이 없도록 우리가 노력할게!"

3. 사회적 모순에 맞선 무명씨들을 기린 판타지 『칡』

『칡』[15]은 공포 판타지 또는 공포 식물 판타지로 소개되는 청소년소설이다. 그것이 장르명으로 적합한가 여부는 둘째 치고, '공포'는 이 작품에서 독자의 긴장감을 유지하고 서사를 전개시키는 주된 정서이다. 프랑코 모레티는 공포를 "억압된 것의 회귀"[16]라고 했다. 그렇다면 소설이 불러일으키는 공포는 사람들을 억눌렀던 것의 표현[17]일 수 있는데, 『칡』에선 그것이 진실을 가리는 사회 권력이다. 이 소설의 주인공인 16세 한시훈은 다음과 같은 사회적 모순에 부딪친다.

먼저, 공익 제보는 공익에 별 도움이 되지 않고 사익을 크게 침해한다. 시훈의 아버지가 회사의 비리를 언론에 제보했지만 회사는 별다른 변화가 없고, 오히려 시훈의 아버지만 실직당하며 그에 대한 재판에서도 패배하여 부모는 시훈과 시아를 할머니에게 맡기고 미얀마로 일터를 찾아 떠난다.

다음으로, 칡만 골라서 제거한다는 선별적 제초제가 오히려 칡을 기형적으로 자라나게 할 뿐 아니라 '살생 식물'로 변이를 일으킨다. 그리고 그 문제를 해결하기 위해 군인들이 왔지만 그들은 문제의 원인을 알면서도 칡뿌리를 캐지 않는다.

마지막으로, 마을 사람들을 기형 칡으로부터 보호하기 위해 파견된 군인이 오히려 그 칡뿌리를 제거하려고 시도하는 시훈에게 총을 쏜다.

이상에서 알 수 있는 것처럼, 이 소설의 공포 상황은 새가 어느 날 갑자기 공격성을 드러내고, 끝까지 그 원인을 제시하지 않는 히치콕의 영화 〈새〉[18]와 다르다. 즉 이 소설에서 공포는 단지 '칡'의 괴기성만이 아니라 그러한 상황을 만들고 해결의 열쇠를 쥔 권력자들의 불합리하고 폭력적인 판단과 억압에서 온다. 피지배층을 답답하고 암담하게 하는 이 모순은 한국인에게 낯설지 않다. 실재하지 않는 '비슬 마을'과 비현실적인 '살생 쥙'을 등장시켰지만 이 소설은 수많은 사건 사고를 상기시키며 우리 역사에 존재했던 사회적 모순을 암시하고 풍자한다. '공익 제보자가 내부 고발자로 낙인 찍혀 더 이상 설 자리를 잃게 되는 사회', '특정 권력집단이 자연을 변형시키는 실험을 하고 그 위험을 고스란히 일반 시민들에게 전가하는 사회', '은폐된 진실을 알고 그로 인한 문제를 해결하려는 이들의 생명까지 앗아가는 사회'를 근대 한국인은 직간접적으로 체험해왔다. 이 소설에 그려진 이야기는 그러한 사회적 억압과 공포를 환기하는 사회학적 상상력을 작동시킨다. 그래서 이 소설을 '공포 (식물) 판타지'로만 규정할 수 없게 한다.

그러면 시훈은 이 상황에 어떻게 대응하는가? 처음에 시훈은 군인들이 제지하자 이상한 낌새를 느끼고 마을 입구에서 발길을 돌린다. 부모님의 피해 사례를 통해 금지된 비밀에 다가서는 것은 위험하다는 것을 본능적으로 느꼈기 때문이다. 하지만 어린 동생 시아의 애착담요를 포기할 수 없어서 결국 강물에 몸을 담그는 수고를 무릅쓰고 군인들의 눈을 피해 마을로 진입한다. 시아에게 담요 놈놈이는 「묽은 것」의 여문이 만든 '묽은 여문'과 마찬가지로 힘들고 외로운 현실을 견딜 수 있게 해주는 존재이다. 무엇보다 시훈에게 시아가 그런 존재이므로 시아를 견디게 해주는 놈놈이가 시훈에게도 필요하다. 그러나 마을 상황은 바깥에서 듣던 것보다 훨씬 심각하여 시훈은 살생 쥙들의 공격 대상이 된다. 이 소설에서 시훈은 세 번 죽을 뻔하지만, 윤청아 덕분에 그 고비를 넘긴다. 그리고 더 이상 쥙으로부터 도망치지 않고 맞서 싸운다.

윤청아는 정의롭고 용감한 여성 영웅이지만 마을 사람들에겐 버릇없고 정신 나간 범죄 경력자로 알려져 있다. 전자는 그가 개를 잔인하게 잡아먹은 할아버지의 행동에 대해 할아버지 집 담장에 그라피티를 그려 격렬히 항의했기 때문이고, 후자는 우연히 마을 아주머니의 가족 동반자살 계획을 듣고 그 집 쌀통에 감춘 독약을 빼내느라 받게 된 오해이다. 이 작품은 비리를 은폐하는 특정 권력자들과 반대 지점에 있는 윤청아라는 인물을 통해서도 드러난 사실이 진실과 다를 수 있음을 제시한다. 시훈도 처음엔 윤청아가 미쳐서 자기를 죽이러 오는 줄 알았다. 하지만 윤청아는 사람들이 떠나버린 마을에 남아 전기톱, 칼 등을 이용해 끝없이 생장하는 살생 칡들과 싸우고 있었다.

윤청아는 확실히 문제적 인물이다. 윤청아 초점으로 서술되지 않아 그의 마음을 정확히 알 수 없으나 그는 성당지기 할아버지의 막내딸로서 귀촌한 인물이고, 사람뿐 아니라 동물의 생명도 소중히 여긴다. 그는 마을 사람들이 미처 데리고 가지 못한 돼지, 개 등의 동물들을 지키기 위해서 마을에 남았는지 모른다. 윤청아는 이 소설에서 끝까지 가장 순수하고 선하다. 그는 시훈을 구하고 지쳐 쓰러져서도 끝까지 칡과 싸우려고 한다. 시훈은 청아를 보면서 자발적으로 칡뿌리를 제거하는 싸움에 동참한다. 군인들의 공격과 회유에 굴하지 않고 시훈도 어느덧 윤청아처럼 사회적 모순에 맞선다. "청아 이모는 세상과 싸우려고 작정하고 태어난 사람 같았다"[19]고 한 시훈은 이제 알게 된다. '부조리한 세상에서 생명과 터전을 지키려는 사람들은 삶이 곧 싸움'이라는 것을.

그렇게 지쳐 쓰러진 윤청아를 리어카에 싣고 나오면서 시훈은 부모님이 패배자가 아니라 싸우고 또 싸우다 지쳤을 뿐이라는 사실을 깨닫는다. 그리고 그 가치를 되새긴다.

시아야, 난 결국 칡을 캐진 못했어. 그래도 할 수 있는 데까진 해 봤어. 전에 엄마랑 아빠가 그랬던 것처럼 말이야.[20]

이와 같이 『칡』은 그 성공 여부를 떠나 힘닿는 대로 사회적 모순에 맞서 싸웠던, 이름 없는 자들을 기리는 소설이다. 이 진지한 역사적 진실을 그로테스크한 판타지로 서술하여 얻는 효과는 무엇일까? 그것은 '낯설게 하기'와 '상징화'라고 생각한다. 전자는 우리에게 익숙한 제재와 문제의식을 서술 기법을 달리하여 새롭게 부각시킨 점을 이른다. 그것은 아직 사회적 모순에 깊이 눈뜨지 못한 아동·청소년 독자들에게 충격을 가하는 기법이라는 점에서도 효과적이다. 후자는 여기서 기리고 싶은 역사 속 인물들을 특정한 이미지와 의미로 부각시킨 점을 이른다. 여기서 한시훈과 윤청아로 대표되는 그들은 실상 무명씨들이라서 역사 속에 묻혀 있다. 구체적인 업적과 기록이 없지만 이야기는 독자의 사회학적 상상력을 자극하여 그들을 하나의 전형이 되게 한다.

4. 관계와 연결의 칡뿌리 상상력

지금까지 사회학적 상상력을 중심으로 최영희 작가의 작품을 살펴보았다. 개인을 기호화하면 좌표축 위의 점으로 그릴 수 있다. 문학작품은 바로 그 '점'에 주목하기에 점이 놓인 좌표를 탐구하지 않으면 안 된다. 실상 좌표를 떠난 점은 존재하기 어렵다. 하지만 이러한 방식은 개인과 사회를 너무 단순하게 도식화하는 위험이 따를 수 있으니 이제 작가의 보다 입체적인 상상력에 눈 돌려 보자.

『칡』에서의 '칡'은 유해하고 괴기스런 사물이지만, 이 글의 주제에 몰두하다보니 필자에겐 또 하나의 새로운 이미지로 다가왔다. 곧 사회학적 상상력의 패턴을 기호화하면 '칡뿌리' 형태이지 않을까?

앞에서 소개한 밀즈의 설명을 통해서도 알 수 있듯이, 사회학적 상상력이란 사회적 존재들의 관계를 탐구하고 연결 짓는 능력이다. 그런데 그 양상이 단순하지 않다. 얽히고 설켜서 좌표축 위의 점으로만 표현하기 어려운 복잡성이 있다. 바로 칡뿌리처럼. 그것은 직선이나 곡선 같은 질서정연한 규칙에서 벗어나 그때 그 지점의 필연성에 의해 새로운 방향으로 나아갈 수 있다. 다시 말해 큰 줄기를 따르면서도 벗어나고 그러면서도 또한 중심과 연결되어 있다. 상상력과 뿌리는 보이지 않는 곳에서 자유롭게 활동하며 새 영역을 확장하고 창조할 수 있다. 마치 나무가 지금 선 토양이 더 이상 생명력을 줄 수 없으면 뿌리를 이동시켜 다른 지역을 개척하듯이 사회학적 상상력도 기존의 논리나 장르 관습에 매이지 않고 그 경계를 허물며 새로운 영역을 창조할 수 있다. 물론 이러한 창조성은 사회학적 상상력뿐 아니라 모든 상상력의 특성일 것이다. 하지만 인간과 세계를 재현하는 문학에서 사회학적 상상력, 곧 칡뿌리 상상력은 다음과 같은 점에서 보다 중요하다.

칡뿌리 상상력은 개인의 삶과 그 여정을 쉽게 규정하고 의미화하지 않게 할 수 있다. 그리하여 단편적 진실이 전부인 것처럼 여기지 않고, 관련 사물들의 복잡한 맥락을 고려하며 섬세하게 접근하도록 도와준다.

21세기 신자유주의 사회에서 개인주의와 물질주의가 심화되고, 거기에 감염병 사태까지 더해 사람들은 점점 자기만의 공간에 갇혀 모래알처럼 존재한다는 느낌을 받는다. 하지만 신자유주의가 조장하고 신봉하는 자유와 개인은 소비 주체의 욕망과 소비 행위에 한정돼 있다. 심지어 그것도 결코 혼자 동떨어져 하지 않는다. 실제로 우리는 감염병에 의한 자가격리자의 삶에서도 유튜브를 비롯한 여러 인터넷 사이트를 통해 세계와 연결되어 다양한 콘텐츠를 즐기고 상품을 소비한다. 그러나 밀즈의 말을 다시 빌려 강조하면, 인간은 과거부터 현재까지 또 앞으로도 특정 사회에서 역사적 연속성 아래 살아갈 것이다. 그런데 사람들은 자주 그 사실을 망각한다. 이야기는 우리의 삶을 비추는 거울 기능을 한다. 그 거울이 겉으로 잘 드러나지 않고, 때로는 특정 세력에 의해 은폐되며, 사람들이 망각한 진실을 비춘다. 특히 그것이 아동·청소년의 거울이라면 문학작품은 우리 아동·청소년들이 깊이 있고 폭 넓게 자기와 세계를 이해하며 살아가는 데 기여할 것이다. 사회학적 상상력은 바로 그러한 작업의 동력으로 작용할 것이다.

제2장 가부장의 붕괴, 집을 벗어나는 엄마와 아이들

1. 들어가며

가족을 구성하는 기본 요소는 아버지와 어머니, 그리고 그들 사이에 태어난 자녀이다. 젠더와 연령의 서열이 가족 관계의 핵심이기 때문에 그 구성원의 역할에 대한 논의는 가족 내 성역할 및 권력 관계와 관련이 깊다. 그래서 가족을 개인이 선택한 낭만적 사랑의 결실로 이상화하는 것은 우리의 현실과 너무나 달라서 달콤하지만 공허하다.

종족 번식과 생존의 기본 단위인 '가족'은 정치·경제 체제와 상호작용하며 끊임없이 변화해왔다. 다이애너 기틴스가 주장하는 것처럼 '가족the family'이라는 단일현상은 없고, '가족들families'이 존재한다[1]고 보는 것이 진실에 더 가까울 수 있다. 이 말은 역사 속에 실재했던 가족들의 변화를 '대가족에서 핵가족으로의 변화'처럼 단순화시킬 수 있는가에 대한 문제제기[2]이자, 우리가 자명하게 받아들이는 가족에 대한 관념이나 이미지들이 이데올로기의 산물임을 시사한다. 가족이데올로기는 전방위적으로 우리의 삶에 영향을 끼치고 있지만 아동·청소년문학에 작용하는 그 힘은 좀 더 강력하다.

아동·청소년문학 작품 중 가족이데올로기에서 자유로운 작품은 거의 없다. 그 이유로 아동, 청소년의 자립하기 어려운 존재론적 한계를 먼저 떠올릴 수 있지만, 근본적으론 가족 중심의 세계관을 지적할 수 있다. 세계를 이루는 기본 단위가 혈연 중심의 가족이라고 보면, 부모가 될 아동·청소년에게 이상적인 가족관을 제시하는 것이 그들의 성장과 미래 사회의 발전을 위한 작가적 책무라고 인식하게 된다. 그런데 현실의 가족들은 산업구조 및 노동조건 등의 변화에 따라 해체와 재구성을 넘나들며 이상적인 가족의 기준을 무너뜨리고 있다. 이렇게 현실이 변하면 문학작품도 변한다.

과연 아동·청소년문학 작품은 이러한 변화를 어떻게 반영하고 변형시켰을까? 또 지금 이 시대 아동, 청소년들의 가족에 대한 욕망을 어떻게 해석하고 형상화했을까? 혹시 지배적인 가족이데올로기에 도전하는 시도가 있다면 그 양상은 어떠할까?

위와 같은 질문을 품고, 최근 창작된 동화와 청소년소설을 중심으로 가족 구성원의 역할 변화에 대해 살펴보았다. 이 작업은 가족 구성원의 역할에 대한 다음과 같은 우리의 상식과 고정관념을 전제로 한다.

> 아버지는 임금노동이나 사업 등을 하여 가족을 부양하고, 어머니는 가사노동과 자녀교육을 책임지며, 자녀는 부모의 보살핌 아래 학업 등 성장과업에 성실히 임한다.

이러한 역할은 남편과 아내, 부모와 자식 간의 위계와 연동하여 가부장제를 공고히 해왔다. 맞벌이 부부가 증가하면서 가사노동을 여성의 일로 한정하는 것에 대한 문제제기가 많았지만 아직까지 가사노동과 육아의 일차적 책임은 여성에게 부여된다. 아동·청소년 문학 작품에서도 이러한 가족의 모습이 평범한 가정의 전형으로 그려져왔다. 이 글에서는 그러한 양상의 변화를 검토하겠다.

가족 관계가 중심사건에 영향을 미치는 작품을 선정하여 아동·청소년 이야기 총 48편을 읽었다. 그중 대표적인 작품을 중심으로 논하겠다.

2. 무능한 아빠

대상 작품에서 두드러진 점은 아버지의 권위와 역할의 축소이다. 실직한 아버지들을 주인공으로 하여 경제적으로 무능하고 심리적으로 위축된 아버지의 방황을 그린 작품이 많다. 『나의 슈퍼 히어로 뽑기맨』[3]과 『게임 중』[4]의 아버지들은 실직의 무료함을 달래다 인형뽑기와 컴퓨터 게임에 중독된다. 전자의 서술자는 중2 딸이고, 후자의 서술자는 주인공 아들의 친구이다. 아버지들은 정장 대신 운동복을 입고 아이들과 함께 인형을 뽑고 게임을 한다. 처음에 아이들은 친구처럼 함께 놀 수 있는 아버지가 기꺼웠지만 점차 이성을 잃고 게임에 몰두하는 아버지를 부끄럽게 여긴다. 『나의 슈퍼 히어로 뽑기맨』에선 아버지의 방황을 허리 통증을 잊기 위한 불가피한 일로 이해하는 어머니 덕분에 아버지는 중독에서 벗어난다. 아버지가 다시 직업을 갖게 되지만 상실했던 능력을 회복하는 것은 아니다. 그보다 중요한 것은 아버지의 방황으로 흔들렸던 가족 관계가 어머니의 사랑과 믿음으로 회복되는 것이다. 즉 아버지가 경제적 능력을 상실해도 소중한 가족이므로 변함없이 사랑해야 한다는 의미를 형성한다. 「남주부전」[5]과 『아빠를 빌려드립니다』[6]도 비슷한 주제를 나타내지만 아버지들이 실직 이후 새로운 일을 하며 자신의 존재 가치를 발견한다는 점에서 다르다.

「남주부전」은 「별주부전」을 패러디한 동화인데 '주부'와 '간'의 동음이의어를 활용해 반전과 웃음을 준다. 여기서의 '주부'는 집안에서 살림하는 사람을, '간'은 음식의 맛을 내는 짠 물질을 뜻한다. 집에서 살림을 전담하던 아버지는 용 사장의 입맛에 맞게 음식의 간을 맞추어 요리 실력을 인정받는다. 용 사장은 아버지에게 함께 살면서 음식의 간을 맞추면 집과 재물을 주겠다고 제안했지만 아버지는 가족을 위한 요리를 선택한다. 이 동화는 아버지 스스로 돈을 위한 일보다 가족을 돌보는 주부의 역할을 선택했다는 점에서 보기 드문 작품이다.

『아빠를 빌려드립니다』는 아버지가 부재한 현실을 풍자하며 미숙한 아버지의 변화가능성을 제시한 소설이다. 주인공인 아버지는 미용실을 운영하는 아내에게 의지해 10년 동안 백수건달로 지내온 게으르고 무책임한 인물이다. 그런 아버지가 못마땅했던 아홉 살 딸은 쓸모없는 물건을 처분하는 심정으로 "아빠를 빌려드립니다"라는 온라인 광고를 낸다. 마침 부재하는 아버지 역할을 필요로 하는 사람들이 많아서 주인공의 대리 아버지 사업은 점차 번성한다. 주인공은 미혼모의 출산 과정을 함께하고, 치매 노모를 돌보고, 어린 아들과 놀아주는 등의 아버지 역할을 하면서 이제까지의 삶을 반성하고 성실한 남편이자 아버지로 성장한다. 무능하고 무기력하며 철없는 아버지에 대한 어린이의 반감을 다소 파격적인 발상으로 형상화한 점은 신선했지만 그 아버지의 변화 과정이 작위적이다. 현실을 풍자하려는 의도와 '아버지'를 회복하고 싶은 희망이 유기적으로 엮이지 못하여 '아버지 부재'의 문제의식도 약화된다.

세상과 단절되어 아무것도 하지 않으면서 가족에 기생하여 살아가는 아버지를 보다 신랄하게 풍자한 작품으로 「아버지 가방에서 나오신다」[7]를 들 수 있다. 상징성이 강한 동화인데 띄어쓰기의 오류로 널리 알려진

말을 부조리하고 환상적인 사건으로 그려냈다. 어떤 바닷가 마을의 아버지들은 여행 가방에서 생활한다. 그들은 끼니때가 되면 가방에서 손만 내밀어 음식을 가져갈 뿐이고 결코 가방 밖으로 나오지 않는다. 어머니들은 1년에 한 번 아이들에게 아버지 가방을 맡기고 여행을 떠난다. 그러던 어느 날, 이상과 이상의 아버지가 그 마을로 온다. 이상의 아버지는 텐트도 치고 밥도 하며 다른 아이들과 놀아준다. 아이들은 아버지가 그런 역할을 할 수 있다는 사실에 충격을 받고 자기 아버지들도 가방에서 끌어내기로 한다. 그러나 아이들이 가방에 불을 질러 겨우 밖으로 나온 아버지들은 덩치 큰 아기에 불과했다. 스스로 씻을 줄도 말할 줄도 모르는 아버지들을 아이들이 돌보고 가르치며 어머니들이 돌아와 이 사실을 알고 다시 떠날까봐 걱정한다. 이 동화는 가족의 연령 서열을 뒤엎은 작품이다. 자기만의 방에 갇혀 근엄하게 살던 아버지들은 세상 밖으로 나오자 아이들보다 어린 아기와 같다. 그래도 아이들은 가방에서 태어난 아버지들이 언젠간 성장하여 이상의 아버지처럼 되기를 꿈꾼다. 자기 방에 갇힌 아버지를 밖으로 나와 성장해야 할 존재로 보고, 아이들이 그 성장을 이끌도록 한 것이 의미심장하다.

실직하지 않았지만 심리적으로 가족 의존도가 높아진 아버지도 이전에 우리가 알던 모습은 아니다. 「아르고스의 외출」[8]의 박동화는 출판업을 하는 중년 가장인데 불 꺼진 집에 혼자 들어갈 때마다 외로움을 느낀다. 사회 활동에 바쁜 아내, 친구와의 우정을 우선시하는 딸에게 서운함을 느껴 일찍 들어오라고 주의도 주지만 아버지의 목소리는 아내와 딸에게 별다른 힘을 행사하지 못한다. 가정의 평화를 위해선 아버지 스스로 변화를 인정하고 이해해야 한다. 아버지라고 해서 아내나 딸보다 먼저 집에 들어가 그들을 맞이하면 어떻단 말인가? 그렇게 생각을 바꾸며 박동화는 빈

집에 익숙해진다. 이 소설은 어머니와 자식들의 사회 활동이 활발해지면서 가족 관계 및 역할에 생긴 변화를 반영한다.

이제 아동·청소년 문학 작품에서 아버지는 무너지고 있으며 집은 더 이상 그의 성이 아니다.

3. 자기 삶을 추구하는 엄마

아동·청소년 문학 작품에서 전통적인 어머니의 역할에 문제를 제기한 선구적 작품으로 「엄마는 파업 중」[9]이 있다. 2001년에 발표되어 초등학교 국어교과서에도 수록된 작품이다. 아이가 셋인 어머니는 어느 날 가사노동 파업을 선언하고 아이들의 아지트인 버즘나무에 올라가 내려오지 않는다. 결국 아버지와 아이들이 어머니의 일을 돕겠다는 협상안을 제시하여 엄마는 파업을 중단하고 가사노동에 복귀한다. 그리고 아이들에게 가끔 아지트를 사용하겠다는 양해를 구한다. 그 공간은 엄마에게 휴식뿐 아니라 아이 시절로 돌아가 다시 꿈꿀 수 있도록 해주었기 때문이다. 하지만 이 작품은 어머니의 역할에 대한 관점이 별로 새롭지 않다. 어머니 스스로 가사노동을 중단하고 그것을 무기로 삼는다는 발상이 당시엔 충격적이었지만, 가사노동의 주체는 여전히 어머니이며 가족들은 협조 대상일 뿐이다. 이러한 한계는 어머니가 전업주부이기 때문에 잘 드러나지 않는다.

그런데 최근 발표된 작품들에선 일하는 어머니들의 비중이 높다. 그것은 2에서 분석한 실직 아버지의 비중이 높아진 것과 관련이 있다. 아버지가 돈을 벌지 못하니 어머니라도 임금노동을 해야 하는 것이다. 한편 전문직에 종사하는 어머니들의 비중도 높아지고 있다. 그 경우에 어머니들은 단지 생계를 위해 노동하지 않는다. 남편이 안정적인 직장에서 생활비를 충분히 벌어오는데도 어머니가 치열하게 직장 생활을 하는 이유는 자아실현을 위한 것이다. 『스스로 가족』[10]은 그러한 맞벌이 부부가 직면한 가사노동 문제를 새로운 시각으로 해결하고자 모색한 동화로 주목할 만하다.

『스스로 가족』에서 어머니는 결혼하고서도 계속 공부하여 박사학위를 받고 대학 교수로 임용된다. 이렇게 공부하며 일하는 어머니는 하루 24시간이 부족하다. 처음에 어머니 대신 집안일을 하고 동생을 돌본 것은 초등학교 5학년 형이다. 형은 어머니를 돕고 어머니께 칭찬 듣는 것이 좋아 집안일을 열심히 한다. 그러나 어머니의 자아실현에 가족 구성원이 방해가 된다는 회의에 빠지면서 집안일을 하지 않는다. 결국 어머니는 옆집 할머니에게 요리를 부탁하고 나머지 일들은 가족 구성원이 분담하여 해결한다. 또 자신에게 가장 소중한 것은 가족이라는 믿음을 주어 아들과의 갈등도 해결한다.

집안일보다 자기 일을 우선시하고, 가족 구성원 모두를 가사노동의 주체로 세우는 『스스로 가족』의 어머니는 아동·청소년 문학 작품에서 매우 혁신적인 인물이다. 하지만 남편의 태도가 소극적이어서 어머니의 주장은 착한 아들을 피해의식에 빠지게 한다. 또 어린이들이 감당할 수 있는 가사노동의 한계가 있기 때문에 남편이 적극적으로 나서지 않는 한 그 문제는 해결되지 않는다. 어머니가 가사노동 문제로 갈등해야 할 인물은 남편인데 아이들로 설정되어서 자아실현과 어머니로서의 역할이 마치 공존하기 어려운 일처럼 여겨진다. 여기서 가족 구성원의 역할은 상호적이며 문제의 원인이 되는 가족 관계가 변하지 않으면 실질적 변화가 불가능함이 드러난다. 어머니 역할의 획기적인 변화를 꿈꾸는 작가라면 무엇보다 남편과의 관계를 고려할 필요가 있다. 가사노동이 아버지의 절박한 문제가 되지 않는 한 어머니의 온갖 주장과 노력은 전횡에 그치고 말 위험이 있다.

그러면 직업이 없는 어머니는 반드시 가사노동을 책임져야 하는가? 2장에서 살핀 실직 아버지들처럼 돈도 안 벌고 집에서 뒹굴거리는 어머니는 없는가? 어머니도 그럴 수 있다는 문제의식을 드러낸 동화로 『엄마도 밥 좀 해!』[11]가 있다. 여기서의 어머니는 주로 집에 있지만 밥도 하지 않고 그 밖의 집안일도 열심히 하지 않는다. 어머니가 하는 일은 긴 머리를 정성껏 감고 가꾸기, 과자를 먹으며 텔레비전 보기 등이다. 주로 자기 쾌감을 만족시키는 일에 시간을 보낼 수 있는 비결은 남편과 친정 식구 덕분이다. 남편은 아내의 선택과 활동을 아무런 불만 없이 무조건 지지한다. 할머니를 비롯한 이모들은 국과 반찬을 대준다. 하지만 이 작품에서 그러한 어머니를 보는 자식의 시선은 곱지 않다. 결국 어린 자녀의 비판에 어머니는 뜨끔하여 밥을 하기 시작한다. 자기 안락과 쾌감에 충실한 어머니는 한국의 아동·청소년 문학 작품에서 희귀한 캐릭터인데, 그 모습이 미숙한 어른의 철없는 행동으로 귀결되어 개성을 잃는다.

어머니들은 자신이 실현하지 못한 꿈을 자식을 통해 꾸기도 한다. 그때 어머니의 역할은 자식의 매니저요, 감시자이다. 「자라는 건 나무토막이 아니다」[12]에서 배우 지망생 채린의 어머니는 가사도 돌보지 않고, 남편이나 채린의 동생에겐 무관심하면서도 오로지 채린의 매니저 역할에 몰두한다. 채린이 스스로 할 수 있는 일도 어머니가 해주면서 채린의 곁에 머무는 이유는 어머니의 꿈을 딸을 통해 대리 실현하려는 욕망 때문이다. 자식들은 어릴 땐 그림자처럼 따라다니는 어머니가 좋았지만 점차 어머니의 개입과 압박에서 벗어나려 한다. 하지만 어머니의 삶과 자기 삶이 너무 긴밀하게 얽혀 버려서 그 굴레에서 벗어나기가 쉽지 않다. 이러한 어머니들은 자기의 집착을 자식을 위한 희생과 헌신으로 호도하며 자신을 기만하기 때문에 다른 가족 구성원들은 어머니의 질주를 더더욱 막기 어렵다. 그래도 아이들은 성장하려면 채린이처럼 "엄마, 나 좀 그냥 놔둬요. 나도 할 수 있다고요"[13]라고 외쳐야 한다.

4. 독립을 선언하는 아이들

자식을 기르는 일의 최종 목표는 부모로부터 자립할 수 있는 역량을 기르는 것이다. 그런데 현대 한국 사회의 부모는 그 역량을 오로지 학업 능력으로 생각하여 아이들을 학업의 굴레에 가두고 다른 일에는 관심을 기울이지 않도록 감시한다. 양육의 책임을 진 부모가 오히려 아이들의 성장을 가로막는 부조리한 상황에서 아동·청소년 문학 작품의 아이들은 집을 나오거나 부모와의 단절을 시도한다. 그런데 아동들은 경제적, 심리적으로 부모로부터 독립하기에 아직 이르다. 그래서 동화에서는 아이들이 실제로 부모를 떠나는 것이 아니라 부모를 변화시키는 전략으로써 독립을 선언한다.

동화 『엄마, 나를 포기하세요』[14]의 주인공 아홉 살 달군이는 어머니의 잔소리와 학업 스트레스에 지쳐 있다. 빈둥거리는 30대 백수 삼촌이 부러울 뿐이다. 그 마음을 안 삼촌은 달군에게 어머니로 하여금 자식을 포기하게 하는 방법을 알려준다. 달군은 그 후 어머니 말을 듣지 않고 제멋대로 행동하다가 정말 어머니가 자기를 포기했다는 느낌을 받자 슬퍼한다. 어머니도 달군이를 너무 힘들게 했다는 반성을 하며 모자는 서로 진심을 털어놓고 관계를 회복한다. 『가족선언문』[15]은 자식들이 부모보다 지혜롭고 가족 관계의 변화를 주도한다는 점에서 독특하다. 만나기만 하면 싸워서 이혼 위기에 놓인 부부의 자녀들은 어느 날, 부모에게 이혼을 권하며 부모로부터 독립을 선언한다. 그리고 부모를 할머니 댁과 외할머니 댁으로 쫓아내고 남매끼리 생활한다. 결국 부모는 그들의 태도를 반성하고 달라질 것을 자식들에게 약속하며 집으로 돌아온다. 여기서 남매의 독립선언은 가족의 해체를 막기 위한 위장선언이지만 자식은 부모의 소유물이 아닌 독립된 인격체라는 선언으로도 볼 수 있다.

위의 두 작품과 달리, 정말 집과 부모를 떠나는 아이의 이야기가 있다. 「제후의 선택」[16]의 주인공 제후는 집에 자기 분신들을 만들어 놓고 가출한다. '손톱 먹은 쥐' 민담을 모티프로 한 작품으로서, 제후는 자기 손톱을 두 마리의 쥐에게 먹여 가짜 제후를 만들어낸다. 어머니는 가짜들 속에서 진짜를 찾으려고 애쓰지만 제후는 이미 집과 어머니로부터 탈출한 상태다. 가족이데올로기에 구애받지 않고 환상적 요소로 아이들의 억압된 욕망을 형상화했다는 점에서 그 의의가 크다.

동화에 비해 청소년소설의 청소년들은 훨씬 과감하게 부모의 부당한 간섭을 끊어내고 자기 정체성을 찾아간다. 「광마사거리 도시락 폭탄사건」[17]과 『안녕히 계세요, 아빠』[18]는 자식의 이성 교제를 병적으로 방해하는 어머니와 청소년의 갈등을 다룬 소설이다. 전자의 찬미 어머니는 고등학생 찬미의 일거수일투족을 감시하며 학업에 대한 압박을 가한다. 특히 찬미의 이성교제를 금기시하지만 찬미는 어머니의 눈을 피해 남자친구를 사귄다. 체험학습 날, 찬미 어머니는 위치 추적을 하여 찬미와 남자친구가 함께 있는 장면을 목격하고, 남자친구 손에 들린 찬미 도시락을 빼앗아 바닥에 내동댕이친다. 어머니의 지나친 간섭과 폭력적 행동을 더 이상 참을 수 없었던 찬미는 손목에 찼던 헬리 클락을 개천에 던지며 어머니와 단절한다. 찬미 어머니의 핍박이 물리적 차원에서라면 『안녕히 계세요, 아빠』의 호세 어머니는 심리적 차원에서 훨씬 교묘하게 아들을 구속한다. 어머니는 가족을 버리고 떠난 남편에 대한 원망과 피해의식을 호세에게 주입시켜 자신의 슬픔과 불행으로써 호세가 자신에게 순종하도록 한다. 하지만 독립적이고 자유로운 연주와 사귀고부터 호세는 어머니와 분리되어 자기 욕망과 판단에 의한 선택을 할 수 있게 된다.

이와 같이 부모로부터 독립하는 청소년들은 이성 친구 덕에 자기 정체성을 공고히 하며 용기를 얻는다. 혈연 공동체의 세계에서 벗어나 사회적 타자와 긴밀한 관계를 형성하며 삶의 지평이 확장되는 것이다. 달리 말해 부모의 품을 벗어나 온전한 독립을 이룬다는 것은 부모가 기반으로 삼는 세계를 떠나 새로운 세계로 편입되거나 스스로 그 세계를 형성한다는 의미이기도 하다. 바로 그 점이 부조리한 세계에서 아동·청소년에게 희망을 걸게 한다.

SF소설 『해방자들』[19]은 기성 체제를 박차고 나와 새로운 공동체를 건설하는 청소년들의 이야기이다. 이 소설은 계급으로 분리되고 인간의 성적 본능을 억압하는 미래 사회를 배경으로 한다. 우리 청소년의 현실을 풍자하는 사회라고 할 수 있다. 어머니처럼 살지 않기 위해 불법적으로 하층 사회를 탈출한 소녀와 호르몬 주사를 맞지 않아 성적 본능을 잃지 않은 상층 사회의 소년이 만나 서로 사랑한다. 그들은 인간의 본능과 사랑을 회복하려는 다른 사람들과 연대하여 주류 사회와 투쟁한다. 그 싸움은 실패했지만 소녀와 소년은 패배하지 않는다. 마지막 장면은 그들의 결혼을 암시하며 맺는다. 그들은 주류 사회의 통제가 덜 미치는 틈새 공간에서 가족을 꾸리고 새로운 세계를 창조할 것이다.

이와 같이 매우 야심차게 소년, 소녀가 새로운 세계의 주체로 거듭나는 이야기가 창작되었지만 이 소설의 지배적인 성역할은 우리의 고정관념을 벗어나지 않는다. 그 한계가 소년, 소녀가 이룰 공동체의 모습을 진부하게 만든다. 인간의 성적 본능을 억압한 미래 사회와 투쟁하여 새롭게 일군 사회가 결국 현재의 가족이라는 결론에 도달하는 것이다. 부조리한 현실의 문제에서 출발한 소설의 대안이 현실로 귀결되는 모순을 보면서 젠더 문제에 대한 관심이 불평등한 사회의 모순을 해결하기 위한 관건임을 확인할 수 있다.

5. 할머니의 부상

현대 가족의 구성원에서 할아버지, 할머니가 제외된 지는 오래이다. 하지만 아동·청소년 문학 작품에서 할머니는 아버지와 어머니를 대신하는 존재로 그 역할의 중요성이 커지고 있다. 스위트홈의 환상을 깨고 정상 가족의 보편성에 문제를 제기한 선구적 소설 『불량가족 레시피』[20]에서부터 최근작인 『파란만장 내 인생』,[21] 「이어폰」[22] 등에서도 할머니의 자리는 크다.

『불량가족 레시피』의 할머니는 아들의 배다른 자식 셋을 기르고 팔순을 넘긴 나이에도 가사노동을 책임지는 인물이다. 세 아이의 세 엄마가 모두 집을 나갔기 때문이다. 아버지는 눈앞의 일만 생각하는 위태로운 가장이다. 채권추심하청 사업을 하는데 사업이 어려워지자 채권추심 정보를 다른 거래처에 유출시켜 감옥에 간다. 소설의 주인공이자 서술자는 막내 딸, 17세 권여울이다. 여울이는 늘 가출을 꿈꾼다. 하지만 언니→오빠→삼촌 순으로 가출 릴레이가 벌어지고 아버지는 감옥에 가는 바람에 여울은 가출의 기회를 놓친다. 이제 여울 곁에 남은 사람은 할머니뿐이다. 할머니는 여울이의 울타리가 되어주기 위해 이모할머니의 제안을 거절하고 차압 딱지가 붙은 집에 남는다. 할머니마저 떠났다면 여울이는 가족을 잃었을 것이다. 가출을 꿈꾸었지만 가족 해체의 위기를 맞이하여 여울이는 이제 나가는 사람이 아닌 집에 남아 기다리는 사람이 되기로 한다. 여기에서 할머니는 가족을 지키는 유일한 기둥이고, 이제 손녀 여울이가 그 역할을 계승하기로 한 것이다.

『파란만장 내 인생』의 한동이는 새어머니와 살기 싫어 할머니 댁에서 생활한다. 동이의 할머니는 분식집을 운영하여 자식들에게 경제적 의존을 안 할뿐더러 자식들 집에 문제가 생기면 해결사로 나선다. 할머니는 새어머니를 받아들일 시간이 필요했던 동이에게 그럴 수 있는 조건을 제공하고 가출한 손녀를 집에 들어오게 하는 능력자이다. 동이의 할머니는 독립적인 생활을 하면서도 자식들이 해결하기 어려운 문제가 생기면 언제나 구원투수의 역할을 한다.

「이어폰」은 어머니의 죽음에 죄책감을 느끼는 아들과 아버지의 이야기이다. 허리가 아픈 어머니는 아들과 남편을 위해 저녁 준비를 하다가 의자에서 떨어져 죽는다. 아들이 옆방에 있었지만 이어폰을 끼고 있어 어머니의 소리를 듣지 못했다. 남편은 그날의 아내 모습이 자신을 원망하는 것만 같다. 평소 아픈 아내를 돕지 않고 외면했던 일들이 죄책감으로 깊숙이 자리했기 때문이다. 이때 역시 할머니가 구원자로 나선다. 아들과 손자에게 충격과 공포를 안겨준 집을 팔게 하고 함께 살 것을 제안한다. 그렇게 할머니는 아들과 손자의 어머니 역할을 한다.

이상에서 살핀 것처럼 할머니들은 주로 어머니가 없는 가정에서 어머니 역할을 하며 가족을 돌본다. 할머니들은 우리에게 익숙한 희생적인 모성을 구현한다. 눈에 띄는 현상 중 하나는 할머니와 같은 역할의 할아버지가 등장하지 않는다는 점이다. 또 어머니를 대신하는 할머니들은 남편이 죽고 홀로 된 경우가 많다. 가부장이 붕괴되는 세상에서 집안의 상징적 기둥인 할아버지는 설 자리를 잃었다고 할 수 있다. 그렇다면 이 핵가족시대에 할머니는 왜 다시 주요인물로 등장했는가? 그것은 아버지, 어머니가 할머니에게 의존하고 있기 때문이다. 자식을 둔 어른이면서 아버지, 어머니는 아직도 어려운 문제가 생기면 스스로 해결하지 못하고 할머니의 도움을 받는다. 미숙한 부모와 그들을 감싸는 할머니의 손길에서 성장하는 아이들은 맹목적으로 가족주의이데올로기에 젖어든다. 그래서 할머니의 부상이 우려된다.

제3장 페미니즘 리부트 이후의 아동·청소년 문학

1. '암흑의 대륙'에서 발견한 불씨

2016년 10월, SNS에서 하위문화 내부의 성폭력을 고발하는 해시태그 운동이 일어났다. 그것은 우리 사회 미투운동을 알리는 신호탄이었다. 1년 후, 미국에서 유명 여배우들의 미투운동이 일어나 여성이라면 누구나 인종과 계층에 상관없이 성폭력에 노출된 존재임을 공감하는 계기가 되었다. 연일 놀라운 폭로가 이어지고, 데이트·가정·묻지마 폭력 등으로 남성의 폭력에 신음하는 여성들의 소식이 전해지면서 페미니즘은 대중적 관심을 얻고 '리부트'되었다.

2017년 여름부터 겨울까지 아동·청소년 문학장에서도 페미니즘에 입각한 작품 비평 및 토론의 자리가 마련되었다. 그에 따르면, 작품에서 성인 여성은 마녀 이미지로 부활하지만, 여성 어린이나 청소년은 새로운 여성으로 거듭나고 있다. 하지만 『안드로메다 소녀』[1]처럼 여성 청소년을 남성의 성적 욕망을 투사하는 대상으로 그리며 왜곡된 성관념을 보여주는 소설도 여전히 존재한다. 그리고 2018년 1월, 서지현 검사가 안태근 전 검사장의 성추행을 폭로하면서 우리 사회의 미투운동은 한 단계 더 나아갔다. 가해자들이 그 죄에 합당한 법적 심판을 받도록 힘을 모으게 된 것이다. 2019년 현재, 그 싸움은 진행 중이다. 그렇다면 이러한 페미니즘 돌풍이 아동·청소년 문학에 어떤 변화를 가져왔을까?

프로이트는 "성인 여성의 성생활"을 이해하려고 진지하게 노력했지만 알지 못하여 '암흑의 대륙'과 비슷하다고 했다.[2] 그렇게 여자들은 오랫동안 알 수 없는 존재가 되어 여자가 아닌, 남자가 원하는 여자의 정체성을 학습해야 했다. 프로이트의 말을 빌려 위의 물음에 답하면, 아직 아동·청소년 문학은 '암흑의 대륙'을 벗어나지 못한 듯하다. 아동 도서에서 엄마는 여전히 잔소리꾼이고,[3] 밖에서 지구를 구하느라 초죽음이 된 슈퍼히어로 아빠가 구해야 할 대상이다.[4] 청소년소설에서도 엄마는 시어머니에게 학대당하고[5] 아빠에게 매일 맞더라도[6] 자식을 위해 참고 견디며 가정을 지킨다. 또 소녀는 순수하고 마음씨 고운 첫사랑의 대상이다. 모든 남학생들이 욕망하는 소녀는 한 소년에게만 순정을 주고 어머니처럼 소년의 결핍을 헤아리며 그에게 가장 필요한 것을 선사한다.[7] 이러한 작품들에서 우리는 여자가 무엇을 욕망하는지 알 수 없다. 그 이유는 알기 어렵기 때문이 아니라, 여자들이 욕망의 주체로 탐구되지 못하기 때문이다.

앞서 말한, 여성주의 아동·청소년 문학 비평에서 자주 언급되었던 작가는 이현이다. 동화 『로봇의 별』, 『푸른 사자 와니니』 등이 호평을 받았다. "동화를 쓰는 여성 작가, 페미니스트 작가"[8] 이현은 여성을 주인공으로 삼아 그의 욕망을 탐구한다. 2017년 중반에 발표한 동화 『일곱 개의 화살』[9]은 고정관념에 도전한 여러 설정이 영웅서사의 분위기와 스토리를 혁신한 면이 있다. 주인공 '마라'는 여자아이지만 활동적이고 누구보다 활을 갖고 싶어 한다. 그리하여 모험과 문제 해결의 주체로 자리한다. 또 구미호의 여성 이미지를 깨고 남성 구미호 '강'이 마라의 모험에 동참한다. 강은 남성을 유혹하여 잡아먹는 구미호가 아니라 산의 영靈을 지키는 자이다. 그렇게 이 동화에선 소녀와 소년, 인간과 자연이 연대하여 악을 물리친다. 그리고 이 모든 비밀과 문제 해결의 방법을 알고 이끌어주는 이는 할머니이다. 대개의 옛이야기에서 마을의 가장 큰 어른이 할아버지였던 점을 상기할 때, 이현 작품에서 여성 인물의 위치와 역할은 혁신적이다. 그 후 『조막만 한 조막이』[10]의 주인공 '조막이'가 '마라'를 잇고 있다. 영웅담과 지혜담을 활용한 이 동화는 우리의 편견을 유쾌하게 골려준다. 알에서 손바닥 반만 한 크기로 태어나, 배꼽이 드러난 저고리와 바지를 입고 있는 조막이는 꾀보이다. 조막이의 꾀로 가난한 마을 사람들과 산적들은 평등하고 평화로운 마을 공동체를 건설한다. 이현은 마지막에 가서야, 조막이를 남자아이로 철석같이 믿었던 독자들에게 "조막이가 사내아인 줄 알았다고? 아니 왜?"라고 반문하며 조막이가 여자아이임을 밝힌다. 이와 같이 이현은 사람들의 편견을 이용하여 반전의 재미와 성찰의 계기를 마련하며 '암흑의 대륙'을 밝히는 데 앞장서고 있다. 그리고 다른 여성 작가들이 그 불씨를 이어가고 있다.

특히 『그날 밤 우리는 비밀을』[11]과 『두 소녀의 용기』는 근래의 페미니즘 열기가 없었다면 보기 힘들었을 작품이라서 주목을 요한다. 전자는 "여성·십대·몸에 관한 다섯 개의 시선"이라는 부제가 알려주듯, 다섯 명의 여성 작가가 십대 여성을 '몸'이라는 주제어에 맞춰 탐구한 소설이다. 이 기획은 오랫동안 남성의 시선으로 규정되던 여성의 몸을 여성 스스로 관찰하고 발견하기 시작했다는 점에 큰 의의가 있다. 후자는 '스쿨 미투'를 접한 작가가 오래 전 비슷한 피해를 당한 친구를 떠올리며 쓴 글이다. 용기 내어 스쿨 미투를 한 학생이나 아직 그러지 못한 학생들 모두에게 좀 더 온당하고 따뜻한 연대의 이야기가 필요한 시점에서 나온 작품이다. 이제, 이러한 시도를 중심으로 성 고정관념에 맞서며 새로운 젠더 의식을 나타내는 작품들에 대해 살펴보겠다.

2. 최근 아동 · 청소년 문학의 페미니즘 경향

1) 아동 도서

아동도서에서 기존의 이야기 관습을 깨고 성 고정관념을 깨려는 작품들이 눈에 띈다.

다시 쓴 옛이야기

그림책 『빨간 모자의 숲』[12]과 『팥빙수의 전설』[13]은 잘 알려진 세계 민담과 우리 민담을 개작한 것이다. 전자의 원전인 『빨간 모자』는 샤를 페로가 당시 프랑스에서 성적으로 문란하던 여성들을 경고하기 위해 쓴 것으로, 빨간 모자가 늑대에게 잡아먹히며 끝난다. 백 년 후, 독일의 그림형제는 그 이야기를 변형한다. 늑대에게 먹힌 빨간 모자와 할머니를 사냥꾼이 구하고, 빨간 모자와 할머니가 늑대를 죽인다. 샤를 페로 이야기보다 여성들의 역할이 능동적이지만, 거기엔 남성사냥꾼의 도움이 절대적 조건으로 작용한다. 또 남성을 상징하는 늑대와의 관계에서 여성이 약자인 점도 마찬가지이다. 『빨간 모자의 숲』에서 늑대는 빨간 모자의 비밀 친구이다. 여기서 늑대는 남성을 상징하기보다 숲의 산물이다. 눈빛도 볼도 입술도 붉은 짧은 머리 소녀가 빨간 모자를 쓰고 빨간 구두를 신고 자기만의 놀이터인 숲에 간다. 소녀는 줄무늬 반팔 상의에 하늘색 반바지를 입고 있다. 하지만 숲에서 뛰어놀 땐 하늘색 원피스 차림이다. 그렇게 바람, 하늘, 꽃과 놀다가 강가에서 오랫동안 잊고 있었던 친구곰 인형를 발견한다. 그리고 늑대를 타고 들판을 달린다. 재미있게 놀다 집에 돌아올 땐 다시 원래의 옷을 입고 있다. 소녀의 상상과 현실이 교차하는 이 작품에서 늑대는 두려움의 대상이 아니며 소녀를 잡아먹지 않는다.

『팥빙수의 전설』은 『해와 달이 된 오누이』와 『팥죽 할멈과 호랑이』를 개작한 것이다. 엄마의 떡과 목숨을 빼앗고, 할머니를 위협하던 호랑이가 『팥빙수의 전설』에선 눈 호랑이로 변형된다. 눈 호랑이는 할머니의 딸기, 참외, 수박을 빼앗아 먹고 뜨거운 팥을 뒤집어쓴 뒤 맛있는 팥빙수가 된다. 이렇게 쉽게 녹아버리는 눈 호랑이는 종이호랑이처럼 진짜 호랑이가 아니기에 아무리 잡아먹는다고 쫓아와도 무섭지 않다.

이와 같이 두 작품 모두 늑대와 호랑이에게서 위험성을 제거했다. 그리하여 이야기 속 여성들은 이제 당하는 존재가 아닌 즐기는 존재가 되었다. 늑대와 호랑이가 대개 권력을 쥔 남성을 상징하기에 이러한 변화는 사회적으로 형성된, 여성 독자의 남성에 대한 두려움을 극복하는 데 도움을 준다. 여성이 남성과의 관계에서 먹잇감이나 약자라는 전제가 사라졌기 때문이다. 이렇게 기존 이야기 관습을 변형시켜 문화적으로 자연화된 남성의 시선을 발견하고 극복하는 일은 매우 소중하다. 그 첫 위반이 이루어지면 이현의 구미호가 여성 상징으로부터 해방되었듯이 늑대와 호랑이도 남성 상징에서 벗어나게 될 것이다.

생명을 살리는 여성 중심 공동체

사회적 지위를 보장받지 못했던 여성들은 오랫동안 주도자보다 보조자에 머무는 경우가 많았다. 점점 달라지고 있으나 아직도 여성들이 공동체의 장이 되는 것은 '최초'라는 말이 붙을 정도로 특별한 일이다. 이야기 세계에서도 여성 지도자를 만나기란 역사적 인물을 제외하곤 쉽지 않다. 그런 점에서 동화 『내 편이 필요해!』[14]와 그림책 『먹어도 먹어도 줄지 않는 죽』[15]은 여성이 이끄는 공동체의 장점을 발견케 해주는 드문 책이다.

『무지무지 힘이 세고, 대단히 똑똑하고, 아주아주 용감한 당글공주』[16]

를 지은 바 있는 임정자는 『내 편이 필요해!』에선 소외 가정의 여자 어린이에 주목한다. 주인공 하라는 할아버지와 함께 사는데 거의 아무 보살핌을 받지 못한다. 그래서 10살이 되도록 글자도 모르고 잘 씻지도 않는다. 머릿니까지 생긴 하라를 아이들은 피한다. 내 편은 아무도 없다고 슬퍼할 때, 도서관 책 아줌마가 하라의 편이 되어준다. 마을 도서관은 책 아줌마가 이끄는 독서 공동체이다. 아이들은 이곳에서 책을 읽고, 공기놀이도 하고, 간식도 먹는다. 마을 어른들을 초대하여 연극 발표회도 연다. 이 책의 주인공은 하라여서 아줌마 이야기는 자세히 나오지 않지만 그녀가 하라를 대하는 태도는 인상적이다. 책 아줌마는 하라의 머리에서 이가 떨어졌을 때 "아, 이거? 이네, 뭐"하며 대수롭지 않게 이를 잡을 뿐, 하라에게 씻으라거나 머리를 자르라고 강요하지 않는다. 또 아이들이 놀려서 하라가 도서관에 나오지 않자, 책 아줌마는 하라가 좋아하는 간식을 마련하여 나오게 하고 함께 발표회 준비를 하도록 돕는다. 아줌마가 하라를 존중하면서 소외되지 않도록 이끌어 준 덕분에 하라는 친구와 함께 목욕탕에 가서 머릿니를 씻어내고 자기편이 생긴 기쁨을 누린다.

『먹어도 먹어도 줄지 않는 죽』에선 두루의 나누는 마음이 서로의 생명을 살리는 공동체를 만든다. 두루는 배고픈 산양 할머니의 소원을 들어주려고 먹어도 먹어도 줄지 않는 죽을 만든다. 불가능하게 보인 이 일을 가능케 한 건 다른 동물들의 동참이었다. 개미는 쌀, 두더지는 양파, 토끼는 당근, 고슴도치는 감자……. 이렇게 많은 동물들이 자기가 가지고 있는 재료를 가져와 죽을 끓여 함께 나누어 먹는다. 이 책에서 두루는 층진 단발머리를 하고 청바지를 입고 있는데 그림이나 내용을 보아선 성별을 알 수 없다. 그런데 두루가 선물할 산딸기 잼 병을 보면 "사슴 언니"가 눈에 띈다. 두루가 여자라는 증거는 이뿐이다. 여자이되 그 전형적 표식을 내세우지 않은 서술도 이 책의 장점이다.

두 편의 이야기에서 확인할 수 있듯이 여성이 이끄는 공동체는 힘이나 물질에 근거하지 않고 마음에 근거한다. 그 구성원들은 두려움 때문에 억지로 따르는 것이 아니라 마음이 동하여 저절로 따른다. 그래서 구성원들이 평화롭게 문제를 해결해 나갈 수 있다. 여기에 그려진 세계는 남성을 중심에 둔 공동체와 다르다. 공동체의 중심에 다양한 성별과 계층이 자리하면 이전에 알지 못했던 새롭고 더 좋은 세계를 상상할 수 있음을 알게 하는 이야기들이다.

성 고정관념의 극복

그림책 『용기가 사라진 날에』[17]와 『뭔가 특별한 아저씨』[18]는 성 고정관념을 극복하기 위한 좋은 본을 보이고 있다. 『용기가 사라진 날에』의 '용기'는 '슬기'의 단짝 강아지이다. 사라진 용기를 찾기 위해 슬기는 동굴탐험을 한다. 그때 커다란 남자 그림자가 나타나 "여자아이가 좀 얌전할 수 없겠니?"하고 소리친다. 하지만 슬기는 손전등으로 그림자를 만들어 "이렇게 큰 거인이 된 나한테 소리칠 수 있어요?" 하며 남자 그림자를 물리친다. 이와 같이 슬기는 어린이를 움츠리게 하는 부당한 목소리에 현명히 대항하며 끝내 용기를 찾는다. 영화 〈인사이드 아웃〉처럼 어린이의 심리를 의인화하여 내면의 갈등을 흥미롭게 사건화한 수작이다. 이 책의 장점은 무엇보다 용기가 사라져 마음의 그림자들이 괴롭힐 때 어린이들을 지켜줄 수 있는 온당한 목소리가치를 제시한 점에 있다.

『뭔가 특별한 아저씨』의 주인공 다정 아저씨는 머리카락을 26세부터 29세까지 길게 기른다. 그 까닭은 암 환자의 가발을 만드는 데 필요한 머리카락을 기부하기 위한 것이다. 긴 머리 남자에 대한 불편한 시선과 사장의 핀잔에도 불구하고 아저씨는 꿋꿋하게 머리카락을 길러서 기부한다. 이 책은 남성의 외모에 대한 고정관념에 문제를 제기할 뿐 아니라 관습의 기준으로만 몸을 보던 안목을 변화시킨다. 게다가 긴 머리를 혐오하던 사장이 기부에 동참하는 장면은 어린이들이 선한 영향력을 믿도록 이끈다는 점에서 바람직하다.

2) 청소년소설

청소년들에게 페미니즘은 '청소년 페미니스트'의 탄생과 '스쿨 미투' 등에서 알 수 있는 것처럼 강렬한 영향을 미치고 있다. 청소년소설은 그러한 현실을 반영하여 좀 더 과감한 시도를 보인다.

소녀의 몸과 사랑

「나의」[19]는 한때 점이었던 소녀의 이야기이다. 이 소설을 읽으면 타인의 몸에 대한 우리의 시선과 편견이 얼마나 폭력적인지 알 수 있다. 뺨에 500원 동전 크기의 점이 있었던 '나'는 점자, 점순이, 점박이라는 별명으로 불리고, 다른 개성이 무엇이든 '점 있는 아이'로 기억된다. 단지 눈에 띄는 점이 있다는 것만으로 '나'는 하자 있는 사람으로 여겨지고 타인의 시선에 쉽게 노출된다. 그래서 '나'는 최대한 자기 몸을 웅크리고 마치 없는 것처럼 생활한다. 하지만 '나'는 이미 사람들의 머릿속에 점으로 박혀 '나'의 행동과 상관없이 언제든 호출된다.

> "대박. 넌 누워서 떡 먹기네."
> "이은은 실기 평가 점수가 좋겠구나."

미술 시간에 이은이 '나'의 초상화를 그리게 되자, 반 아이들이 내뱉은 말이다. '나'는 그 말을 듣고 "달걀귀신 같은 걸 그려 놓고도 점 하나만 찍으면 그게 나라는 걸 모르는 사람은 없을 테니까", "그야말로 점"이 된 기분이다. 하지만 이은과 '나'는 텅 빈 스케치북으로 미술 시간을 마친다. 초상화 사건을 계기로 '나'는 이은과 친구가 되어 비로소 점이 아닌 인간으로 생활한다. 그러나 '나'의 점이 사라지고 '이은'과도 이별한다. 그리고 수술로 없앤 '나'의 점과 이은으로 이어졌던 하나의 선은 다정한, 현재의 '너'에게 비밀이다. '나'의 점은 과학 기술로 없앨 수 있었지만, 점에 대한 트라우마는 '나'에게 남아있다. 점과 함께 그 누구보다 소중했던 '이은'을 밀실에 가두기로 한 것은, 점이 있던 시절, 최대한 나를 구석에 가둔 심리의 연장이다. '나'는 이은에게 가 닿았던 세계가 끝났다며 단절로써 점에서 벗어나려 하지만, 그것을 말하지 못하는 이상 벗어날 수 없을 것이다. 한때 '점'이었던 소녀는 어떻게 그 시절을 극복할 수 있을까? 왜 소녀는 부당한 시선과 표현에 화를 내지 못했을까? 편견이 짐 지운 과제이다.

「눈그림자」[20]는 백설공주처럼 하얗고 잡티 없는 피부를 가진 소녀 설영과 그의 몸을 주시하던 현진의 이야기이다. 이 소설은 남성의 시선으로 농락당한 소녀들의 몸과 사랑을 폭로하고 그에 저항하는 소녀들을 그리고 있다. 두 소녀는 반장 민준과 사귀는데 그 양상이 다르다. 현진과 사귈 때 민준은 학교에서 현진을 아는 척도 하지 않다가 둘만의 공간에서 별 대화도 없이 애무를 원한다. 하지만 설영과 사귈 땐 여보란 듯이 함께 하교하고 '건전한 이성교제'부터 시작한다. 그제야 현진은 민준이 부끄러움을 탔던 것이 아니라 자신을 부끄러워했다는 사실을 깨닫는다. 하지만 민준에겐 설영도 자기 욕망을 충족시킬 대상에 불과하다. 민준은 현진과 마찬가지로 설영을 존중하지 않는다. 설영이 민준의 애무를 거부하자, 민준은 그에 분노하여 아이들에게 하지도 않은 설영과의 성교를 소문낸다. 민준은 왜 설영의 거부에 화가 났을까? 다음과 같이 울분을 토해내는 설영의 말 속에 답이 있다.

> 모두가 그 애를 기꺼이 이해할 준비가 되어 있는 것 같았어. 민준이가 실수한 건 맞는 것 같다고, 하지만 너를 좋아해서 그런 거라고, 남자애들은 아직 성숙한 존재가 못 돼서 그렇게 바보 같은 식으로 표현을 하는 거라고, 민감한 시기라고……. 그럼 나는? 왜 나만 성숙해야 하는데?

온 세상 사람이 남성이 아님에도 우리는 남성의 욕망을 잘 알고 이해하며 그만큼 그에 관대하다. 그래서 남성이 여성을 욕망할 때, 여성은 남성보다 불리하다. 서로 다른 것을 원할 때 통념은 남성 편을 들기 때문이다. 그렇게 살아왔던 민준이기에 여성의 거부가 자존심을 건드린 것이다. 이와 같이 왜곡된 성관념과 성차별은 소녀뿐 아니라 소년도 불행하게 한다. 설영을 동경하고 민준을 좋아했던 현진은 이제 있는 그대로의 설영이 보인다. 그리고 설영이 아프지 않기를 바라며 진실을 알리는 대자보 쓰기를 돕는다.

> 미친 계집애들, 홍위병들 나셨네. 피해자 코스프레지 저게. 당사자들 둘이서 조용히 해결할 것이지 왜 써서 붙이는 거야? 아무거나 건수 하나 잡아서 멀쩡한 애 신세 망치려고. 이젠 고등학생들까지, 세상이 미쳐 돌아가는구나.

하지만 쓰기 전부터 벌써 현진의 귓가에는 위와 같은 목소리들이 들린다. 피해자보다 가해자를 감싸는 말들, 가해자를 피해자로 만드는 적반하

장식 논리, 가해자 입장에서 피해자를 함부로 매도하는 상상들. 이미 그곳엔 진실이나 논리가 자리하지 않는다. 오랫동안 편들어왔던 남성에 대한 심리적 반응일 뿐이다. 다행스럽게 현진은 그 모든 고통을 예감하면서도 그러기에 더욱, 그 외롭고 힘겨운 전장에 설영을 혼자 두지 않기로 한다. 뜨거운 햇볕을 향해 쏟아내는 현진과 설영의 거친 욕설은 불평등한 세상에 대한 선전포고이며 연대의 기합이다. 현진은 더 이상 불안하지 않다.

「52hz」[21]는 소녀 보라와 기정의 사랑 이야기이다. 여기서 보라는 세 번의 변신을 한다.

① 아웃사이더→인사이더

② 인사이더→쓰레기, 악

③ 쓰레기, 악→보라

①과 ③의 변신은 기정을 사랑하는 마음이 보라에게 일으킨 진짜 변신이고, ②는 소녀와 소녀의 사랑을 혐오하고 죄악시하는 사람들의, 보라를 향한 시선의 변신이다. 자아정체성이 거울에 비친 자기 이미지에 대한 어머니의 반응으로부터 형성된다는 라깡의 주장을 상기할 때, 보라가 '쓰레기, 악'의 이미지를 극복하고 자기감정에 귀 기울여 '보라'로 거듭난 일은 매우 대단한 일이다. 이른바, 아웃사이더였던 보라는 기정을 만나며 "이제까지와는 다른 내가 되고 싶"어서 "밤을 거의 새우다시피 공부하고도 수업 시간에 졸지 않고 질문을 서슴없이 던"진다. 그런 보라에게 기정이 "난 보라 네가 부러워. 운동도 잘하고 책도 많이 읽잖아. 넌 너만의 세계가 있어"라고 말해주면 보라는 그런 사람이 된 것 같고 그런 사람이 되고 싶어진다. 기정의 시선은 보라에게 발전과 행복을 가져다주는 긍정적

작용을 한다. 하지만 관주와 담임선생에게 둘의 관계는 더럽고 위험해 보인다. 소설에서는 그 이유에 대해 깊이 다루지 않지만 그 시선엔 관주와 담임선생의 욕망이 묻어나 있다. 기정과 가까워지고 싶었던 관주에게선 보라를 향한 질투심이, 평범한 담임선생에겐 문제가 커지기 전에 봉합하고자 하는 조바심이 엿보인다. 하지만 자기 욕망에서 비롯된 부당한 시선은 통념을 무기로 폭력의 정당성을 확보한다. 보라가 그 폭력에 굴복하지 않고 "두렵고 불안하더라도" "기정과 나, 둘만의 세계를 만들어 가"겠다고 결심할 때, 보라의 몸에서 3개월 동안 나오지 않던 생리가 시작된다. 소녀를 사랑하는 소녀 보라는 몸도 마음도 건강하게 성장하고 있는 것이다. 바로 이 점이 이 소설의 주제이자 장점이다. 소녀와 소녀의 사랑을 우정으로 애매하게 색칠하지 않으면서 이성간의 사랑처럼 건강한 청소년의 성장 과정으로 그린 것이다. 문제가 있다면 그들이 아니라 그들을 부정적으로 보는 시선이다. 그 문제를 좀 더 깊이 파고들지 못한 점이 아쉽다.

소녀의 저항과 연대

『저고리 시스터즈』[22]는 「목포의 눈물」을 부른 이난영이 1930년대 원조 걸그룹 '저고리 시스터즈'의 멤버였다는 사실에서 착상한 소설이다. 일제 말, 감골 소녀 필순은 노래를 잘 불러서 일본군 위안부 대신 경무국장 집 식모로 간다. 그곳에서 만난 또래 소녀 섭섭을 일본인들이 학대하고 중국으로 팔아버리려 하자, 필순은 목숨을 걸고 섭섭과 그곳을 탈출한다. 두 소녀는 죽을힘을 다해 폭력적 현실에 저항하며 자기 꿈을 이루어간다. 만약 소녀들의 연대와 조선인 악극단장 베레모의 도움이 없었다면 불가능했을 일이다. 그런데 여기서 베레모의 성격이 문제적이다. 대학에서 작곡을 공부한 베레모는 레코드사를 만들기 위해, 시골 소녀들을 위안부로 보내는 일을 했다. 조선인의 마음이 담긴 노래를 만들고 싶어서 욕심낸 일이고, 깊이 반성하여 그 일을 그만두고 독립군을 돕지만 쉽게 용서받을 수 있는 잘못은 아니다. 그래서 필순은 원수이자 은인인 베레모를 용서하지 못하고 갈등한다. 그런 상황에서 베레모가 작곡한 노래로 그의 지도를 받아 필순은 전국신인가수선발대회에서 1등을 한다. 필순의 '성공'을 내세워 친일의 과오를 안이하게 처리하는 결말로 보인다.

『두 소녀의 용기』는 앞에서 소개한 바와 같이, 학교 선생의 성추행을 폭로한 소녀의 이야기이다. 사건과 관련한 인물의 행동 방식이 근래에 자주 접한 사건 보도와 비슷하여 핍진감을 더한다. 주인공 윤지는 알코올 중독자 아버지에 의해 가정폭력에 시달리는 소녀이다. 그렇게 외롭고 기댈 언덕 하나 없는 윤지가 미술선생의 추행 대상이 된다. 미술선생은 윤지의 괴로운 내면이 드러난 검은 꽃 그림을 높이 평가하며 미술실에서 따로 그림 연습을 하라고 꾀어낸다. 그리고 윤지에게 처음엔 손, 다음엔 어깨 이런 식으로 점차적인 접촉을 시도한 뒤, 아무도 없는 토요일에 성폭행을 시도한다. 윤지는 겨우 그곳에서 빠져나왔지만, 선의로 받아들인 선생의 친절이 음흉한 꾀임수일 뿐이었다는 사실과 거기에 쉽게 걸려든 자신에 절망하여 방황한다. 그렇게 윤지의 고통으로만 남겨졌을 사건이 또 다른 피해자 수정이 자살을 시도하면서 폭로된다. 가해자는 쉽게 잘못을 인정하지 않는다. 명예가 생명인 신분의 사람들은 더하다. 윤지가 증언하지 않으면 수정이 오히려 가해자가 되는 상황에서 윤지는 용기를 내어 진실을 밝힌다. 하지만 그것으로 부족했다. 학교 당국은 아무리 학생들이 고발해도 문제를 덮기에 급급하여 별다른 조치를 취하지 않는다. 그 상황을 바꾼 사람이 윤지 아빠다. 1인 피켓 시위를 하여 사건이 세상에 퍼지도록 한 것이다. 그때부터, 지금까지 유지되던 소설의 핍진성이 약화되고 오히려 이야기다운 합리성이 부족한 결말로 치닫는다.

오랜 세월, 엄마와 윤지를 무참히 때리고 매일 술을 마시며 행패를 부리던 아빠가 윤지 사건을 계기로 개과천선하여 스스로 알코올 중독 치료소에 간다. 또 학교에서 수년 동안, 수많은 학생들을 성추행하고, 사건이 폭로되자 수정과 윤지에게 협박 문자를 날리던 미술 선생이 파직되면서 정신을 차려 윤지에게 사과의 편지를 남긴다. 이 편지를 읽고 윤지는 "쌤, 이제 미워하지 않을게요"하고 가해자를 용서한다. 아름다운 결말이다. 하지만 그 용서가 쉽게 공감 가지 않는다. "분노와 절망은 거꾸로 잡은 칼"[23] 이기에 용서는 피해자를 구원한다. 그러나 그것은 또한 시간이 필요하고, 이야기답게 그럴듯한 과정이 요구된다. 그런데 윤지와 엄마는 언제든 용서가 가능한 자처럼 군다. 즉 이 소설은 가해자인 아빠와 미술선생에 대해 지나치게 관대하다. 미술선생은 용서받기 전에 철저한 진상조사가 이루어져야 했다. 그렇다면 파직으로 마무리될 일이 아니라, 형사처벌이 필요한 일일 수 있다. 이것은 가해자들의 법적 심판을 요구하는 현실의 미투운동보다 후퇴한 양상을 보인다. '스쿨 미투'라는 중대한 제재를 다룬 소설이 처음의 진실과 긴장을 유지하지 못하고 모두가 아름다워지는 판타지로 빠진 점이 매우 아쉽다.

3. '암흑의 대륙'을 태워버릴 들불을 기대하며

페미니즘 리부트 이후의 아동·청소년 문학은 양적으로나 질적으로 큰 변화를 보이지 않는다. 여성은 여전히 '암흑의 대륙'으로 남아 자기 욕망의 주체로 살지 못하고 남성의 욕망이 투사된 왜곡된 모습을 보인다. 여성을 알기 위해선 그에 대한 세밀한 관찰과 깊은 탐구가 이루어져야 한다. 여성들이 서로 자기 욕망을 검열 없이 말할 수 있는 공간과 분위기가 필요하다. 현실에 제약이 많을 때 이야기는 바로 그 역할을 할 수 있으며, 그 이야기에 공감한 이들에게 해방을 가져다 줄 수 있다. 그 불씨들이 발견된다. 상식이나 통념으로 자연화되었던 안경을 벗고 여성 자신의 눈으로 보기 시작한 여성 작가들이 늘어나고 있다. 그들은 여성 어린이와 청소년들의 욕망을 관찰하며 새로운 서사를 시도하고 있다. 하지만 아직 걸리는 게 많다. 그동안 성역이었던 가족과 선생의 문제에서부터 우리 사회에서 합의되지 못한 여러 일들로 유망한 인물과 제재들이 빛을 잃는 경우가 많다. 작가들의 용기를 꺾는 그림자 괴물을 퇴치할, 슬기로운 목소리는 없을까?

그런 작품으로 『여학생』[24]과 『무엇이 여자의 심기를 불편하게 하는가!』[25]가 있다. 전자는 국립극단 어린이·청소년글연구소가 개발한 창작 희곡집이고, 후자는 2018년 프랑스에서 청소년 대상 도서관상을 수상한 10대들을 위한 페미니즘 그림책이다. 둘의 공통점은 좀 더 과감하고 세심하게 여성 청소년의 욕망과 불편을 폭로하고 들려준다는 점이다. "난 좋아하는 건 모르겠고, 싫은 거부터 말해도 되냐? 집구석? 싫어, 엄마가 그 인간이랑 사는 거. 근데 더 짜증나는 건 엄마가 웃어. (…중략…) 내 앞에선 절대 그렇게 안 웃으면서"하는 「고등어」[26]의 경주처럼 여자들은 좀 더 자기의 심기를 불편하게 하는 것들에 대하여 발견하고 말할 필요가 있다.

여자는 '암흑의 대륙'이 아니다. 그것은 남성의 무지를 합리화하는 허구적 관념일 뿐이다. 최근 아동·청소년 문학에서 암흑을 밝히는 불씨들이 나타났지만, 그것으로 부족하다. 여성의 불편과 욕망을 말하는 작품들이 들불처럼 일어나 허구와 왜곡의 대륙을 태워버리길 기대한다.

제4장 아동 · 청소년 과학소설에 나타난 공포

1. 공포 이야기로 시작된 과학소설

최초의 과학소설은 1818년 영국에서 출간된 메리 셸리의 『프랑켄슈타인-현대의 프로메테우스』로 알려져 있다. 현재까지 대중들이 영화, 연극, 뮤지컬, 만화 등 수많은 장르로 그 이야기를 향유해오면서 '프랑켄슈타인'은 괴물의 대명사가 되었다. 하지만 원작 제목에서 알 수 있듯이 프랑켄슈타인은 괴물이 아니라 그의 창조주 이름이다. 스위스 공학도 빅터 프랑켄슈타인은 자신의 피조물에 이름을 지어주지 않았다. 괴물은 독자성을 확보하려고 몸부림치지만 끝까지 '빅터'에게서 벗어나지 못하는데, 피조물을 창조주의 일부로 보면 '프랑켄슈타인'을 괴물과 동일시할 수 있다. 프로메테우스는 인간을 위해 희생한 신이지만, '현대의 프로메테우스'는 피조물을 파괴시키려는 인간이다. 그러고 보면 정말 두려운 존재는 '빅터 프랑켄슈타인', 곧 인간일지도 모른다. 그는 불완전한 창조주이기 때문이다.

과학은 인공의 산물이다. 인간은 과학 기술로 신의 영역에 도전하지만, 그 결과가 인간의 한계를 벗어날수록 인간들은 불안하다. 인간의 기술을 100% 신뢰하기도 어렵지만, 설사 그렇더라도 그 기술을 사용하는 인간의 탐욕이 어떠한 재앙을 불러올지 모르기 때문이다. 인간에게 세상을 지배할 수 있는 능력과 동시에 파괴력을 주는 과학 기술의 딜레마, 그에 대한 공포가 과학소설의 효시를 공포문학으로 만들게 한 것일 터이다.

한국 아동·청소년 과학소설도 사정은 다르지 않다. 한국전쟁, 이승만 독재와 4월 혁명, 박정희 독재로 이어지는 1950년대의 정치적 격변기에 본격적으로 창작하기 시작한 아동·청소년 과학소설에서 과학 기술로 이루는 유토피아뿐 아니라 그것이 가져올 위험을 확인할 수 있다. 대상으로 삼은 작품 중 '공포 상황'을 재현한 작품이 약 71%[1]를 차지한다.

프랑코 모레티는 공포를 "억압된 것의 회귀"[2]라고 했다. 그렇다면 소설에 재현된 공포는 인간들을 억눌렀던 것의 표현이고, 그 해소 방식은 그것이 창작, 향유된 집단의 세계관 구현으로 볼 수 있다. 따라서 그에 초점을 두고 읽으면 텍스트에 드러나지 않은 사회문화적 의미도 발견할 수 있다. 여기선 바로 그에 관심을 가지고 1950년대부터 1970년대까지 창작된 한국 아동·청소년 과학소설의 의의를 논하고자 한다. 물론 대중 서사물이라는 과학소설의 특성상 '공포'는 스릴과 서스펜스 효과를 노린 수사적 장치이거나 갈등을 극대화하기 위한 전략일 수 있다. 하지만 여기서 관심을 두는 것은 독자가 느끼는 공포가 아니라 인물이 느끼는 공포, 즉 작품에서 말하는 공포에 대한 것이다. 작품에 재현된 공포의 대상과 그 해소 방식은 당대의 맥락에서 여러 시사점을 준다.

기존 연구들은 주로 작가의 의도에 주목하여 당시 반공·과학입국 정책에 부응하는 소설로 읽고 있기 때문에 여기서의 접근 방식은 한국 아동·청소년 과학소설에 대한 연구를 확장시킬 수 있다. 구체적인 대상은 『새벗』, 『학원』, 『학생과학』에 발표된 소설 및 기타 단행본으로 간행된 소설이다. 편역작과 번안작을 포함하되 창작소설 중심으로 논한다.[3] 특히 대상 작품들은 '공포'가 수사적 장치에 머물지 않고 작품의 의미를 형성하는 데 주된 영향을 미치는 것들이다. 즉 '공포 상황'이 중심사건으로 재현되고, '공포 대상'이 갈등 대상이 되는 작품들이다.

이제 과학소설에 재현된 공포 대상과 그 갈등을 해소하는 방식에 대해 살펴보고, 공포로 회귀한 억압의 실체에 한 걸음 다가서 보자.

2. 아동·청소년 과학소설에 재현된 공포

SF 하면 흔히 외계인을 떠올린다. 영화를 예로 들면, 〈E.T.〉[4] 처럼 외계인과 우정을 나누는 이야기도 있지만, 대부분의 외계인은 〈화성침공〉[5]처럼 침략자의 모습으로 공포감을 불러일으킨다. 그들이 두려운 이유는 외모에서 찾을 수도 있겠지만 무엇보다 지구인을 능가하는 과학기술을 가지고 있기 때문이다. 물론 아동·청소년 과학소설에서도 외계인을 공포 대상으로 등장시킨 작품들이 있다. 하지만 그 수는 인간을 공포 대상으로 삼은 작품보다 적다. 심지어 인간보다 평화적이며 인간과 연대하여 공포 대상을 물리치는 외계인도 등장한다. 그밖에 우주 공간에 대한 공포를 드러낸 작품이 있다.[6] 작품 수가 많은 순서대로 논한다.

1) 탐욕과 파괴력을 지닌 인간

한국에서 아동·청소년 과학소설이 창작되던 때, 두 차례에 걸친 세계대전 및 일본에 투하된 원자폭탄의 위력과 방사능 피해는 과학 기술에 대한 회의와 두려움을 갖게 한 대표적 사건이었다. 과학소설에서 세계 전쟁은 거의 인간의 탐욕으로 발발하여 끔찍한 비극으로 귀결된다. 이와 같이 전쟁과 원자탄에 대한 체험은 과학소설에서 인간을 가장 두려운 존재로 재현케 한다. '탐욕을 위해 과학 기술을 이용하는 인물', 그들에 의해 '파괴된 환경', 그들의 피조물 곧 '괴물'은 끔찍한 공포의 대상이다.

탐욕을 공포 대상으로 삼은 작품은 다시 물질욕을 가진 인물과 지배욕을 가진 인물로 구분할 수 있다. 「달나라 탐험」[7]의 박 비행사는 달나라의 금 덩어리들을 혼자 차지하기 위해 살인하고 비행정을 탈취한다. 「서기 2026년」[8]의 김용철은 돈을 벌고 최초의 로봇 개발자라는 명예를 가로채기 위해 함께 연구하던 박사를 죽이고 조카에게 그 누명을 씌운 뒤, 도둑질한 로봇 제조법을 미국의 룩스 재단에 판다. 「텔레파시의 비밀」[9]에 등장하는 일본인 과학자 사사끼는 무기 판매를 위해 해시코스 행성의 뇌파증폭기를 탈취하려고 한다. 그래서 그 행성의 공주를 납치하고, 행성에 침입하여 핵무기 공격을 한다. 그중에서도 「화성에 사는 사람들」[10]이 가장 충격적이다. 거기에서 공포 유발자는 앞선 작품들과 달리, 과학자나 기술자가 아니라 화성회사 사장과 교장이다. 화성회사 사장은 장군이기도 하여 군수 자본이 교육 공무원과 결탁하는 모습을 보인다. 그들은 돈에 욕심이 나서 학생이 소유한 화성 생물을 빼앗아 팔려 하고, 화성 주민을 따뜻한 지방으로 이주시키는 일을 중단하려고 한다. 더 두려운 일은 그 사실을 안 주민들이 강력히 항의하자, 주민들의 생명을 담보로 항복을 강권하고 투항 의사를 밝힌 주민에게 총을 쏜 점이다. 개인의 물질욕을 위해 공권력을 휘두르며 보호해야 할 주민들을 오히려 살해하는 지도층의 등장은 이 작품이 연재됐던 시기의 이승만 독재에 항거하는 사회 분위기를 반영한다.

세상의 지배자가 되겠다는 야욕으로 과학 기술을 이용하는 작품 중 「그림자 없는 인간」[11]의 백기철은 '투명인간'이 되는 약을 개발한다. 하지만 그는 자본도 없고 기술도 부족하여 약탈과 살인을 저지르는 범죄자로 전락할 뿐이다. 「비행접시 제7호」[12]의 우주대왕 빠하는 제2차 세계대전 전범자로서 다른 전범자들과 함께 인공위성을 만들어 지구를 탈출한다. 빠하는 "무서운 두뇌의 소유자"로서 그렇게 자기 세력을 확장하여 우주의 지배자가 되려는 야심을 갖고 있다. 이 작품을 통해 당시 전범자에 대한 적대적이고 불안한 시선을 확인할 수 있다. 「돌아오지 않는 성」[13]의 박 기사는 입체적 인물로 그의 성격 변화가 섬뜩하게 그려진다. 20세기에 타임캡슐 개발에 참여한 박 기사는 타임캡슐회사 사장의 아들 민수에게 그 내부를 구경시켜주다 15세기로 이동한다. 40세기에서 온 앵금의 타임머신이 고장 나서 20세기의 타임캡슐에 떨어졌다가 15세기로 이동했기 때문이다. 그들은 15세기의 마을에서 주민들을 약탈하고 괴롭히던 변사또 일당을 20세기와 40세기의 과학 문명으로 물리친다. 마침내 타임머신을 고쳐서 다시 미래로 돌아갈 수 있게 되지만 박 기사는 가지 않겠다고 한다. 15세기에 남아 영주가 되려는 야심에서다. 박 기사의 눈빛은 어느덧 변 사또의 눈빛과 닮아 있다. 그와 함께 그의 폭력성도 강화되어 그는 자기 야욕을 위해서라면 살인도 서슴지 않는다.

위의 작품들에서 공포를 해소하는 방식은 그 대상을 제거하고 질서를 회복하는 것이다.[14] 이때 외계인이 조력자로 기능한다. 달나라 사람, 화성인, 헤시코스 행성인이 각기 연대하여 공포 유발자를 물리친다. 특히 헤시코스 행성의 추장은 자신을 희생하여 행성을 구한다는 점에서 인상적이다. 인간이 공포 유발자로 등장하는 경우, 외계인들은 지구보다 뛰어난 과학문명을 이루었으면서 평화를 추구하는 유토피아를 구현한다. 그러고 보면 개인의 탐욕은 가장 해결하기 쉬운 공포 대상이다. 하지만 그러한 개인이 출현하는 사회 구조는 여전히 건재하기에 예비 공포 유발자가 지구에 수없이 많다는 점에서 불완전한 해결이다.

인간의 탐욕에 의해 파괴된 환경은 훨씬 공포스럽고 그 해결도 쉽지 않다. 그러한 작품들은 거의 원자탄의 폭발과 핵전쟁 뒤의 세계를 재현한 작품이다. 총 5편 중 4편이 1950년대 중후반과 1960년대 초반에 창작되어 일본의 원폭 피해가 영향을 끼쳤음을 알 수 있다. 「백만 년 여행」[15]에서 백만 년 후 지구는 사람이 살지 않는 곳이다. 태양이 빛을 잃어 어둡고 추우며 대기 오염이 심해 네 발 달린 짐승들이 커다란 돔 안에 살고 있다. 지구 멸망을 넘어 태양계의 파멸이라는 엄청난 재앙에 대한 해결책은 없다. 따라서 여기서 그 공포는 해소되지 않는다. 다만 그 끔찍한 상황이 아주 먼 미래의 일이라는 점, 즉 파멸의 지연이 공포를 완화한다. 「그리운 지구」[16]는 '얘기 동시'로 발표된 서사시이다. 원자폭탄이 터져 멸망하는 지구 이야기를 질식할 듯한 분위기로 그려낸 수작이다. 소년 두 명은 우주 저편에서 온 노인의 우주선을 타고 화성에 가, 원자폭탄이 터져 멸망한 화성의 모습을 본다. 화성 근처에만 가도 유독 가스가 나와 우주선에 보호막을 설치해야 한다. 그 사이 지구에서도 전쟁이 벌어지고 원자폭탄이 터져서 소년들은 지구로 돌아가지 못한다. 다른 행성 노인이 지구 소년 두 명을 파멸하는 지구로부터 구해주었지만 그들은 돌아갈 곳을 잃었다는 점에서 우주 고아나 다름없다.

보다 좁은 공간에서 원자탄이 터지면 공포 대상의 규모도 축소된다. 「소녀만의 세계」[17]는 원자탄 공장이 폭발하여 방사능에 오염된 마을 이야기이다. 그 때문에 딸만 태어나는 문제가 발생한다. 더 이상 아들이 태어나지 않아서 마을이 사라질까봐 불안해하는데 피폭되지 않은 남성이 발견된다. 국가가 그 부부를 특별 대상으로 관리하자, 남성은 생산수단으로 전락한 자기 처지에 비관하여 일부러 피폭된 후 자살한다. 이와 같이 방사능 오염에 따른 이상 현상과 사회 혼란이 공포감을 조성한다. 여기선 결국 의사가 피폭 치료약을 개발하여 문제를 해결한다. 하지만 현실에서 피폭 완치제는 아직 개발되지 못했다. 다른 작품에서 보기 드문 이 명쾌한 해결책은 피폭에 대한 불안을 상상으로나마 해소하는 전략으로 볼 수 있다. 그래서 이 소설의 결말은 과학에 대한 신뢰를 회복시키는 한편, 피폭에 대한 실제적 공포를 가늠케 한다. 그리고 작품 전반을 고려했을 때 그 무게 추는 전자보다 후자에 놓여 있다. 「원자마수의 내습」[18]은 제목에서 알 수 있는 것처럼 용머리를 한 원시의 거대한 괴물이 공포 대상이다. 원자폭탄과 수소탄 등의 실험으로 원자핵이 누출되자, 잠이 깬 원시의 괴물이 바다에서 갑자기 솟아난다. 그 괴물을 제거한 것은 동족 괴물들이다. 자기들끼리 싸우고 사라진 것이다. 하지만 이 해결도 완전하지 않다. 원자핵이 계속 누출되면 남아 있는 마수들이 또 잠에서 깨어날 테니 말이다.

「우주 함대의 최후」[19]에서도 X4호별 사람들은 핵전쟁에 대한 공포를 가지고 있다. 그들은 핵전쟁 후 모든 문명이 파괴되어 원시적인 생활을 하고 있기 때문이다. 그런데 또 핵개발을 하려는 나라가 생긴다. 이 공포는 그에 반대하는 나라가 맞서 싸워 이김으로써 해소된다. 하지만 그 승리보다 인상적인 것은 핵전쟁으로 모든 것을 잃고 나서도 인간은 핵개발을 할 수 있다는 점이다. 그러면 이 승리와 평화는 언제 또 깨어질지 알 수 없다.

인간은 과학 기술로 무기뿐 아니라 여러 피조물을 만들고 파괴한다. 그 능력이 향상될수록 인간은 점점 창조주를 자처하며 괴물들을 만들어낸다. 「청동의 거인」[20]에선 거인이 된 난쟁이 핀헤드족이, 「공포괴물 세계에 나타나다」[21]에선 인간의 뇌를 몇 배 확대한 것과 같은 추악한 기계와 그가 만들어내는 거대한 괴물이, 「투명인간」[22]에선 보이지 않는 인간이 공포 대상이다. 앞에서 말했던 「그림자 없는 인간」도 투명인간 이야기이지만, 거기에선 인간의 지배욕이 겉모습보다 공포스럽게 그려지는 데 비해, 투명인간에선 실체를 알 수 없는 '보이지 않는 인간'이 공포감을 준다. 이와 같이 인간이 창조한 피조물은 신의 피조물과 달리, 인간을 닮지 않고 왜곡되고 변형된다.

『밀리미터 학교』[23]는 인간성을 상실한 인간의 모습을 본격적으로 그려 주목할 만하다. 거기에선 "기계처럼 바르고 빠르게"를 목표로 삼아 사람들을 기계화하는 학교의 모습이 섬뜩하게 재현된다. 기계는 뒤를 돌아보지 않고 슬픔과 분노를 느끼지 않기 때문에 사람들은 앞만 보고 달리며 늘 웃어야 한다. 그런데 학교 수위 덕수 영감은 늙어서 웃음이 흉하다는 지적을 받는다. 더 이상 웃을 힘도 없고 기계처럼 되기 어려웠던 덕수 영감은 자살에 이르고 만다. 또 간이 나빠 병원에 왔던 김 선생은 아예 몸을 원숭이로 바꾸고 목에 암이 생긴 여자는 개의 목으로 수술하여 개 소리를 낸다.

이와 같은 소설에서 공포는 그 대상을 제거함으로써 해소된다. 피조물을 죽이고 그 창조주를 경찰이 잡아가는 한편, 교장을 교체하여 새로운 질서를 형성케 한다. 특히 『밀리미터 학교』에선 그런 학교를 만들었던 교장 스스로 반성하여 적극적인 해결의 주체가 된다. 이런 해결 방식은 인간에 대한 신뢰를 회복케 하여 가장 근본적이고 이상적으로 보인다.

2) 외계

한국의 아동·청소년 과학소설이 창작되기 시작한 시기는 소련과 미국이 우주경쟁에 열을 올리던 때였다. 1957년, 소련에서 세계 최초의 인공위성 스푸트니크 1호가 발사되었고, 1966년에 소련의 루나 9호가 달에 최초로 착륙하여 이후 여러 차례 달 탐사선을 쏘아 올렸다. 이런 상황에서 외계인을 비롯한 우주 생명에 대한 관심이 고조되었으며 그들의 침입이 SF의 주요 제재로 활용되었다.

침입하는 외계인들은 화성인, 오리온성인, 목성인, 제논성인, 안드로메다성운인 등이다. 『화성마』[24]에서는 화성의 왕이 되려고 반란을 일으킨 화성인 황칠용이 지구에 와서 지구인과 여러 동식물을 납치한다. 본래 화성의 왕은 지구의 전 박사와 교류하며 지구인을 친구로 여겼기에 박사 일행과 힘을 합쳐 황칠용 일당을 제거한다. 여기서 황칠용은 화성인이지만 앞에서 살펴보았던 지배욕이 강한 인간을 연상시킨다. 이와 같이 외계인의 침입을 다른 행성인과 연대하여 물리치는 이야기로 「10만 광년의 추적자」[25]가 있다. 여기서 민영은 오리온성인이 납치한 연인 리리를 켄타우르스인 스파이더와 힘을 합쳐 구한다. 일반적으로 외계인 침입 서사는 지구인이 지혜와 용기로 그 침략자들을 물리치는 이야기인데, 『4차원의 전쟁』,[26] 『우주벌레 오메가호』,[27] 『북극성의 증언』[28]은 그렇게 단순치 않다.

『4차원의 전쟁』과 『우주벌레 오메가호』에서 지구 멸망의 위기로 작용하는 것은 외계인의 침략과 더불어 지구인들의 세계 전쟁이다. 전자에서 안드로메다성운인들은 금성을 점령하고 지구를 침략한다. 김민수 일행이 슬기롭게 맞서서 외계인들은 물러나지만, 상황을 오인한 미국과 소련이 서로 핵공격을 감행하여 세계 대전의 위기에 맞닥뜨린다. 여기선 다행히 외계인의 협박으로 미국과 소련이 공격을 중단하여 평화를 회복한다. 하지만 후자에선 전쟁을 막지 못한다. 그 점에서 『우주벌레 오메가호』는 다른 어떤 소설에 비해 박진감 있고 의미심장하다. 침략하는 외계인은 목성인이다. 그들은 우주벌레를 번식시켜 그 벌레의 침으로 사람들의 정신을 목성인의 노예로 만든다. 각 나라들은 우주벌레를 죽이기 위해 원자무기를 사용하여 결국 지구는 파멸한다. 다만 그곳에 한 쌍의 한국인 소년, 소녀가 생존하여 희망의 씨앗이 되게 한다. 『북극성의 증언』은 지구인보다 훨씬 과학 문명이 발달한 외계인 중심으로 사건이 전개된다. 탄산가스 생산에 대한 협조를 구하기 위해 지구인을 납치했던 외계인 사무하는 미개한 지구인에게 별다른 도움을 받을 수 없겠다는 판단이 들자 그들을 돌려보낸다. 또 사무하는 독단적이고 폭력적인 지구의 지배자들과 달리, 어려운 문제에 봉착할 때마다 모타칸 박사에게 조언을 구한다.

이상에서 살펴본 바와 같이, 외계인의 침략 상황을 공포스럽게 그린 작품일지라도 인간을 공포 대상으로 그린 것에 비해 그 폭력성이나 가해의 정도가 균일하지 않으며 '알지 못하는 존재'에 대한 어떤 기대가 담겨 있다. 그래서 외계인이 침입하더라도 결국 지구를 파멸에 이르게 하는 것은 원자폭탄이다.

「곤충왕국」[29]과 「마의 별 카리스토」[30]는 곤충과 외계의 생물이 공포 대상인 작품이다. 곤충왕국에선 어느 날 기후 이상으로 곤충의 개체 수가 증가하여 사람들을 공포스럽게 한다. 결국 그 곤충들을 죽이기 위해 원자폭탄을 터뜨렸지만 사라진 것은 곤충이 아니라 사람과 문명이다. 유일한 생존자인 소년과 소녀는 곤충왕국의 천연기념물이 되어 살아간다. 「마의 별 카리스토」에선 카리스토 행성에 사는 괴생명체가 공포 대상이다. 어디든 침입하고 한번 자리를 잡으면 무서운 속도로 번식하는 그 생명체 때문에 지구의 탐사선과 대원들이 희생된다. 그러고 보면 이 생명체는 침입자들로부터 자기 행성을 지켰다고 볼 수 있다. 이 소설은 행성에 존재하는 위험 요소를 괴생명체로 구체화하여 무분별한 우주 탐사를 경계하고 있다.

3) 버려진 우주 공간

냉전 체제에서 우주 경쟁이 벌어지던 우주시대에 보다 현실적이고 합리적인 공포 대상은 '우주 공간' 자체라고 볼 수 있다. 인간은 우주선 없이 우주 공간을 자유롭게 이동할 수 없다.

우주 미아가 되어 무한한 우주 공간을 떠도는 불행은 상상만으로도 두렵고 외로운 일이다. 더욱이 '인간', '외계 생물'과 달리, 우주의 질서는 인간을 완벽히 무기력하게 만들 수 있다는 점에서 궁극의 공포 대상이라고 할 수 있다. 우주 탐사, 우주선, 우주인에 대한 지식과 정보가 늘어나면서 우주 공간에 대한 두려움을 재현한 작품들이 창작되었다.

「어떤 기적」[31]은 『새벗』의 특집기사 〈우주여행〉의 마지막 순서에 실린 소설이다. 앞에 "특별 인터뷰 서울에 온 두 우주인", "우주 탐험은 어디까지 왔나?", "우주복의 비밀", "미국과 소련의 우주 경쟁", "우주 만화 달나라 여행"이 실려 우주 공간을 공상이 아닌 우리 현실의 일부로 받아들이게 한다. 「어떤 기적」에서 송찬은 우주 정거장 건설 작업을 하다가 운석 때문에 우주 미아가 된다. 두려움에 찬 인물의 초점에서 어둡고 춥고 망망한 우주가 "검은 먹을 푼 것보다 캄캄한 하늘, 공기도 물도 없는 하늘, 소리도 무게도 없는 공간, 밑도 끝도 없이 펴진 곳"으로 핍진하게 그려진다. 앞 기사에서 주어진 정보로 이런 묘사는 실감을 더했을 것이다.

「기적」,[32] 「화성호는 어디에」,[33] 「우주 조난」[34]은 탐사선이 고장 나거나 추락하는 사고 상황이 재현된다. 「기적」에선 달나라 여행 중 우주선이 먼저 바다에 추락하고, 「화성호는 어디에」에선 화성 탐사선이 유성에 맞아 기체에 구멍이 뚫리며 안테나도 고장이 나서 화성에 불시착한다. 「우주 조난」도 지구와 금성 사이를 운항하는 화물선이 운석에 맞아서 공포 상황이 초래되는데 그 문제를 해결하는 방식이 독특하다. 화물선에는 선장과 기사 두 사람이 탑승하고 있는데 운석 때문에 예비산소탱크가 파괴되어 한 명만 살 수 있다. 선장은 살아남기 위해 온갖 계산과 궁리를 하다가 기사의 독살을 계획하지만 결국 살아남은 이는 기사이다. 독살 계획이 실패로 돌아간 선장은 화투패로 살 사람을 정하자는 기사의 제안을 받아들이고 결국 그 내기에서 진다. 이것은 순전히 운에 의한 것이다. 행운은 인간의 한계를 인정하고 모든 상황을 운에 맡긴 기사의 손을 잡아주었던 것이다. 앞에서 언급했던 『화성마』와 『우주함대』에서도 우주 공간에 대한 공포가 재현된다. 화성인의 침략을 다루었던 『화성마』에서 또 다른 공포 상황은 모로살별과의 충돌 위험이었고, 우주 탐사 이야기인 『우주함대』에서 우주탐사선은 우주 계곡에 빠져 끝내 귀환하지 못한다.

이와 같은 우주 공간의 공포를 재현한 작품에서 그 해소 방식은 대부분 '구원'이다. 우연히 모로살별의 궤도가 바뀌고, 우주를 떠돌던 우주 미아는 마침 날아온 운석에 우주정거장으로 떠밀려 구조된다. 그런 기적이 일어나지 않으면 『우주함대』의 탐사선처럼 돌아올 수 없다.

공간의 이동은 시간과 함께한다. 우주 공간을 자유롭게 여행한다는 것은 지구의 시공을 이탈하는 행위이자 4차원의 체험이다. 그것을 흥미로운 모험이 아닌 사랑하는 사람이 사라지는 공포 상황으로 그린 소설이 있다. 「수수께끼의 모랫벌」[35]에서 로렌은 해변에 놀러 갔다가 백사장에서 아버지가 없어지는 장면을 목격한다. 그 후 로렌은 아버지가 사라진 장소에서 역시 4차원으로 이동할 뻔했지만 어머니가 붙잡아 구한다. 「스텔라 우주선을 타고」[36]와 「방랑하는 상대성인」[37]도 우주 조종사들의 공간 방랑에 대한 절망과 애환을 나타내고 있다. 우주에서 지낸 일주일이 지구에서 50년이면 우주로의 여정은 결국 사랑하는 사람들과의 이별이자 영원한 고독의 길인 셈이다. 인간은 생명도 능력도 유한하기에 지구의 시공을 이탈하는 자체가 절망과 두려움에 투신하는 행위일 수 있다.

3. '실패한 창조주'의 회귀

과학소설은 미래와 현재와 과거가 공존하는 시간의 미학을 음악의 선율처럼 입체적으로 재현할 수 있는 장르이다. 미래를 지향하며 과거를 넘나드는 과학소설은 대부분 현재의 확장일 뿐이다. 그것이 바로 인간의 상상력과 욕망이 자기 체험에 기반한다는 한계이자 운명의 거울일 수 있겠다.

근대 사회의 산물인 과학소설은 과학 기술과 산업 자본주의의 발달에 따른 사회적 모순을 재현하고 탐구한다. 바로 그 근원에 '프랑켄슈타인'이 초래한 '공포'가 자리한다. 프랑켄슈타인은 과학 기술로 신의 영역에 도전한 창조주였지만, 괴물을 만들고 그것의 파괴자로 돌변한 '실패한 창조주'이다. 왜 그는 실패했는가? 인간이기 때문이다. 인간에 대한 근원적인 불신과 불안이, 과학과 역사가 발전한다는 공고한 세계관의 틈을 비집고 과학소설의 공포를 낳은 것이다.

한국 아동·청소년 과학소설이 본격적으로 창작되기 시작한 1950년대부터 1970년대는 어떤 시대였는가? 세계 대전과 한국 전쟁의 악몽에서 깨어나 이승만 독재를 무너뜨리고 다시 박정희 독재 치하에서 과학기술과 경제개발을 외치며 달려야 했던 때이다. 장밋빛 미래의 선전 속에 의심과 비판과 폭로가 억압되었던 그때 사람들은 인간에 대해 얼마나 신뢰할 수 있었을까? 당대의 그 억압이 아동·청소년 과학소설에서 공포 대상으로 회귀되어 상상으로나마 해소하고 경고하고 희망했던 것은 아닐까?

여기서 살폈던 적지 않은 과학소설이 바로 그 억압의 징표들을 내포하고 있다고 본다.

지배욕과 물질욕의 실현 수단으로 과학기술을 이용하는 인간, 그 인간들이 파괴한 세상과 창조한 괴물들은 바로 프랑켄슈타인, 실패한 창조주의 초상이며 그의 이야기가 마스터 플롯으로 반복된 것이다. 외계의 침입 이야기도 앞에서 살핀 것처럼 이 마스터 플롯에서 크게 벗어나지 않는다. 인간에게 적대적인 외계인들은 외계인의 탈을 쓴 프랑켄슈타인일 뿐이고, 그나마 세계는 외계인이 침입한 때에도 언제나 어리석은 인간들의 원자탄 때문에 멸망했으니 가장 끔찍한 공포 대상은 과학기술을 가진 인간이 아니고 무엇이겠는가? 그러니 인간은 그 캄캄하고 무한한 우주 앞에서 가장 겸손하게 자기 한계를 받아들이며 기적을 바라는 수밖에 없다.

그렇다면 성공한 창조주는 이 인간의 한계 서사에서 벗어날 수 있을까? 「서 박사의 실험」[38]과 「이별」[39]을 예로 들며 이 논의의 끝에 도달해 보자. 서 박사는 10년 동안 연구실에 처박혀 인간의 감정을 읽는 기계를 개발하는 데 성공한다. 이제 그 기계를 실험해보려고 하지만 인간인 줄 알았던 종업원이 로봇이어서 기계는 감정을 읽지 못한다. 서 박사는 세상에 로봇이 개발된 줄은 꿈에도 모르고 자기 연구 공식만 점검한다. 그런데 그의 노트에 담뱃재가 떨어져 공식은 타버리고 그는 절망과 피로에 지쳐 죽는다. 서 박사에 비하면 「이별」의 벤 박사는 행복하게 인생을 마감한다. 그는 자기가 평생 창조한 로봇들의 배웅을 받으며 죽는다. 벤 박사야말로 가장 성공한 창조주라고 할 수 있다. 그가 자식처럼 아끼던 로봇들이 더 이상 인간이 제공하는 연료에 의존하지 않고 스스로 생명을 이어갈 수 있으니 말이다. 하지만 그는 실패한 창조주로 죽는다. 로봇들이 그 사실을 숨겨서 그는 죽을 때까지 자기가 죽으면 로봇들도 죽는 줄 안다.

서 박사와 벤 박사는 둘 다 피조물을 잘못 만든 창조주는 아니다. 하지만 그들이 만든 피조물의 상태를 몰랐다는 점에서 실패한 창조주이다.

지금까지 살핀 인간의 한계 및 그와 관련한 공포는 너무 근원적이라서 어떻게 보면 당연해 보이고 별로 새로울 것이 없다. 또 현재에도 앞으로도 인간이 존재하는 한 반복적으로 나타날 수 있다. 하지만 여기서 중요한 것은 그 근원적인 문제가 한국의 아동·청소년 과학소설이 형성되는 시기에 이미 제기되었다는 점이다. 그리고 그 시기에 공포로 회귀되는 사회적 억압이 있었다는 사실이다. 이제까지 『학생과학』을 중심으로 논의되었던 한국 아동·청소년 과학소설의 일단, 곧 국가 정책에 부응하는 반공 교육교양소설 등의 성격은 바로 그 억압의 표층일 수 있다. 과학소설에서 공포는 보다 심층의 억압을 드러내며 예언적 기능을 한다. 1980년대부터 최근까지 이어졌던 공권력의 폭압, 1986년의 체르노빌과 2011년의 후쿠시마에서 발생했던 원전 사고는 여기에서 살폈던 소설들에서 두려워하고 경고했던 미래이다. 그것이 오늘의 공포에 귀 기울여야 하는 이유이다.

제5장 아동 · 청소년 과학소설의 디스토피아

1. 들어가며

한국 과학소설사와 아동·청소년 문학사에서 아동·청소년 과학소설은 여러 시사점을 준다. 먼저 아동·청소년 과학소설은 한국 과학소설사에서 선구적 의의를 지닌다. 1950년대부터 1970년대까지 아동·청소년 잡지에 활발히 발표된 아동·청소년 과학소설은 안정적인 독자층을 기반으로 전문 작가군을 형성하여 『한국과학소설전집』 등을 낳으며 한국 과학소설을 개척했다. 한편 아동·청소년 과학소설은 해방 이전까지 리얼리즘에 경도되었던 아동·청소년 문학의 영역을 확장한 의의가 있다. 물론 우주시대의 미·소 경쟁을 반영하면서 한국전쟁 후 국가 재건사업과 관련된 과학소설은 여전히 목적성과 이념성이 강하다. 하지만 장르문학으로서 아동·청소년들에게 보다 새로운 재미와 상상력을 불러일으키지 않았다면 독자들의 사랑을 받지 못했을 것이다. 더욱이 한낙원과 같은 작가가 디스토피아 과학소설을 창작하여 독재 권력을 비판하고 과학주의 유토피아를 경계한 점은 한국 아동·청소년 과학소설의 의의를 더한다. 국가 정책에 상응하는 상업주의 과학소설이 지배적인 상황에서도 작가의 개성과 전망을 드러내는 작품이 존재했음을 입증하기 때문이다.

데이비드 시드에 따르면 디스토피아란 유토피아의 기제가 정상적으로 작동되지 않는 사회로 유토피아와 불가분의 관계에 있다.[1] 주지하는 바와 같이, 토마스 모어의 『유토피아』에서 기원한 '유토피아'는 근대 과학기술 신화와 결합하여 SF에서 과학문명이 초래할 이상적인 미래 사회로 구현되었다. 하지만 20세기의 정치·사회적 격변은 과학기술이 생명을 통제하고 살해하는 생명정치[2]의 수단일 수 있음을 깨닫게 해주었고, 21세기 환경오염은 지구 생태계를 위협하며 아포칼립스적인 상상과 불안을 가중시키고 있으며, 그것은 특히 과학소설을 비롯한 SF이야기 갈래에 광범위하게 반영되었다.

요컨대 디스토피아 서사는 근대 과학기술과 생명정치가 초래할 사회혼란 및 공포를 그려 현실의 사회모순과 억압을 드러내고 그 대안을 고민하게 한다. 그런데 디스토피아 공간은 죽음을 전제한다는 점에서 성장의 시간을 전제로 한 아동·청소년 문학의 본령과 모순된다. 아동·청소년들에게 디스토피아 서사는 충격과 상처, 세계에 대한 불신을 줄 수 있다. 그런 면에서 한국 과학소설의 발전을 이끌었던 아동·청소년 과학소설이 2000년대 이후 거의 디스토피아 서사라는 점은 문제적이다. 그것은 한국의 산업구조와 과학주의의 양상이 변화하고 그에 따른 사회적 문제도 달라졌기 때문일 터인데, 주목을 요하는 현상으로 보인다.

이 연구는 2000년대 이후 한국 아동·청소년 과학소설[3]에 그려진 디스토피아의 특징과 의미를 분석하여 21세기 국가산업자본주의와 결탁한 과학주의의 모순에 대응하는 아동·청소년 문학의 원리를 탐구하고 그 의의와 한계를 고찰하고자 한다. 2000년대 이후에 발표된 아동·청소년 디스토피아 과학소설 중 그 특징이 두드러진 『꿈꾸는 행성』, 『밀레니얼 칠드런』, 『몬스터 바이러스 도시』, 『가면생활자』, 『원통 안의 소녀』, 『프로젝트 원』을 중심으로 논할 것이다.

대상 작품들에선 주로 생명정치의 모순을 탐구하고 있다. 그런데 주된 관심이 '체제'인가 '환경'인가에 따라 인물의 대응 방식이 달라진다. 따라서 디스토피아 공간을 '체제 디스토피아'와 '환경 디스토피아'로 나누어, 생명정치의 메커니즘과 그에 대응하는 인물의 특징을 분석하겠다.

2. 체제 디스토피아에 저항하는 아동 · 청소년

근대 특유의 권력 행사 방식으로 생명정치를 연구한 푸코에 따르면, 군주의 '죽게 만들고 살게 내버려두는' 권력과 달리, 생명정치란 '살게 만들고 죽게 내버려두는' 것이다.[4] 그 대상은 "신체로 파악된 인간이 아니라 생명에 고유한 과정 전체, 즉 탄생·죽음·출산·질병 등의 과정에 영향을 받는 거대한 대중을 형성하는 인간"[5]이다. 그래서 권력의 통치 기술도 개별 신체에 집중하는 '제도에 의한 유기적 규율'에서 인구에 관여하는 '국가에 의한 생명 조절'로 변한다. 하지만 규율적인 것과 조절적인 것은 서로 결합이 가능하여, 신체의 규율적 차원을 통제하는 동시에 생물학적 다양체의 우발적 사건을 통제할 수 있게 해주는 규범이 형성된다.

이 글에서 필자가 만들어 쓰는 '체제 디스토피아'는 푸코의 생명정치 기제가 작동되는 공간으로서, 정치권력이나 그와 결탁한 자본가들이 체제 유지를 위해 과학기술을 활용한 고도의 통치전략으로 인간의 생명과 자유를 부정적으로 통제, 조절하는 사회이다. 대상으로 삼은 한국 아동·청소년 과학소설에서 체제 디스토피아는 '가짜 유토피아'와 거기서 배제된 사람들의 집단인 '수용소'[6]의 구조로 이루어져 있다. 이 구조는 사람들을 체제가 요구하는 신분이나 능력을 기준으로 차등화하고, 그 등급에 따라 보상을 달리하여 유지된다. 즉 사람들은 배제되지 않기 위하여 폭력적인 규율을 따르고, 가짜 유토피아에서 제시된 행복을 위해 수단과 방법을 가리지 않고 경쟁한다.

아동·청소년 과학소설은 성장서사를 본령으로 하는 만큼 체제 디스토피아를 배경으로 하되 그에 저항하는 아동·청소년 서사의 비중이 높다. 중심사건이 전개되는 공간의 성격에 따라 저항 방식이 다르므로 그에 따라 살펴보겠다.

1) 수용소에서의 투쟁과 탈출

아감벤은 벌거벗은 생명들[7]의 공동체를 수용소라고 했다. 이 수용소는 푸코가 말한 감옥의 개념을 넘어선다. 감옥은 체제의 규율이 적용되는 체제 내부의 공간이지만, 수용소는 체제 외부에 존재하여 예외상태로 규정되는 방식으로 체제에 포함되는 공간이다. 그러한 대표 작품으로 동화 『꿈꾸는 행성』과 청소년소설 『밀레니얼 칠드런』을 들 수 있다.

『꿈꾸는 행성』에서 디스토피아는 '행성E-5'이다. E-5는 티탄제국의 다섯 번째 식민지로서 지구로부터 추방당한 'D유전장애인몽상이나 상상으로 자기 마음을 조절하지 못하는 1급 장애인'들이 모여 사는 별이다. 티탄제국에선 태어난 지 백일 이내의 사람에게 '호기심 제거 백신'을 주사하여 유전물질 DNA에 변화를 준다. 하지만 주사를 맞아도 꿈의 지수가 높아지는 사람들이 생기자, 그들을 장애인으로 구분 짓고 일반 사람들과 격리시켜 E-5에서 관리한다.

이곳에선 '꿈의 억제제'라는 약물로써 사고를 억제하고, 반복되는 단순노동과 운동으로 신체를 규율하며, 위성정찰기와 센서로 몸과 정신 상태를 수시로 감시한다. 그리고 죽음에 대한 공포감으로 스스로 엉뚱한 생각을 조절케 한다. E-5의 주민들을 죽음으로 내모는 전략은 생명 유지에 필수적인 요소의 '결핍'이다. 물은 하루치밖에 공급이 안 되고, 먹을 수 있는 것도 말린 빵 한 조각뿐이며, 비타민 음료와 영양제로 최소한의 건강을 유지시킨다. 그러나 무엇보다 병원과 약이 없어서[8] E-5의 주민들은 죽게 내버려진 존재가 된다. 부모들은 자녀가 언제든 죽을 수 있다는 불안감에 하루라도 빨리 지구로 돌아가려고 아이들의 생각을 감시하고 통제한다.

이와 같이 티탄제국의 궁극적 목적은 신체와 의식의 차원에서 E-5 주민들의 사고력을 철저히 말살하고 기계화하는 것이다.

> 티탄 제국이 지구와 우주를 지배하고 있는 것은 돈과 군대 때문이 아니야. 바로 기억을 지배하고 있어서야.[9]

위의 말은 자본이나 무력에 의한 물질적 지배보다 정신적 지배가 강력하고 위험한 수단임을 나타낸다. 초등학교 5·6학년 이상을 대상으로 한 이 동화는 무거운 주제 의식을 전하고 있다. 책과 동화가 사라지고 동영상과 음성으로 실용적인 정보만 배우는 티탄제국은 작가가 우려하는 미래이다. 작가가 묘사한 티탄제국의 학교는 창의력 있는 아이를 문제아로 배제시키는 한국 교육 현실에 대한 극단적 풍자이며, 그 결과 지식과 정보를 독점한 자들이 지배할 디스토피아의 도래를 경고한다.

『밀레니얼 칠드런』에선 근미래 '학교'가 디스토피아이다. 각국 정부는 의료 기술의 발달로 사망률이 낮아지고 인구가 증가하자 '자식세'를 신설하여 인구 통제 정책을 실시한다. 부모는 자식이 만 20세가 될 때까지 매월 자식세를 납부해야 한다. 만일 몰래 아이를 낳고 기르다 발각되면 부모는 처벌을 받고 아이는 성인이 될 때까지 국립보육시설이나 학교에서 집단으로 관리된다. 여기서 '학교'는 정부에 허가받지 않고 태어난 아이들을 집단으로 수용하고 교육하는 국가기관이다. 이 학교의 아이들은 그야말로 탄생부터 법 밖에 위치한 '벌거벗은 생명'이다.

> 네가 죄수씩이나 되는 줄 아냐? 아니지, 넌 걔네만도 못해. 왜냐? 걔들도 성인권은 있거든. 성인이니까 인권 찾을 수 있고, 출소하면 섹스도 할 수 있고, 술 담배도 맘대로야, 알아?[10]

위의 교사 말처럼 학교의 아이들은 죄수보다 못한, 인권의 밖에 위치한 인간이다. 학교는 아이들을 법 안으로 들이기 위한 공간이 아니라 배제된 자로서 체제에 포섭되기 위한 규율을 익히게 하는 곳이다. 그래서 학교의 교육은 학교 밖 아이들과 전혀 다르게 이루어진다.

학교는 아이들을 성적에 따라 1등급부터 9등급으로 나누고 등급에 따라 숙소, 식사, 청소 등 모든 생활 영역에서 차별한다. 한 달에 한 번 시험을 치르고 그 결과를 전교 1등부터 꼴등까지 서열화하여 전교생에게 공개한다. 평가 내용은 교과서 지식으로 단순 암기 능력이 요구된다. 따라서 수업 방식도 교사의 감시 아래 컴퓨터로 출력되는 지식을 자습하는 것이며, 질문이나 토론이 금지된다. 이런 지식은 학교 밖에선 전혀 쓸모가 없다. 필요한 지식과 정보는 언제든 검색하면 되니 말이다. 또 주로 우수한 유전자들의 인공수정으로 태어나는 학교 밖 아이들은 한 번 접한 정보는 잘 기억하여 단순 암기 능력으로 평가하기 어렵다. 따라서 여기서 배우는 지식은 그 자체로 아무 쓸모가 없으며 학교 아이들이 졸업 후 하층민의 삶에 순종하고 다른 가능성을 체념하게 만드는 구조의 일부일 뿐이다. 물론 전교 1등 한 명만은 성인권을 획득하여 일반 사회에 편입될 수 있다. 하지만 그것은 기회라기보다 학교의 존재 이유를 감추고 아이들끼리 헛된 경쟁에 사로잡혀 학교 규율에 복종케 하려는 고도의 전략이다.

이 소설에서 '학교'는 한국 사회의 학교를 풍자하며 불평등한 사회 구조를 적나라하게 폭로하고 있다. 무엇보다 학교 기관을 배제된 자들의 수용소로 전복시켜 그 목적과 기능을 비판적으로 성찰케 한다. 하지만 아감벤이 말했듯이 수용소는 언제든 대항공간으로 바뀔 수 있는 잠재력을 가진 곳이다. 생명권을 침해하는 수용소에서 아동·청소년들은 저항주체로 성장한다.

『꿈꾸는 행성』에서 디스토피아와 대비되는 공간은 비밀기지이다. 주인공 모하는 그곳에서 신분, 성性, 나이가 다른 친구들과 함께 탈출을 준비하면서 자존감을 회복하고 용감해진다. 그곳은 E-5에서 유일한 생명체인 둠의 서식지이자 왕족 오리온의 피신처로서 자연과 인간이 공존하는 곳이다. 그들은 감시 센서를 속일 수 있는 장치를 개발하여 자유로운 시간을 확보하고 타임머신 보키니 1호의 작동 암호를 풀어 21세기 '과거'로 탈출한다.

여기서 탈출을 가능케 한 것은 기성세대의 '유산'과 '희생'이다. 비밀기지와 보키니 1호는 E-5에 최초로 끌려와 이곳을 개발했던 1세대 D유전장애인들이 만들었다. 그들은 지구로 돌아와 체제에 순응하며 살았지만, 자녀로 인해 다시 벌거벗은 생명의 처지에 놓인다. 이러한 장면은 인구적, 유전적 차원에서 이루어지는 생명정치의 속성을 단적으로 보여준다. 개인의 규율화된 신체로 자녀의 D유전장애를 예방할 수 없었던 1세대는 이제 자녀의 탈출을 위해 체제에 맞서 싸우다 죽는다.

『밀레니얼 칠드런』에선 등록아동이었던 문도새벽이 비인간적인 학교 체제와 친구의 죽음을 계기로 저항주체로 성장한다. 이때 저항의 방식은

'연대'와 '폭로'이다. 새벽은 악어와 연대하여 교장실로 잠입해 학교의 비리 정보를 확보한 뒤, 외부 언론과 학교 아이들에게 폭로한다. 여기서 새벽과 악어의 투쟁 방식은 차이를 보인다.

> "세상이 우리를 인정하지 않는다면, 인정하게 만들어 주겠어. 내놓지 않겠다면 다 부숴 버리고서 빼앗겠어. 늙은이들이 안 죽어서 우리 몫이 없는 거라면."
> "어른들을 전부 적으로 돌려서 어떻게 이기겠다는 거야? 힘으로 부딪치면 우리가 일방적으로 깨질 거야. 폭력으로 해결할 수 있는 건 아무것도 없어."
> "폭력은 안 된다고? 사람을 죽여선 안 된다고? 스무 살이 되기 전까진 정신이 미성숙해서 어른이 아니라고? 스무 살 경계에 줄이라도 쳐 놨냐? 누가 정했지? 그런 규칙을 도대체 누가 정했는데? 가진 놈들이야. 다 어른들이 정한 거라고. 우리가 태어나기 전에 모든 걸 차지하고, 자기 몫을 안 빼앗기려고 온갖 법을 만들고, 그걸 지키라고 우릴 세뇌한 건……."[11]

악어는 새벽과 달리, 학교 밖 권력을 신뢰하지 않는다. 모두 한통속이니 악어는 학생들의 폭력으로 학교에서 선생들을 몰아내고, 학교를 해방구로 만들고자 한다. 새벽의 목표가 예외상태의 해소라면, 악어의 목표는 학교의 권력자 교체에 있다. 학교의 아이들은 기성세대와의 관계가 적대적이고, 사회와 단절되어 있다. 따라서 친구들 사이의 우정과 연대가 유일한 희망이다. 작품은 투쟁의 최고조 장면에서 끝나며 서술의 초점이 새벽의 심리로 이동한다. 새벽은 자기 때문에 전교 1등을 놓쳐 자살한 이오에 대한 죄책감으로 투쟁의 희생양이 되려고 한다. 하지만 악어와 창우가 옥상에서 투신한 새벽의 팔을 잡고 이오의 죽음이 새벽 때문이 아니라고 말해 주어서 새벽은 우정과 생명을 회복한다.

이상에서 살핀 바와 같이, 수용소의 지배 방식은 생명 유지에 필수적인 요소들을 결핍시키고 죽음에 대한 공포를 조장하는 것이다. 생명권을 침해당한 아동·청소년들은 이렇게 수용소에서 탈출하거나 투쟁하며 저항 주체로 성장한다.

2) 가짜 유토피아에 대한 각성과 구원

디스토피아는 가짜 유토피아를 내세워 사람들을 현혹하며 행복해지기 위한 선택이 생명을 위협하는 모순에 빠지게 한다. 가짜 유토피아는 주로 산업자본주의와 결탁한 행정 권력에 의해 조성, 유지된다. 가짜 유토피아에서 생명권력은 교묘한 방식으로 사람들의 욕망을 부추겨 자발적으로 생활환경을 바꾸고 자기 생명 과정을 조절하도록 한다. 과학기술이 수용소에서는 주로 신체의 감시와 통제 수단으로 쓰였다면, 가짜 유토피아에선 사람들의 욕망을 충족시키고 쾌감을 극대화하는 수단으로 사용된다. 수용소보다 생명정치의 모순을 알기 어렵고 그에 저항하기 힘들기 때문에 선각자가 조력자로 등장한다. 이에 대해 동화 『몬스터 바이러스 도시』와 청소년소설 『가면생활자』를 중심으로 살피겠다.

『몬스터 바이러스 도시』에서 가짜 유토피아는 빛의 도시, 녹슨시이다. 녹슨시는 녹슨이 개발하고 건설한 계획도시이다. 녹슨을 존경하는 아이가 들려주는 그의 전기는 다음과 같다.

> 녹슨은 기스카누 마을 중심에서 태어났어요. 그러니까 삼십여 년 전, 자급자족 형태였던 영세 농업 환경을 대량 생산 구조로 산업화시키고 공장을 세우고 공장에서 축적된 자본으로 도시를 개발했어요. 또 장학생 제도를 만들어 교육에 힘을 쏟았어요. 그래서 기스카누 마을 변두리의 가난한 아이들을 데려와 공

짜로 교육을 시켰고, '낡은 것은 버리고 새것을 세우자'는 운동을 벌였어요. 그래서 (…중략…) 도시 개발위원회를 소집했어요. 최고 속도, 최대 효율을 바탕으로 초고층 건물로 이뤄진 도시의 시안을 만들었어요. 사 년 뒤에 백 층의 초고층 도시를 세웠고 창안자 녹슨의 이름을 빌려 녹슨시 1호라 불렀어요. 다시 사 년 뒤 녹슨시 2호가 탄생했어요. 하지만 안타깝게도 녹슨은 녹슨시 3호를 세우던 중 지병으로 세상을 떴어요.[12]

위의 설명과 같이, 녹슨은 산업자본가로 자수성가하여 속도와 효율을 극대화할 수 있는 초고층 녹슨시를 건설했다. 녹슨시는 특성화도시로서 1호는 정치와 언론, 2호는 학문과 기업, 3호는 농산물 공장, 4호는 실버세대를 위한 휴양지, 5호는 젊은 부부들의 소비, 여가, 주거의 복합공간으로 개발되었다. 100층의 공간에 주거, 관공서, 상점, 병원, 정원 등 온갖 시설을 갖춘 꿈의 도시지만 부자들만 살 수 있는 곳이다. 그런데 최고의 교육을 실시하는 녹슨시 2호에서 난쟁이증 몬스터 바이러스[NMV]가 발병한다. 이 병에 걸리면 몸의 모든 수분이 말라버린 듯 수축하고 비틀린다. 원인도 모르고 치료제도 개발하지 못해서 성장촉진주사만 투여한다. 당국은 환자들을 녹슨시 1호 지하의 보안실에 격리하고 사건을 왜곡, 축소한다.

아이들만 걸리는 이 병은 녹슨시가 가짜 유토피아임이 드러나는 계기가 된다. 녹슨시 시민은 이 도시에서 살기 위해 대부분의 시간을 노동하며 보낸다. 아이들도 진학 경쟁을 하며 정해진 시간표대로 공부한다. 그렇게 규율화된 신체로 살아가는 아이들이 성장을 멈추고 쪼그라드는 병이 NMV다. 여기서 그 병을 고치고 마을을 구하는 주체는 기스카누 마을의 레아이다. 13세 소녀 레아는 할머니 모슬을 이은 신녀로서 NMV에 걸린 버드를 카멜의 은신처에서 보살피며 규율화된 신체를 자연 상태로 회복시킨다. 모슬의 공간인 바람산, 카멜의 공간인 지하집은 녹슨시의 100층 건물과 대비되는 치유의 공간이다. 바람산은 자연이고, 지하집은 녹슨시 1호의 쓰레기장에 흰개미 집을 본 따 설계된 곳이다. 즉 작가는 자연과 그에 순응하는 삶이 생명을 살리고, 녹슨시처럼 인공적이고 기계화된 삶은 생명의 시간을 거스르는 일이라고 주장한다. 녹슨시를 통해 산업자본주의의 효율성, 물질중심주의의 위험을 경고하는 이 동화는 자연성과 정신성의 회복을 추구하다 원시성과 주술성을 이상화한다. 그래서 한국사회와의 유사성으로 핍진성을 얻던 녹슨시의 문제가 해결되는 과정은 환상적으로 흐른다.

> 레아는 꿈을 꾸고 있었다. 칠흑같이 어두운 공간에 레아는 갇혀 있었다. 발끝에서부터 아픔이 느껴지더니 발바닥에서 뿌리가 돋아났다. 몸은 점점 부풀어 거대한 나무줄기로 변해갔다. 레아의 팔은 수십 개로 갈라져 굵은 나뭇가지가 되었다. 머리카락은 사방으로 뻗어 가느다란 가지가 되었다. 뿌리는 땅 속을 파고들어 물을 빨아들였다. 묵직한 기운이 위로 솟구쳤다. 가지마다 새잎이 돋았다. 레아는 눈을 감았다. 얼굴이 초록 이파리로 뒤덮였다. 레아는 어둠 속에서 거대한 나무로 변해 있었다. 그때 멀리서 노란 새 한 마리가 날아왔다. 지저귀는 새 소리가 잎사귀 사이로 퍼져 나갔다.[13]

위의 인용은 레아가 신녀로서 자신의 시간을 각성하는 꿈이다. 신녀의 표식이자 능력의 조건으로 레아는 시력을 잃는다. 그 과정에서 레아는 나무가 되는 꿈을 꾸며 나무처럼 자기 품에 날아든 새, 버드의 생명을 구한다. '모슬-수로-레아'로 이어지는 자연성은 삭막해진 인간의 영혼을 울리며 인간과 세계를 구원하지만, 산업자본주의 체제의 구원자로서 신녀들을 배치함으로써 과학소설은 신화가 된다.

『가면생활자』에선 과학기술을 이용해 사람들을 유혹하는 산업자본주의 전략이 보다 노골적으로 드러난다. 여기서 가짜 유토피아는 가면생활자들의 전용 쉼터인 '정원'이다. 아이마스크사에서 개발한 가면은 사람들의 얼굴에 밀착되어 결점을 보완해 주는 도구이다. 가면의 기능은 사람들의 미적 욕구를 만족시키는 데 그치지 않는다. 안티마스키드가 밝힌 것처럼 "가면은 있는 자와 없는 자, 보호받는 자와 보호받지 못하는 자, 행복한 자와 불행한 자를 가른다".[14] 시간적 배경이 명시되지 않은 이 소설에서 세계는 빈부격차가 심하여 부모로부터 버림받은 아이들이 많아진다. 각 지역엔 구역별로 그 아이들의 수용소인 '기숙사'가 있다. 그곳은『밀레니얼 칠드런』의 '학교'와 유사한 공간이지만 덜 폭력적이고 더 개방적이다. 기숙사 아이들은 직업교육을 받고 졸업 후 노동자가 된다. 그들에게 가면과 정원은 소유할 수 없는 것이기에 더 절박한 욕망의 대상이다. 아이마스크사는 그 욕망을 미끼로 기숙사 아이들을 모르모트로 이용한다. 베타테스터를 뽑아 신제품을 한 달 동안 무료로 대여해주며 임상 시험을 해 보는 것이다. 베타테스터는 정원도 이용할 수 있어서 기숙사 아이들은 복권을 사는 마음으로 베타테스터에 지원한다.

하늘을 향해 우아하게 가지를 뻗은 나무들과 색색가지 꽃송이들, 그림 같이 서 있는 가로등, 고풍스러운 분위기를 자아내는 벤치, 아름다운 호수와 세련되고 멋진 건물, 그리고 은은하게 깔리는 음악. 진진이 사는 73구역 기숙사와는 너무나 다른 광경이었다. 누추한 변두리의 칙칙한 건물들 사이에 삐죽이 들어선 기숙사는 좁은 대지 위에 건물 세 개가 빽빽이 들어서 있다. 건물과 건물 사

> 이에 손바닥만 한 화단이 있고 그 속에 나무 한두 그루와 관목들이 웅크리고 있을 뿐이다. 그에 비하면 이곳은 마치 신이 만든 숲을 통째로 옮겨 놓은 듯했다.[15]

정원은 가면 판매를 위해 가면생활자들의 특권 의식과 허영심을 부추기는 수단이지만, 기숙사 베타테스터 진진에겐 "신이 만든 숲을 통째로 옮겨 놓은 듯"한 곳이다. 주인공 진진에게 정원사들의 시중을 받으며 즐길 거리로 가득한 아름답고 쾌적한 정원은 유토피아이다. 그곳이 가짜 유토피아임을 각성케 되는 계기는 진진이 가짜 가면생활자임이 발각되면서부터다. 진진의 가면이 자기가 반품했던 제품임을 알아본 리아가 그 사실을 아이마스크사에 항의하자 진진에게 정원 출입은 금지된다.[16] 하지만 가면과 정원이 주는 쾌감을 포기할 수 없었던 진진은 이번엔 더 위험한 선택을 한다. 가면에 약물을 삽입해 행복감을 높이는 신제품 베타테스터가 된 것이다. 가면과 정원만으로 사람들의 행복감이 오래가지 않자, 아이마스크사는 사람들의 감정을 조작하는 가면을 만든다. 하지만 그 부작용이 심각해 신제품을 사용한 사람들은 우울증에 걸리고 급기야 정원에서 자살자가 생기며 정원 유토피아의 민낯이 드러난다.

여기서 선각자이자 구원자는 개인이 아니라 '안티마스키드'라는 조직이다. 그것은 아이마스크사의 위선과 위험을 간파한 사람들이 만든 자발적 조직이다. 그리고 내부고발자 유령과 그를 구한 동생 오타가 있다. 오타는 진진과 함께 이 소설의 주인공이다. 진진과 같은 기숙사 아이가 안티마스키드와 연대하여 용감하게 형을 구하고 진진을 구한다. 물론 그들의 싸움은 이제 시작이다. 아이마스크사의 반격도 만만치 않다. 그래도 유령이 인터뷰를 준비하는 장면에서 맺는 결말은 생기로 가득 차 있다. 유령과 함께 제품 연구에 참여했던 연구원도 협력을 약속했고, 무엇보다 아이마스크사의 신제품으로 생명이 위험했던 진진이 안티마스키드와 함께 새 삶을 시작했기 때문이다.

이와 같이 가짜 유토피아의 지배 방식은 사람들의 욕망을 충족시키는 물질을 과잉 공급하고 쾌감에 길들여 생명을 병들게 한다. 이때 아동·청소년은 선각자들의 도움으로 각성하고 생명의 구원자 역할을 한다.

3. 환경 디스토피아와 경계를 넘는 아동·청소년

환경 디스토피아는 과학기술의 부산물로 지구 환경이 오염되어 인간의 생존을 위협하거나 핵폭발 이후 인간이 살 수 없는 세계이다. 체제 디스토피아도 환경 디스토피아를 전제한 경우가 많지만, 서사의 초점에 따라 인물과 주제가 달라진다. 대상 작품 가운데 환경 디스토피아를 중점적으로 탐구한 것은 많지 않다. 한국 사회가 아직 환경 문제에 대한 관심이 적은 것, 혹은 그보다 체제·정치 문제에 대한 부정적 인식이 큰 데 원인이 있어 보인다. 한편 환경 문제를 제기한 작품들에서 사이보그, 클론, 동물, 로봇 등이 새로운 주체로 등장한다. 반인간주의와 비판적 포스트휴머니즘을 주장하는 로지 브라이도티는 그러한 주체를 '유목적 주체'[17]라고 했다. 환경 파괴의 정도에 따라 그 양상이 달라지므로 그에 따라 살피겠다.

1) 환경오염과 사이보그·클론

청소년소설 『원통 안의 소녀』에서 주인공 지유는 대기 오염과 지구 온난화를 위해 개발된 에어로이드 이상 면역 반응 환자이다. 에어로이드는 나노봇에 작은 탐침을 부착해서 대기오염 물질과 온실 기체를 제거하는 프로젝트의 결과 만들어진 분진형 나노봇으로서 인체에 무해하다는 결론이 난 뒤, 대기오염 및 태풍, 홍수 등의 재난을 해결하는 수단으로 널리 활용된다. 하지만 지유를 비롯한 극소수의 사람들이 에어로이드에 대한 이상 면역 반응을 보인다. 에어로이드가 돌아가는 곳에 있으면 생명이 위험할 정도로 호흡기 질환이 생기고 온몸에 두드러기가 난다. 그래서 지유는 에어로이드를 걸러주는 방독면이나 프로텍터를 타야 외출할 수 있다. 그 때문에 '방독면을 쓴 소녀'로 유명해진 지유는 신기술의 부작용을 조명하는 다큐멘터리에 출연한 대가로 프로텍터를 선물받는다. 프로텍터는 에어로이드를 완벽하게 걸러내는 필터 기기가 내장된 소형 차량이다. 프로텍터 없이 생활할 수 없는 지유는 본의 아니게 사이보그가 되어 이 세계의 이방인이 된다.

> 지유를 위해 설계되지 않은 도시. 평생을 이곳에 살았지만 지유는 여전히 이곳의 여행자였다. 그러니까 노아는 지유와 비슷한 면이 있었다. 노아는 늘 도시의 사람들과 도시의 일들을 지켜보았지만 그 장면 안에 스며들지는 않았다. 그래서 때로는 노아 역시 이 도시를 스쳐가는 여행자처럼 느껴졌고, 지유는 그 목소리를 점점 더 좋아하게 되었다.[18]

위와 같이, 사이보그 지유는 클론 노아를 만나 그의 유목적 시선에 동질감을 느낀다. 그것은 노아도 과학기술의 불완전함 때문에 소외된 존재이기 때문이다. 이 소설은 그 존재들 사이의 우정과 연대를 그림으로써 인간중심주의에 대해 성찰하게 한다. 인간의 장기 기증을 위해 만들어진 노아는 생산과정에서 오류가 생긴두뇌 능력이 발달한 클론이다. 노아의 신체는 인큐베이터 안에 보관된 채, 뇌가 가상세계에 접속되어 존재한다. 지유는 노아를 인큐베이터에서 탈출시키고 노아는 지유에게 비를 선사한다. 비에 녹아내리는 에어로이드 분자 덕분에 비는 지유에게 원통 없이 다닐 수 있는 자유를 준다. "넌 어디로든 갈 수 있을 거야"라는 노아의 마지막 인사는 지유에게 도시 밖 세상을 꿈꾸게 하고, 지유도 노아처럼 자기를 가둔 세상을 박차고 나올 것임을 암시한다.

지유와 노아가 체제 디스토피아의 벌거벗은 생명과 다른 점은 그들의 인식이 비교적 정치권력에 초점을 두지 않기 때문이다. 그들은 현실 지배 체제에 대해 기대하거나 분노하지 않으며 다른 세계로 탈주할 뿐이다. 이러한 심리는 그들의 특이성에 기인한다. 인간의 경계를 넘나드는 존재들은 인간의 한계를 벗어났기에 어디든 존재할 수 있다. 지유는 아직 인간의 영역에 머물러 있지만, 노아의 탈출을 도우며 그 경계가 허물어지는 체험을 한다.

> 복도 전체에 로봇과 인간을 구분하는 스캐너가 달려 있었다. (…중략…) 스캐너는 내부의 에어로이드를 스캔해 생체 반응을 확인하는 방식으로 검사를 했다. 로봇들은 호흡을 하지 않으므로 기계 내부의 에어로이드 농도가 아주 낮아서 사람과는 쉽게 구분할 수 있었다. (…중략…) 노아는 지난 몇 번의 탈출 시도에서 그 복도를 통과하지 못했다. 인큐베이터 안에만 있었으니 에어로이드를 들이마시지 않았을 거라고 생각했는데 알고 보니 클론을 보관하는 액체 자체에 의료용 에어로이드가 함유되어 있었던 것이다. 하지만 지유라면 복도의 보안을 통과할 수 있었다. 지유는 인간이면서 인간으로 분류되지 않는 유일한 예외인 셈이었다.[19]

환경오염으로 사이보그가 된 지유는 인간이면서 로봇으로 분류된다.

이 소설에서 그에 대한 사유는 더 깊이 나아가지 않는다. 하지만 노아와의 우정을 지키기 위해 로봇이어서 다행이었던 체험이 지유에게 사유의 원통을 벗어나게 한 것은 분명하다.

2) 핵폭발 후 비인간

동화 『프로젝트 원』은 대상 작품 가운데 가장 새롭고 파격적이다. 핵폭발 후 멸망한 지구를 중심 공간으로 삼아 인간이 한 명도 등장하지 않는 이야기이기 때문이다. '프로젝트 원'은 핵폭발을 예견한 인간들 일부가 달기지로 가서 지구를 인간이 다시 살 수 있는 환경으로 복원시키는 계획이다. 달기지 인간들은 인공위성으로 지구를 덮고 있는 핵구름을 걷어낸 뒤, 바이오 연구소의 로봇들을 이용하여 식물들과 동물들을 복제한 뒤, 방사능 환경에 적응하는 생명 현상을 관찰한다. 핵폭발 후 100년이 지나자 기형동물들이 급증한다. 그에 위협을 느낀 달기지 인간들은 지구의 바이오 연구소에 기형 동물들을 소탕하는 작전을 지시한다. 마누는 그에 필요한 생명공학지식을 갖고 있는 인공지능이다. 하지만 인간만이 그를 깨울 수 있어서 달기지에선 급하게 오미크론 시리즈를 보낸다. 오미크론은 부족한 자원으로 만들어졌기에 복제인간보다 못한 일회성 인간이다. 그들은 신체가 자라지도 않고 아기를 낳을 수 없으며 지능도 떨어진다. 다른 오미크론은 실패하지만 오미크론07은 마누를 찾아 깨우는 데 성공한다. 그리고 오미크론07은 마누를 만나 '하나'로서 새 삶을 시작한다.

마누는 바이오 연구소에 가야 한다는 사실만 기억하고 하나와 함께 연구소를 향해 떠난다. 그 모험의 길에 슈퍼카 '떠버리'와 기형 동물 '별'을 만나서 그들은 우정을 나누며 새로운 공동체를 형성한다. 마누와 떠버리는 하나에게 언어를 가르치고, 동물로 살아가기 위한 활동 — 물 먹기, 고기 먹기 등 — 도 가르친다. 별은 하나에게 생명의 온기를 느끼게 해주며 하나가 위급한 상황에서 목숨을 바쳐 하나를 구한다. 그 여정에서 하나는 일곱 번째 오미크론이 아니라 이 세상에 존재하는 단 하나의 생명체로 성장한다. 물론 하나는 세월이 흘러도 몸이 자라지 않고 수명이 보장된 생명이 아니지만, 마음은 이 세상에 존재하는 모든 것들을 사랑할 만큼 성장한다. 그래서 연구소에 도착하여 마누와 이오가 기형동물을 죽이는 작전에 돌입하자 하나는 결사적으로 방해한다. 결국 마누, 떠버리도 달기지 인간의 명령에 복종하지 않고 하나의 뜻에 동참한다. 모험의 여정에서 서로 영향을 주고받으며 마누, 떠버리도 변한 것이다. 그들은 인간 주인의 말에 무조건 복종하던 습관에서 벗어나 인간과 로봇, 로봇과 로봇, 로봇과 동물 등이 서로 친구가 될 수 있음을 깨닫는다.

나 특별해 싫어. 마누, 떠버리, 별, 다 같이 짝해.[20]

인간의 특별함과 주인된 지위에 대한 마누와 떠버리의 설명에 하나는 모두가 짝이라고 한다. 떠버리는 처음에 납득하지 못했지만 그것이 마누와 자기가 동급이라는 사실로 여겨져 좋아한다. 마누는 달기지 인간에게 복종하는 이오가 떠나자 새로운 '프로젝트 원' 제1원칙을 세운다.

"모든 생명은 동등하고 소중하다."

'어쩌면 생명이 아닌 것까지도…….'[21]

위의 원칙은 핵폭발 후 디스토피아 세계에 대한 인간중심적 상상을 넘어선 것이라서 의미심장하다. 핵폭발 후 지구가 멸망하면 우리는 그 다음을 상상하기 어렵다. 인간이 살 수 없고 살지 않는 세계를 의미 없다고 치부하기 때문이다. 하지만 이 동화는 인간이 사라져도 로봇이나 다른 생물들이 존재할 수 있고, 그 모든 존재가 새로운 세계를 건설하는 주체임을 보인다. 달기지 인간들 관점에서 하나, 마누, 떠버리, 기형동식물이 만들어가는 지구는 인간의 기획이 실패한 땅이다. 그래서 인간이 없는 지구는 오히려 여러 존재들이 평화롭게 새 삶을 이루어가는 터전이 된다.

이상에서 살핀 것처럼, 환경 디스토피아는 과학기술의 실패와 폐해를 통해 인간의 한계를 드러내며 인간중심주의를 비판한다. 그에 따라 구현하는 생명정치의 초점이 달라져서 인간의 생명권 침해를 다룬 체제 디스토피아와 달리, 환경 디스토피아에선 비인간의 생명권 침해를 다루고 있다.

4. 나가며

아동·청소년 문학을 대상으로 한 연구의 아이러니는 그 자체로 당대 아동·청소년의 욕망이나 독자반응을 알기 어렵다는 점이다. 그것은 별도의 연구 방법을 요한다. 우리가 텍스트를 통해 확인할 수 있는 점은 작가의 사상과 욕망, 아동·청소년상, 아동·청소년에게 짐 지운 과제 등이다. 한 가지 중요한 요소를 더하자면, 그 작품을 평가하고 출판한 심사자와 출판사 등 문학장의 경향도 엿볼 수 있다. 그런 측면에서 이 글은 2000년대 이후, 아동·청소년 디스토피아 과학소설의 양상을 개관하여 산업자본주의와 결탁한 과학주의의 모순에 대응하는 아동·청소년 문학의 원리를 탐구하였다.

아동·청소년 디스토피아 과학소설은 과학기술주의의 모순이 심화된 사회의 억압적, 물질중심적, 차등적 현실을 부정적으로 그려낸다. 그리고 아동·청소년들이 그 체제의 기만과 위선을 간파하여 저항주체로 성장하기 바란다. 이러한 경향은 1990년대 이후 아동·청소년 문학을 지배했던 리얼리즘의 연장선상에서, 작가들의 현실에 대한 분노를 반영한다. '작가의 말'에서, 작가들이 현실의 사회문제에 대한 즉각적 응답으로 과학소설을 창작했음을 알 수 있는 진술을 쉽게 발견할 수 있다. 『지엠오 아이』는 2005년, 유전자 조작 농산물 문제와 황우석 박사의 줄기세포 연구에 대한 우려로 창작되었고,[22] 『밀레니얼 칠드런』은 교도소 같은 학교 이미지와 2014년 세월호 사고에 대한 분노로 창작되었다.[23] 그리고 두 작품 모두 출판사 공모전 수상작이다.[24] 현실과 밀착된 이 작품들은 산업자본주의와 결탁한 정치권력의 생명정치 전략을 폭로하고 성찰하게 한다는 점에서 의의가 있다. 하지만 근대의 이분법적 사고와 휴머니즘의 한계가 보인다.

디스토피아 과학소설에서 비판하는 현실은 인간답지 못하거나 인간성을 말살하는 사회이고, 이때의 인간성은 자연성과 정신성을 의미한다. 그러므로 기계성, 물질성, 인공성을 그 대척점에 놓고 현실의 문제를 해결하려 하면 비현실적 전망을 내세우게 된다. 도나 해러웨이가 말했듯이 지금 우리가 마주한 사회는 더 이상 인간과 자연, 인간과 기계의 이분법적인 구분이 불가능하다.[25] 그리고 차별의 양상도 '노동자 / 자본가'의 계급 대립으로 단순히 환원되지 않는다.

환경 디스토피아 과학소설에서 포스트 휴머니즘의 가능성이 보인다. 거기에 등장하는 사이보그, 클론, 로봇, 기형생물은 서로 동등하게 여기고 배려한다. 그리고 인간이 파괴한 환경을 인간의 기획을 넘어서 살리는 주체이다. 인공지능시대에 이미 아동·청소년은 새로운 인류의 탄생이 예견될 만큼 인간에 대한 고전적 이해를 넘어서고 있다. 아동·청소년 과학소설이 과학기술의 변화가 가져오는 아동·청소년상을 보여줄 수 있다면 그것이 가지는 사회문화적 의의는 더 커질 것으로 기대한다.

제3부

아동·청소년 이야기 콘텐츠의 스토리텔링 방식

제1장 — 만화 『마법천자문』의 전용轉用 전략

1. 들어가며

디지털 매체의 발달과 문화산업의 진흥으로 이야기들이 다양한 콘텐츠 생산에 활용되고 있다. 어린이를 대상으로 한 그 대표적인 예로 마법천자문[1]을 들 수 있다. 마법천자문은 2003년 만화 『마법천자문』으로 출간된 이후, 폭발적인 인기를 끌며 애니메이션, 뮤지컬, 드라마, 게임, 테마파크, 한자 카드 등 다양한 용도와 형태로 생산되고 있다. 그 시작인 만화책은 2022년 현재에도 계속 간행되고 있고, 19년여 동안 어린이들의 꾸준한 사랑을 받아오면서 학습만화의 베스트셀러로 자리 잡았으니 그것의 다양한 전용轉用[2]도 앞으로 계속 이루어질 것이다.

마법천자문의 이러한 성공은 어린이의 상상력을 자극하는 흥미진진한 스토리를 가지고 한글 전용 세대들에게 어렵게 여겨지던 한자를 흥미 있게 익히게 했기 때문이다. 한자는 이 이야기에서 글자, 천자탄, 천자패, 천자비 등에 적혀 있는 마법의 주요 수단이자, 주제를 나타낸다. 한자는 자연의 이치가 담긴 기호인데 인물들이 자기 목적에 따라 그 한자에 실행 능력을 부여한다. 거기서 한자 지식은 능력이 될 수 있으나 그 자체로 선하거나 악한 것은 아니다. 따라서 선한 존재나 악한 존재 모두 한자 마법을 사용할 수 있고 그로 인해 치열한 대결이 이루어진다. 또 한자 마법은 정확한 지식, 자연의 이치, 주체의 응축된 내적 기운에너지으로 발휘된다. 그래서 단순한 물리적 힘의 대결이 아닌 정신과 마음의 대결 구도를 만들어 '선'이 '진'과 '미'를 이긴다는 주제를 형성한다. 일반적으로 부모들의 구매 동기가 어린이들의 한자 학습을 위한 것이더라도 이야기가 재미있어야 어린이들이 자발적으로 감상할 것이다. 마법천자문은 중국의 고전소설 『서유기』에 등장하는 손오공, 삼장, 보리도사, 저팔계 등의 인물을 활용하고 있지만 스토리 요소의 변용이 크다.[3] 마법천자문은 3000년 전, 대마왕을 봉인한 천세태자가 혼세마왕이 되어 대마왕의 부활을 준비하는 모순된 상황에서 손오공을 비롯한 삼장, 옥동자 등의 어린이들이 여러 모험을 하며 용기와 선한 마음으로 대마왕과 악의 세력을 물리치는 이야기이다. 마법천자문은 에듀테인먼트[4] 콘텐츠 생산에 스토리텔링이 활용되는 흐름 속에서 나타난 성공작이다. 최근 그에 대한 연구가 활발히 이루어지고 있으나 이야기 요소를 면밀히 분석하여 그 구조와 기법을 밝혀낸 연구는 찾기 힘들다.

이 연구는 마법천자문 이야기 작품들을 대상으로 하여 그 용도에 따른 전용 전략을 밝혀 보고자 한다. 아울러 각각의 작품들에 대한 제작자들의 의도와 실제 구현된 원리가 부합하는지의 여부를 평가하고 보다 성공적인 스토리텔링 원리를 모색하는 데 이바지하고자 한다.

연구 대상은 만화 『마법천자문－손오공의 한자대탐험』1~21권,[5] 극장판 애니메이션 〈마법천자문－대마왕의 부활을 막아라!〉,[6] TV 애니메이션 〈마법천자문〉1~26화,[7] TV 드라마 〈마법천자문〉1~24화[8]이다. 만화는 21권까지 1부가 끝나고, 22권부터 현재 38권까지 2부가 진행 중이다. 여기서는 그 스토리가 일단락을 맺은 1부만 대상으로 한다. 나머지 애니메이션과 TV 드라마도 모두 1부까지의 내용을 담은 것이다.

이 연구에서 '스토리텔링'이란 단지 줄거리로서의 스토리만을 창작하는 것이 아니라 다양한 매체와 형식으로 서술된 이야기 텍스트 창작 전반을 의미한다. 엄밀히 말해 이야기 창작에서 '원소스 멀티 유즈OSMU'란 불가능하다고 할 수 있다. 일반적으로 '원소스'를 하나의 작품이나 줄거리로 생각하는데 그것은 원리적으로 불가능하기 때문이다.[9] 가령, 만화와 가장 유사한 TV 애니메이션 〈마법천자문〉일지라도 만화를 그대로 영상화한 것이 아니다. 매체와 갈래가 다르기 때문에 이야기의 여러 요소가 그에 맞게 변형되기 마련이며 거기에 제작자의 의도가 반영되어 이야기의 의미도 달라진다. 그러면 결과적으로 그 이야기의 사건을 요약하여 얻는 줄거리도 달라지는 것이다. 그렇다면 이야기의 어떤 한 요소가 멀티유스된 상황을 상정해 볼 수도 있을 것이다. 하지만 그것은 실제 이야기의 활용 양상과 거리가 있다. 여기에서 살펴볼 애니메이션과 TV 드라마만 하더라도 인물, 시간, 공간, 사건 등 다양한 이야기 요소가 활용되고 있다. 이러한 점을 고려하여 이 연구는 기존 연구에서 많이 사용하던, 만화 『마법천자문』을 원작으로 설정하고 그 줄거리를 다른 작품들과 비교하는 방식은 피할 것이다.

이 연구는 대상으로 삼은 마법천자문 텍스트들을 각기 용도에 따라 창작된 서로 다른 작품들로 전제하고 각 작품의 인물, 시공, 사건, 플롯 등의 이야기 요소를 분석하여 용도에 따른 각각의 스토리텔링 원리를 고찰할 것이다. 물론 만화 이후에 나온 작품들은 만화의 이야기 요소를 적극적으로 활용한 결과이므로 그와 비교하면서 진행할 것이다. 특히 여기에선 각 텍스트들의 시간 사용 전략을 중심으로 살핀다. 그것은 원소스에 해당하는 만화가 10여 년에 걸쳐 창작된 장편이면서 스토리 시간은 3000년 전후를 넘나들고 있기 때문에 그것을 활용한 애니메이션이나 드라마에서는 시간의 변조가 일어나고 있기 때문이다. 시간 분석 방법 및 용어는 제라르 즈네뜨의 『서사 담론』[10]을 참고한다.

2. 확장과 반복 만화『마법천자문－손오공의 한자대탐험』

1) 인물의 다양화

만화의 주요인물은 '선善'의 세계에 속한 손오공[선현인의 유물], 삼장[쌀도사 제자], 옥동자[보리도사 제자], 샤오[천계의 공주], 돈돈[저팔계 손녀], 옥황상제, 염라대왕, 용왕, 저팔계, 이랑, 오곡도사[특히 보리도사, 쌀도사], 선현인, 화과산 원숭이 부두목, 여의필[미현인], 끼로로[전설의 마수] 등과 '악惡'의 세계에 속한 혼세마왕[천세태자], 대마왕[진현인+백팔요괴], 말세장군, 혼돈장군, 12신마[특히 토생원, 호킹], 질투마녀 등이다. 이들을 신분과 기능에 따라 분류하면 손오공부터 돈돈까지가 어린이들로서 대마왕을 없애 세계를 지키는 역할을 하고, 옥황상제부터 오곡도사까지는 그들의 할아버지나 스승으로서 그들에게 과업을 주고 교육하며 조력하지만 대마왕의 부활을 막을 힘이 없다. 선현인과 부두목 원숭이는 손오공을 만들고 키워준 이들로서 그들의 희생을 통해 손오공이 대마왕 무리에 맞서는 동기를 제공한다. 여의필, 끼로로는 천계에서 부여된 막강한 능력을 가진 존재들로서 손오공이 대마왕 무리와 맞서는 데 결정적 도움을 준다. 한편 그에 맞서는 악의 무리들은 손오공의 적대자들로서 오공을 방해하고 그와 대결한다.

이와 같이 인물의 기능적 특질은 유형화되어 있지만, 인물의 신분이나 자질을 살폈을 때 중간적 존재들이 발견된다. 손오공은 '원숭이 인간'이고, 악의 세계를 대표하는 혼세마왕은 천계의 태자이며, 대마왕은 본래 천계의 3대 현인 중 한 명이었으나 108요괴를 흡수하여 그 악의 힘에 압도당한 자이다. 여의필은 붓의 형상을 하고 있으나 3대 현인 중 미현인이 봉인된 것이며, 끼로로는 작고 귀여운 용이지만 화가 나면 거대하고 힘센 전설의 마수로 변한다. 이와 같은 중간적 존재가 주요인물로 활약하여 인물의 성격을 다채롭게 한다. 또 다양한 합성을 통해 인물을 끝없이 만들어낼 수 있으므로 그만큼 인물의 폭이 넓어질 수 있다.

한편 만화에는 각 권마다 그 중심사건의 보조인물들이 등장한다. 1권에 등장하는 보조인물만 예로 들면, 대장 멧돼지, 늑대왕, 해적 상어왕, 거인 쌍둥이 형제, 화과산 원숭이들, 화과산 원숭이 막내, 박드시, 이번도, 불도자, 왕겁나, 맥주병이다. 그래서 21권까지 등장하는 보조인물들을 모두 합하면 엄청난 규모의 인물군이 형성된다. 이러한 인물군은 천자문 조각의 '수집'과 선악 '대결'이 반복되는 단조로운 플롯을 보완하여 새로운 재미와 기대를 갖게 한다.

2) 시공의 확장

만화의 스토리 시간은 진현인이 대마왕이 되고 그가 봉인됐던 3000년 전부터 그가 다시 부활했다가 봉인되기까지 3000년이 넘는다. 54권에 이르기까지 결말이 나지 않고 시간이 계속 흘러가니 전체 스토리 시간은 더욱 늘어날 것이다. 책 1권은 마법천자문 조각을 거의 찾고 대마왕의 부활이 임박한 때부터 시작되지만 중간에 인물의 말이나 기억을 통해 과거가 서술되기도 하고 20권은 손오공의 꿈을 통해 3000년 전 대마왕의 탄생과 봉인 사건만 서술된다. 따라서 전체 스토리시간은 더 늘어난다. 그런데 대마왕이 봉인된 이후 3000년 동안의 일은 21권까지에선 서술되지 않는다. 즉 그 시간 동안의 일도 얼마든지 스토리화할 수 있는 때로 남아있는 것이다.

스토리의 중심 공간은 천상계, 중간계, 지하계, 용궁, 인간계로 나뉘어 있다. 천상계는 옥황상제가 다스리는 극락, 지하계는 염라대왕이 다스리는 지옥, 용궁은 바다를 다스리는 용왕의 궁, 인간계는 살아있는 생명들이 사는 공간이다. 이 공간들은 우리들이 예부터 상상해왔던 익숙한 곳인데, 중간계는 낯선 공간이다. 그곳은 대마왕의 부활을 도모하는 무리들의 근거지이자 은신처이다. 그리고 대마왕이 부활하자 온 세계로 확장이 되었다가, 그가 다시 봉인되니 사라진 곳이다. 즉 중간계는 다른 곳들과 달리 불완전하고 유동적인 공간이다. 따라서 언제든지 다시 그 위치를 달리하여 생겨날 수 있는 곳이기도 하다.

19년여 동안 54권의 장편 이야기로 계속되었으니 이와 같이 시간과 공간의 폭이 넓고 다양해졌을 것이다. 21권까지에서 가장 다양한 공간을 보여준 곳은 인간계이다. 천상계는 황궁의 옥황상제와 샤오 공주의 거처, 천세태자궁, 극락중앙도서관, 비밀 연구소 등이 나오고, 지하계는 염라대왕궁과 지하미궁, 용궁은 용왕의 거처, 중간계는 악마의 봉우리만 나온다. 그런데 인간계는 화과산, 보리선원, 쌀선원, 돼지섬, 기장선원, 메마른 대지, 조선원, 약속의 마을, 황폐한 숲, 마법의 계곡, 통곡의 해안, 통곡의 등대 등 많은 곳이 나온다. 그 이유는 주로 오공을 비롯한 어린이들이 과업 수행을 위해 수련과 모험을 하는 곳이 인간계이기 때문이다. 이후 모험의 공간이 다른 계로 확장되면 각 계에서 개척될 이야기 공간도 무궁무진할 것이다.

3) 연쇄적 과업

만화는 손오공 중심의 어린이들이 모험을 하며 성장하는 이야기이다. 그리고 그 모험은 자신과 타자에 의해 부여된 과업으로부터 시작된다. 선현인의 기운으로 만들어진 손오공이 운명적으로 타고난 과업은 대마왕의 부활을 막는 것이다. 하지만 손오공을 보리선원으로 가게 한 첫 과업은 혼세마왕에게 당한 '부두목의 복수'였고, 극락, 지하, 용궁을 오가게 한 모험도 부두목이 위독하다는 소식을 듣고 그의 생명을 연장하기 위한 것이었다. 즉 손오공의 모험은 동료에 대한 의리를 지키기 위해 그 스스로 선택한 과업에 따른 것이다. 그 다음 과업은 옥황상제가 부여한 것으로 대마왕의 부활을 막기 위해 지하미궁에 있는 마법천자문 초석을 가져오는 것이다. 오공과 친구들이 그것을 가져오지만 혼세마왕에게 빼앗겨 되찾으러 갔다가 삼장이 오공 대신 마귀 '魔' 마법에 걸린다.

그 후 오공과 친구들의 중심과업은 '삼장 구하기'가 된다. 콩 도사와 기장 도사를 찾아가고, 대마왕의 부활에 결정적으로 필요한 마법천자패를 찾아 돼지섬 모험을 한 후, 10개의 천자탄을 찾아 천자패를 완성하려 한 이유 모두 삼장의 병을 고치기 위함이었다. 그 과정에서 오공은 더욱 더 강해져야겠다고 각성하며 조 선원에 가서 천자문을 열심히 익히고 염라대왕에게 무예를 수련 받으며 성장해나간다.

이와 같이 만화는 6권부터 삼장의 병이 완전히 낫는 15권까지 '삼장 구하기'라는 큰 목표를 향해 파생되는 과업들을 수행하는 사건들로 전개된다. 다시 말해 오공에게 부여된 운명은 대마왕의 부활을 막아 세상을 구하는 것이지만, 오공 스스로 인식하고 부여하는 과업은 모험의 과정에서 위험에 처한 친구들을 구하는 것이다. 그러던 오공이 자기의 운명을 깨닫고 그 과업을 완수하는 이야기가 16권부터 21권까지 이어진다. 이 부분은 혼세마왕이 자신의 과거를 알고 대마왕과 맞서며 천세태자로서의 정체성과 지위를 획득해가는 과정이기도 하다. 오공이 자신의 운명을 온전히 알게 된 사건은 대마왕과의 대결에서 영원히 깨지 않을 악몽 마법이 걸리고 나서이다. 20권에서 오공은 악몽을 통해 3000년 전 대마왕의 탄생과 봉인 및 자신의 탄생과 관련된 전모를 알게 된다. 그래서 오공은 대마왕과의 마지막 대결에서 힘에 의해서가 아니라 진현인에 대한 사람들의 믿음과 사랑을 일깨워 진현인과 108요괴를 분리시켜서 대마왕을 이긴다.

이와 같이 연쇄적 과업으로 인해 긴장과 이완이 반복되며 사건의 규모가 확대되고 이야기의 의미 또한 강화된다.

4) 대결의 반복

만화에선 시작부터 끝까지 무수한 대결이 반복된다. 1권은 손오공이 멧돼지와 대결하는 장면으로 시작하여 혼세마왕과 싸우러 가는 장면에서 맺는다. 대결의 반복은 사건의 전개와 재미를 위한 것이기도 하지만 무엇보다 한자 학습을 위한 전략으로 보인다.

각 권의 제목은 그 이야기에 나오는 중요한 한자로 이루어졌는데 대부분 대결의 과정에서 쓰인 한자 마법을 의미한다. 가령, 1권『불어라! 바람 풍』의 '바람 風' 마법은 보리 도사가 쓴 마법으로 오공은 이 마법을 통해 한자 마법의 존재를 알고 배울 결심을 한다. 그리고 보리 도사의 제자가 되고 나서 보리선원과 쌀선원의 한자 마법 대결에서 이 마법으로 상대를 이긴다. 대결의 반복에 따라 한자들도 반복되며 학습 효과를 높이고, 이야기가 전개될수록 손오공의 힘이 세져서 대결에 사용되는 한자의 수준도 높아진다. 즉 보다 강력한 한자 마법을 쓰기 위해선 단어 마법을 써야 한다는 설정으로 한자에서 한자어의 습득으로 나아간다. 한편 한자 마법을 사용하려면 자연의 이치를 알아야 한다. 그래야 현재의 대결 상황에서 상대를 제압하기에 적합한 한자 마법을 사용할 수 있기 때문이다. 예를 들어, 늑대 왕이 '달 月' 마법을 써서 달빛을 받아 힘을 더욱 강하게 했다면 '날 日'마법으로 달을 없애 늑대왕의 힘을 빼야 한다. 이런 식의 대결을 반복하여 독자들이 한자의 형태와 뜻, 소리를 익히게 할 뿐 아니라 자연의 이치, 특히 음양오행의 이치를 이해하게 한다.

5) 열린 결말

제21권의 결말은 대마왕을 물리치고 평화를 되찾은 세상에서 오공이 킹 셰프의 요리를 먹기 위해 집짓기 대회에 참석하기로 하는 한편, 금지의 계곡에서 천상군과 사람들에게 쫓기던 질투마녀가 결계를 부수고 검은 그림자에 놀라는 장면으로 맺는다. 즉 대마왕은 사라졌지만 아직 어둠의 세력은 건재하고 그들이 새로운 중간계를 찾아 근거지를 마련할 것임을 암시한다. 이와 같이 악의 재건을 상징하는 장면으로 끝을 맺어 결말을 열어두고 있다. 그리고 1부에 해당하는 이야기의 마지막 권에서 글과 그림의 작가가 바뀐다. 요컨대 21권은 1부의 마지막이자 2부의 시작을 알리고 준비하는 기능을 한다. 엄밀히 말해서 1부와 2부라는 표현도 적합하지 않다고 할 수 있다. 제작사 측에서 그런 표현을 쓴 적이 없기 때문이다. 그것은 감상자 입장에서 일단락 맺은 이야기를 중심으로 나눈 표현일 뿐이다.

이상에서 살펴본 것처럼 한자 학습만화로 기획된 『마법천자문』은 '확장'과 '반복'의 시간활용 전략으로 출간을 지속하며 다른 콘텐츠 생산의 바탕이 되고 있다. 이렇게 방대하고 복잡한 스토리는 신화적 상상력에 기반하고 만화책으로 출판되었기에 가능했을 것이다. 만화책은 소설과 달리, 여러 번 보기에 용이하고 또 그렇게 즐기는 독자가 많기 때문에 아무리 방대한 스토리라도 파악할 수 있다. 또 잘 기억이 나지 않는 부분만 따로 찾아 감상하기도 용이하다. 설령 전체적인 스토리를 다 파악하지 못해도 각 권을 즐기는 데 큰 무리가 없다. 각 권은 나름의 독자적인 과업의 시작과 완수로 구성되기도 하거니와 무엇보다 그림의 다양함이 현재의 상황에 몰입할 수 있도록 기능하기 때문이다.

3. 축소와 약화

극장판 애니메이션 〈마법천자문 – 대마왕의 부활을 막아라〉

애니메이션 〈마법천자문〉은 만화책이 대마왕의 부활과 마지막 결전을 앞둔 때까지의 내용으로 출간된 2010년과 2011년에 만들어졌다. 극장판 애니메이션이 먼저 상영되고 1년 뒤 TV 애니메이션이 방영되었는데, 만화책의 1부 결말이 나지 않은 상태에서 만들어졌기 때문에 각 작품의 결말은 나름의 전략과 상상력에 의해 만들어진 것이다. 만화책의 1부가 거의 끝을 보일 때이긴 하지만, 아직 완전히 맺지 않은 상황에서 서둘러 발표한 것을 보면 애니메이션 제작사들이 만화 『마법천자문』의 활용에 얼마나 눈독을 들이고 있었고, 제작권을 선점하기 위해 조바심을 쳤는지 짐작할 수 있다. 애니메이션 〈마법천자문〉들은 만화책과 달리 오락용으로 제작되었다. 개봉된 순서대로 먼저 극장판 애니메이션의 시간 사용 전략을 분석하고 그 효과에 대해 검토할 것이다.

1) 대결 사건의 축소

극장판 애니메이션 〈마법천자문 – 대마왕의 부활을 막아라〉는 2010년 8월 19일, 여름방학 때에 맞춰 개봉되었다. 영화 포스터의 "1200만 베스트셀러 신화! 이번엔 극장이다"라는 선전 문구에서 알 수 있듯이 만화의 인기에 기대어 침체된 국산 애니메이션의 부흥을 꾀하며 야심차게 상영되었다. 그러나 실제 관객은 누적 관객 수 121,572명으로 만화 판매부수의 1/100에 그치고 말았다. 물론 애니메이션 관객 수와 만화책의 판매부수를 동일한 기준으로 비교할 수는 없으나 극장판 애니메이션이 만화나 TV 애니메이션에 비해 매우 인기를 끌지 못했던 것만은 사실이다. 스토리텔링 면에서 그 이유를 분석해 보자.

극장판 애니메이션의 상영 시간은 86분인데, 그것은 당시 11년 동안 18권에 걸쳐 나온 장편만화는 말할 것도 없고, 약 3개월 동안 총 780분 동안 상영되었던 TV 애니메이션의 방영시간과 비교하더라도 1/10정도 밖에 안 되는 시간이다. 상영 매체가 극장이 되면서 스토리 시간의 양을 대폭적으로 축소하고 재구성할 수밖에 없게 된 것이다.

등장인물 역시 대폭 축소되지 않을 수 없었다. 만화에서의 보조인물뿐 아니라 주요인물도 상당수 생략되어 있다. 그중 눈에 띄는 것은 옥동자, 샤오, 이랑, 혼돈대장군, 12신마의 생략이다.

옥동자 대신 만화에서 보조인물이었던 돈돈[저팔계 손녀]이 주요인물로 활약하여 만화에서 삼장[여]을 두고 옥동자[남]와 손오공[남]이 갈등하는 관계가 여기선 손오공[남]을 두고 삼장[여]과 돈돈[여]이 갈등하는 양상으로 바뀐다. 그에 따른 갈등의 변화와 이야기 효과에 대해선 다음 절에서 자세히 논하겠다. 샤오, 이랑 등 천계의 인물이 생략된 것은 스토리 공간의 축소와 관련이 깊다. 주로 화과산, 보리선원, 중간계에서 사건이 전개되고 염라국과 용궁, 콩선원은 잠깐 나온다. 천계는 아예 나오지 않고, 옥황상제는 직접 보리선원으로 와서 손오공에게 과업을 부여한다. 쌀 도사와 보리 도사는 부부처럼 보리선원에서 함께 지내게 하여 쌀선원의 생략을 합리화한다. 또 공간의 이동도 최소화하기 위해 만화에서 손오공이 근두운을 타고 이동하던 염라국과 용궁을 여기선 염라대왕이 손가락으로 손오공을 건져 올려 이동시킨다. 이와 같이 공간의 축소는 사건의 규모를 축소하고 인물의 행위를 약화시킨다. 혼세마왕의 부하인 혼돈대장군과 12신마가 생략되어 악의 세력은 혼세마왕과 말세대장군뿐이며 그 결핍을 해골군단으로 보충한다. 만화에서 해골군단은 대마왕의 마력을 보여주는 군사들로 결전의 상황에서만 등장하는데 여기에선 혼세마왕이 늘 이끌고 다닌다. 선과 대립하는 악의 세력이 다양하지 않으니 그와 관련된 대결 사건도 대폭적으로 축소된다. 다시 말해 중심사건을 결정하는 중심과업의 축소와 변형이 이루어진다. 그것을 극장판 애니메이션의 주요 사건 별 상영시간을 고려하며 살펴보겠다.

〈표 1〉 극장판 애니메이션의 주요 사건 별 상영시간

	주요사건	상영시간
1	3000년 전 대마왕의 봉인과 손오공의 탄생	1분 30초
2	부두목의 유언 (勇)	7분 10초
3	손오공의 보리선원 찾기	13분 9초
4	손오공의 수련1(한자마법 수련의 자격 검증)	24분 51초
5	손오공의 생사부 고치기 모험 (忍)	12분 4초
6	혼세마왕의 보리선원 습격과 돈돈의 납치	6분 8초
7	손오공의 수련2(혼세마왕과의 대결 준비) (學)	3분
8	돈돈의 구조 (信)	7분 28초
9	혼세마왕과의 대결 및 대마왕의 부활 막기(友)	7분

위의 표에서 1은 도입부분으로 만화와 달리, 3000년 전 천세태자가 대마왕을 봉인하고 나서 혼세마왕이 되는 장면부터 보여준다. 그것은 만화를 보지 못한 사람도 서술되는 현재의 문제 상황을 이해할 수 있도록 돕고 극적인 장면으로 시작하여 흥미와 기대를 높이는 효과가 있다. 2~5는 손오공이 부두목의 생사부를 고치기 위한 모험 과정에서 근두운, 여의필 등을 획득하고 혼세마왕에 대한 복수심을 키우는 내용인데, 만화에서는 도입 부분에 해당한다. 6~9에서 손오공과 삼장은 납치된 돈돈을 구하고 혼세마왕과의 대결에서 이겨 천자패를 완성하여 대마왕의 부활을 막는다. 상영시간을 보더라도 1~5까지가 약 59분 동안 상영되어 6~9까지의 2배이다. 즉 극장판 애니메이션에선 만화와 달리 '부두목 생사부 고치기' 사건이 '처음'이 아니라 '중간'에 해당한다.

요컨대 여기에선 '부두목의 죽음'과 '돈돈의 납치'를 중심사건으로 하여, 손오공이 그 친구들을 구하는 과정에서 천자패를 완성한 뒤 대마왕의 부활을 막는다. 그런데 '부두목의 생사부 고치기' 모험은 악과의 대결이 아니므로 1~5까지에선 싸우는 장면이 별로 없고, 천자탄을 찾을 수도 없다. 그래서 5개의 천자탄 중 4개의 천자탄을 6~9까지에서 다 찾는다. 6~9까지에서도 7은 2차 수련 장면이고, 손오공과 혼세마왕의 대결장면은 9에서만 나온다. 6에선 보리도사와 혼세마왕의 대결, 8에선 끼로로와 말세대장군의 대결이 이루어진다. 대결할 때도 한자 마법을 사용하여 다채로운 모습을 보이지 않고 몇 번 겨루다 쉽게 결말이 난다. 특히 만화에서는 손오공이 염라대왕, 용왕과도 겨루는데 여기에서는 대결 장면이 없다. 손오공이 바로 용왕의 사슬에 묶여 숨쉬기 어려운 고통을 오래 잘 참아서 여의필 봉인도 풀리고 천자탄 '忍'도 얻는다. 대마왕을 물리치는 과정도 비슷하다. 혼세마왕과의 대결에서 쓰러진 오공은 살려달라는 친구들의 목소리를 듣고 친구를 살려야 한다는 강한 정신력으로 일어나자 천자탄 '友'자가 뜨며 천자패를 완성하여 그 힘으로 대마왕을 봉인한다.

전반적으로 극장판 애니메이션에서는 대결 사건 및 장면이 상당히 축소되어 있다. 대신 3, 4, 7처럼 배울 자격을 시험하거나 배우기 위한 준비 사건의 비중이 크다. 3은 만화에 없는 내용인데 손오공이 부두목의 유언으로 보리선원에서 한자 마법을 배우겠다고 하자 삼장은 데려가주지 않고 읽지도 못하는 한자 지도만 주고 간다. 결국 돈돈을 만나 그의 도움으로 보리선원에 올 수 있게 된다. 이 과정이 13분이나 된다. 4와 7은 수련 과정의 반복인데 비슷한 내용과 장면이라 지루하다. 이 장면은 천자탄 '學'의 획득을 위해 넣은 것으로, 어린이에게 그 가치를 반드시 전하고 싶었던 제작진의 의도가 엿보이는데 이야기의 구조상 불필요하다.

2) 갈등과 의미의 약화

앞에서 분석한 대결 사건의 축소는 극장판 애니메이션의 스토리텔링 전략으로서 '돈돈'의 기능을 변형시켜 만화와 다른 중심갈등을 형성한 것과 관련이 깊다. 여기서는 옥동자 대신 돈돈을 주요인물로 설정하여 돈돈과 삼장의 갈등이 손오공과 혼세마왕의 갈등 못지않게 부각된다. 돈돈과 삼장이 갈등하는 근본적인 이유는 삼장의 완벽주의적인 성격에서 찾을 수 있다. 삼장은 규칙을 잘 지키고 무엇이든 열심히 하는데 지기 싫어하는 성격이 있어 손오공을 질투하다가 발설하면 안 되는 생사부의 비밀을 말해 손오공을 위험한 곳에 가게 한다.

이는 만화에 등장하는 희생적이고 악의 무리마저 진심으로 사랑하는 삼장의 모습이 아니다. 그래서 만화에선 삼장이 여러 차례 납치되고 '삼장 구하기'가 전체 서사를 좌우하는 큰 과업이기도 한데, 여기에선 삼장 대신 돈돈이 납치된다. 그리고 혼세의 마법에 걸린 돈돈을 구한 것은 삼장의 진심어린 사과였다. 마법의 방해에도 불구하고 삼장의 사과를 듣고 난 돈돈이 삼장을 믿어주면서 천자탄 '信'을 획득하고 돈돈은 마법에서 풀리는 것이다.

그런데 삼장은 악의 세력이 아니므로 돈돈과 삼장의 갈등, 삼장의 내적 갈등 등은 선악 갈등이 아니다. 삼장은 오늘날 경쟁이 심화된 한국 사회의 이기적인 어린이들을 떠올리게 하며 그래서 감상자들이 더 공감하게 되는 인물일 수 있다. 하지만 그 어린이들 사이의 갈등이 전체 서사의 선악 갈등과 유기적으로 결합되지 못하여 중심갈등을 강화시키기보다 초점을 흐린다. 그래서 영화를 다 보고 나면 주인공이 '돈돈'처럼 보인다. 그것은 이 영화 전체의 메시지가 우정의 소중함을 말하는 것인데 돈돈은 등장하고부터 계속 그 우정을 실천하는 인물이었으며 마법에 걸린 상황에서도 친구들을 믿는 마음을 지켜서 친구들에게 우정의 소중함을 깨우치게 했기 때문이다. 물론 혼세에게 당한 부두목 사건이 먼저 배치되어 친구우정를 지키려면 악의 세력을 물리쳐야 한다는 의미가 형성되고, 돈돈의 납치도 부두목 사건의 강화로 볼 수 있으나 악과의 대결 사건 없이 삼장과 돈돈의 갈등이 반복, 심화되니 중심갈등의 초점이 흐려지는 것이다.

제작사의 선전[11]을 참고할 때 인물의 성격을 보다 섬세하게 그려 어린이들의 공감도를 높이려는 의도에서 이루어진 변형이지만, 신화적 시공에서 이루어진 일을 삼장과 돈돈의 성격만 현대적으로 그리니 이야기 초점만 흐리게 된 것으로 보인다. 한편 극장판 애니메이션에서 오락성을 높이기 위한 전략은 중심사건보다 삽화 차원에서 이루어진다. 시작과 끝 부분에서 화과산에서의 잔치 장면 때 원숭이들이 집단적으로 엉덩이를 내보이며 노란 방귀를 뀌는 모습이나 막내 원숭이를 코찔찔이로 표현한 점, 보리선원에서 한자 마법 수련 과정을 뮤직 비디오로 서술한 점을 예로 들 수 있다.

이상에서 살펴본 바와 같이 극장판 애니메이션 〈마법천자문〉은 상영시간의 제약으로 인물, 사건, 공간을 대폭적으로 축소하고 재구성하면서 대결 사건의 비중을 줄이고 선악 갈등을 약화시켰다. 그 대신 삼장의 성격적 결함에 의한 돈돈과의 갈등을 강화시켜 전체 이야기의 의미인 '우정의 소중함'을 부각시켰다. 그 결과 이야기의 중심 갈등인 선악갈등이 약화되고 손오공의 성격과 기능도 약화되었다. 따라서 만화에서의 긴장과 재미를 좀 더 실감나게 감상하고 싶었던 독자라면 크게 실망했을 것이다. 대신 인물을 우스꽝스럽게 표현하고 춤과 노래 장면을 삽입하여 유머와 신나는 분위기를 조성하며 오락성을 강화하려 하였다. 전반적으로 자극성을 줄였기 때문에 이 영화는 제작사 의도와 달리 관객들에게 초등학교 저학년이나 유아용이라는 느낌을 준다.[12]

4. 모방과 생략 TV 애니메이션 〈마법천자문〉

1) 만화와 유사한 구조

TV 애니메이션은 MBC에서 2011년 9월 5일부터 12월 20일까지 1주일에 두 번, 26분씩 방영하여 26화로 종영하였다. 그 기간은 만화책이 19권까지 나온 때로 아직 일단락을 맺지 않았던 때여서 애니메이션이 만화의 결말은 참고할 수 없었던 때였다.

TV 애니메이션은 만화의 성공에 기대어 만화에서 느꼈던 재미를 보다 역동적으로 즐기고 싶은 독자를 대상으로 한 것이라 할 수 있다. 그래서 중심인물, 중심사건, 시간과 공간 등의 스토리 요소가 만화와 유사하다. 또 그림체와 색채 등 서술 형식도 만화를 본뜨고 있어서 만화를 언뜻 본 이라면 만화의 스토리를 매체만 달리한 것이라고 생각할 수 있다. 만화를 보지 못한 사람도 TV 애니메이션을 통해 대체적인 만화의 재미를 느끼도록 제작된 것이다. 한마디로 '마법천자문'들 중 만화의 대용 기능에 가장 합당한 것은 TV 애니메이션이라고 할 수 있다. 아래에서 만화와 TV 애니메이션의 목차를 비교하여 그 점에 대해 좀 더 살펴보도록 하겠다.

〈표 2〉 만화 『마법천자문』과 TV 애니메이션 〈마법천자문〉의 순차별 제목

순차	만화	TV 애니메이션
1	불어라! 바람 풍	화과산의 손오공과 타올라라 불
2	솟아라! 뿔 각	혼세마왕의 공격과 내려쳐라 번개 전
3	비춰라! 빛 광	안녕 부두목과 내려라 비 우
4	울려라! 소리 음	도술섬의 보리선원과 집어삼켜라 물결 파
5	열려라! 열 개	봉인된 근두운과 자라나라 나무 목
6	지어라! 이름 명	용궁의 여의필과 대답하라 대답할 답
7	쏘아라! 쏠 사	지옥의 생사부와 길어져라 길 장
8	타올라라! 불꽃 염	봉인 풀린 여의필과 얼어라 얼음 빙
9	믿는 마음! 믿을 신	천자문 비석의 초석과 과거로 가자 옛 고

순차	만화	TV 애니메이션
10	강철의 주먹! 주먹 권	지하 미궁의 마수와 찾아라 찾을 탐
11	참는 마음! 참을 인	위기의 삼장과 대신할 대
12	끊임없는 배움! 배울 학	결전! 악마의 꽃과 크게 타올라라 불꽃 염
13	모두에게 알려라! 알릴 고	위기의 삼장과 나타나라 용 용
14	부모님을 향한 마음! 효도 효	돼지섬의 저팔계와 돌아와라 돌아올 회
15	간절히 바라는 마음! 바랄 희	신비의 마법 천자패와 친구의 이름으로 벗 우
16	서로를 생각하는 마음! 정 정	기장선원의 토생원과 푸르러져라 푸를 록
17	거듭해서! 다시 재	토생원의 흉계와 친구를 믿는 마음 믿을 신
18	오라, 환상의 세계로! 꿈 몽	출발! 메마른 대지와 통해라 통할 통
19	찍어라! 도장 인	최강의 전사 호킹과 굴하지 않는 마음 용기 용
20	내 모든 걸 너에게! 남길 유	혼세마왕과 호킹의 대격돌과 터져라 터질 폭
21	하나가 되는 마음! 마음 심	염라대왕의 무술 훈련과 굳세어져라 굳셀 무
22		지식의 현자 킹 드레곤과 열라라 열려라 구멍 혈
23		획득 지식의 천자탄과 배워라 배울 학
24		서생원의 기갑충 군단과 서로를 돕는 마음 도울 협
25		대마왕의 부활과 거듭나라 다시 부
26		손오공! 최후의 결전과 서로를 이어주는 마음 사랑 애

중심과업에 따라 위의 목차를 다시 정리하면 다음과 같다.

〈표 3〉 만화 『마법천자문』과 TV 애니메이션 〈마법천자문〉의 중심 과업

중심과업		만화	TV 애니메이션
부두목 살리기		1~3	1~8
천자문 비석의 초석 찾기		4	9~10
빼앗긴 천자문 비석 되찾기		5	12
삼장의 마귀 魔 마법 풀기	천자패 찾기	6~7(友)	13~15(友)
	사라진 한자 찾기	8~16 (信, 勇, 敬, 忍, 學, 孝, 希, 情)	16~24(信, 勇, 學, 協)
	대마왕 봉인		25~26
완전 부활한 대마왕으로부터 진현인 구하기		17~21(心, 愛)	

〈표 3〉에서와 같이 만화와 TV 애니메이션의 중심사건을 결정하는 중심과업은 결말 부분을 빼고 일치한다. 여기에서 특징적인 것은 TV 애니

메이션에서 첫 번째 과업인 '부두목 살리기'가 차지하는 서술 시간의 양이다. 만화의 전체 분량에서 14.2%에 해당하던 것이 TV 애니메이션에서는 약 33.3%를 차지하고 있다. 만화보다 2배가 넘는 비중을 차지하는 것이다. 그것은 TV 애니메이션에서 '부두목 살리기'를 특별히 중시해서라기보다 만화의 내용을 충실히 따르면서 극적인 효과를 내는 과정에서 생긴 결과로 보인다. '사라진 한자 찾기' 과업의 비중을 비교하면 만화에서는 8개의 한자를 찾는 데 전체 분량의 42.8%, TV 애니메이션에서는 4개의 한자를 찾는 데 34.6%를 차지한다. 즉 만화 각 권의 중심내용을 TV 애니메이션으로 제작할 때 더 많은 차수가 필요했음을 알 수 있다.

2) 극적 효과를 위한 생략 및 변형

TV 애니메이션은 기본적으로 만화의 이야기 요소를 모방하고 있으나 매체의 차이 때문에 사건이 생략되고 변형된다. 만화에 나오는 무수한 보조인물과 부수적 사건이 생략됨은 물론이고 대마왕의 완전 부활을 가능하게 하는 마법장벽의 파괴와 마법증폭기 제작[만화 14~16권], 부활한 대마왕의 군단과 나머지 계 군단의 전쟁[만화 17~19권]과 같은 중심사건도 생략되어 있다. 그 이유는 대마왕의 부활과 그 후 세계의 대결 및 대마왕이 진현인으로부터 분리되어 사라지기까지의 스토리가 매우 복잡하고, 서로 다른 공간에서 동시에 일어나는 사건을 보여주느라 장면 전환도 심하기 때문이다. 앞에서 밝혔듯이 만화는 확장의 원리에 의해 후반부로 갈수록 스토리가 복잡해지지만 인쇄매체이기에 그러한 점이 독자의 감상을 크게 방해하진 않는다. 하지만 TV 애니메이션에선 중심사건을 바탕으로 수렴하고 집중하는 플롯을 취해야 시청자의 관심과 흥미를 이어갈 수 있다.

결말의 차이도 그와 무관하지 않다. 〈표 3〉을 보면 TV 애니메이션에선 삼장의 마귀 魔 마법이 풀리는 것이 대마왕의 봉인보다 더 큰 과업이다. 오공이 부활한 대마왕과 싸우러 간 이유도 삼장을 구하기 위한 것이었다. 그래서 전체 이야기는 대마왕이 봉인된 후, 삼장의 마법이 완전히 풀린 데서 맺는다. 하지만 만화에서는 대마왕이 완전히 부활하기 전 삼장의 마법이 풀린다. 그리고 오공은 꿈에서 선현인을 만나 진현인을 구하겠다는 약속을 한다. 즉 자기 친구인 삼장을 구한 데서 나아가 3000년 전 비극의 근본적인 씨앗을 해결하겠다는 것이다. 그래서 대마왕을 물리치는 방법도 다르다. TV 애니메이션에서는 대마왕을 단순한 악당으로 상정하고 한자마법증폭기를 통해 엄청난 힘으로 봉인해 버리지만, 만화에서는 물리적인 힘보다 진현인의 마음에 호소하여 대마왕과 분리시킨다. 요컨대 TV 애니메이션에서 생략된 사건들만화 14~19권이 '삼장의 마귀 魔 마법 풀기'에서 '진현인 구하기' 과업으로 나아갈 수 없게 한다.

한편 극적 효과를 위해 사건을 변형시키기도 한다. 가령, 만화에서는 손오공이 1권부터 보리 도사의 한자 마법에 매혹되어 보리선원으로 가서 수련하는데, TV 애니메이션에서는 혼세마왕에게 부두목이 죽고 나서 그 복수를 위해 보리선원으로 간다. 만화에서보다 수련을 떠나는 계기와 오공의 의지가 인상적으로 설정되어 있다. 근두운을 획득하는 장면도 마찬가지이다. 근두운은 여의필과 더불어 오공의 주요한 모험 도구이자, 오공이 선택받은 자임을 나타내는 도구이다. 그런데 만화에서는 보리 도사가 오공에게 근두운을 선물로 준다. 매우 소중한 도구이지만 쉽게 얻으니 그 사건이 정보로서만 기억된다. 하지만 TV 애니메이션에서 근두운은 아무나 얻을 수 있는 구름이 아니라, 그것을 지키는 돌바위를 제압하고 봉인을 푼 뒤 근두운의 선택을 받아야 탈 수 있다. 오공은 그 모든 과업을 완수하고 근두운을 타기 때문에 만화에서보다 훨씬 인상적이다.

TV 애니메이션 21화와 24화는 만화에 없는 사건이다. 21화는 손오공이 염라대왕에게 죽을 고비를 넘기며 무술훈련을 받는 내용인데, 대마왕과의 결전을 앞두고 손오공의 힘을 더욱 키우는 개연성을 확보함과 동시에 무술 훈련 자체가 재미를 준다. 24화는 12신마 중 가장 교활한 서생원의 기갑충 군대를 오공과 친구들이 힘을 합해 물리쳐 마지막 천자탄 '協' 자를 얻게 되는 내용이다. 하지만 '協'은 만화에서 찾은 10자의 한자에 해당되지 않는다. 이와 같이 사라진 한자 찾기 과업의 변형은 '마법천자문'의 사건 전개 및 의미에 큰 영향을 끼친다. 24화의 경우, 대마왕의 부활을 앞둔 마지막 대결이라는 점에서 사건의 강도를 높여 모두의 힘을 합치는 한편 만화에서 생략된 부분을 유기적으로 보완하기 위해 새로 넣은 것으로 보인다.

요컨대 TV 애니메이션은 만화의 스토리와 서술을 비교적 충실히 본뜨면서 만화에서의 긴장감과 재미를 좀 더 역동적으로 즐길 수 있게 하였다. 한편 복잡하고 장면 전환이 심한 후반부 만화의 내용을 생략하여 사건의 응결성을 높이고, 대결 장면을 보충하거나 만화의 사건 순서를 바꾸어 극적 효과를 높였다. 그 결과 만화에서의 '악까지 포용하는 사랑'이라는 심오한 메시지가 TV 애니메이션에선 우정의 소중함으로 단순해졌다. 하지만 오히려 그러한 점이 TV 애니메이션의 주된 감상자인 어린이들에게 적절해 보인다.

5. 중단과 교체 TV 가족 드라마 〈마법천자문〉

TV 드라마 〈마법천자문〉은 2014년 8월 6일부터 11월 19일까지 KBS2 TV에서 수, 목 4시 30분에 방영했다. 1회 방영 시간은 27분이고, 총 24화로 종영했다. 처음에 50화로 계획했다가 아시안게임 기간에 몇 차례 연속 결방을 하는 등 불안정한 모습을 보이더니 빠른 사건 전개로 마무리했다. 제작은 높은 시청률과 장기 방영으로 어린이 드라마의 신기원을 이루었던 〈매직 키드 마수리〉[13]팀이 맡았으나 그 신화를 다시 쓰는 데 실패한 것이다. TV 드라마 〈마법천자문〉은 "모든 연령 관람가"였던 애니메이션과 달리, "12세 이상 관람가"로서 초등학교 5학년 이상의 청소년을 주 대상으로 하면서도 성인도 즐길 수 있는 가족 드라마를 목표로 하였다. 그래서 이야기 요소가 만화와 크게 달라지고 처음 계획보다 조기 종영하면서 과업의 중단과 교체가 이루어진다.

1) 이야기 요소의 변형

TV 드라마 〈마법천자문〉은 만화, 애니메이션과 달리 모든 인물이 인간화되어 있다. 주요 인물은 마법 전사 손오공, 옥동자, 삼장 그리고 그들의 스승 보리 도사와 옥황상제, 천계의 공주 샤오진선미 선생님, 상제의 수호대장 이랑사서 선생님과 그에 맞서는 악의 세력 혼세마왕천세태자, 텐텐카페 사장, 질투마녀나샘, 흑운 등이다. 즉 인간계를 떠도는 마법계 사람들이 마법계의 부활과 대마왕의 부활이라는 서로 모순된 목표를 가지고 대결하는 이야기이다. 그중 손오공, 옥동자, 진선미 선생님은 자신이 마법계 사람이라는 것을 모르다가 마법계를 부활하는 과정에서 본래 자기의 정체성을 알게 되고 신분을 획득한다. 여기서 손오공은 만화, 애니메이션과 달리, 상제의 마지막 태자로 신분이 상승한다. 이 설정은 과업의 교체와 관련이 있는 것으로 보이는데, 뒤에서 다시 살피겠다. 인간계에서 손오공은 공부는 안 하지만 건강하고 속이 깊은 어린이이고, 옥동자는 학원을 전전하며 공부는 잘하지만 체력이 약하고 왕따를 당하는 어린이이다. 만화, 애니메이션과 크게 달라진 인물 중 하나는 이랑이다. 그는 미모의 여성으로 설정되어 옥동자가 좋아하는 인물이었는데 여기선 젊고 잘생긴 남자로 바뀐다. 그보다 더 중요한 변화는 이랑이 대마왕의 마법에 걸려 후반부에서 대마왕의 부활에 봉사한다는 점이다. 즉 보조 인물이었던 이랑의 특질과 기능을 변형시켜 스토리의 반전과 의미 형성에 활용하고 있다.

모든 인물이 인간화됨에 따라 시공간도 인간 세상으로 한정된다. 단, 마법 전사들이 혼세 마왕과 결투를 벌일 땐 인간 세상의 시간이 멈춘다. 또 유일하게 이질적인 공간은 옥황상제의 거처인데 신비로운 하얀 배경에 나무 의자 하나밖에 없는 곳이다. 상제는 처음에 모습을 보이지 않고 목소리만 등장하다가 나중에 모습을 드러내는데 만화, 애니메이션에서의 노인이 아니라 머리 긴 중년 남자이다. 회가 거듭될수록 그는 인간 세상의 모자, 운동화, 옷 등을 가져오라고 이르며 인간화된 모습을 띤다. 이러한 설정은 상제에 대한 신비를 깨고 희화화하는 효과가 있다. 인간 세상의 주요 공간은 손오공네 고로케점과 2층 한자교실, 텐텐카페, 학교 교실, 도서관, 급식실, 교무실 등으로 현재 한국 사회에서 12세 이상 청소년들이 주로 이용하는 곳으로 설정되었다.

중심사건은 보리 도사와 삼장이 마법전사인 손오공, 옥동자를 찾아서 마법세계를 부활시키기 위한 과업을 수행하는 것이다. 대마왕을 부활시키려는 혼세마왕이 여러 술수를 쓰며, 그것을 방해하는 마법전사들과 갈등, 대결한다. 그런데 가족 드라마를 표방했던 만큼 이러한 중심사건이 인간 세계의 일상적 사건과 결부되어 다양하게 전개된다. 가령, 옥동자는 한자교실에서의 한자 마법 수련 시간을 확보하기 위해 삼장의 분신술로 또 한 명의 동자를 만들어서 학원으로 보낸다. 학원에 가기 싫은 어린이들의 욕망을 반영한 것으로 볼 수 있다. 또 손오공의 누나 손단비와 관련해서는 사춘기 중2 여학생의 욕망과 일상을 반영한 사건들이 전개된다. 그녀는 혼세마왕이 근거지로 차린 텐텐카페의 단골 손님이자, 혼세마왕이 변신한 아르바이트생에게 반하는 등 사춘기의 감수성 때문에 혼세마왕의 술책에 쉽게 걸려든다.

여기서 텐텐카페는 다소 문제적인 공간인데, 10대들만 출입이 가능하고 그들이 좋아하는 온갖 서비스가 제공되는 10대들의 낙원이자 해방구이다. 그런데 이곳의 마법주스를 먹고 아이들이 거칠게 변하자 동네 부모들이 텐텐카페의 폐업을 요구하는 시위를 벌여 혼세는 근거지를 다른 곳으로 옮긴다. 이런 스토리는 10대들이 오락을 추구하는 장소나 행위를 사악한 것으로 이미지화하는데 어린이 드라마를 보는 부모들의 시선을 의식한 결과로 보인다. 실제로 TV 드라마 〈마법천자문〉의 시청 소감란에는 텐텐카페의 주스를 마시고 머리가 아픈 아이들이 두통약을 상비하며 나눠 먹는 모습에 대한 우려와 불만의 평도 있다. 어린이들이 쉽게 두통약을 먹는 모습이 교육적으로 좋지 않다는 것이다. 이와 같이 어린이 대상의 콘텐츠들은 그들의 욕망을 반영하면서도 그것을 관리하고 감독하는 부모나 기성세대의 시선도 고려하고 반영해야 한다. 하물며 가족 드라마를 표방하는 공중파 드라마이니 그러한 제약으로부터 더 자유로울 수 없었을 것이다.

TV 드라마 〈마법천자문〉의 사건에서 특징적인 것은 애정 사건이 반복된다는 점이다. 먼저 오공과 동자가 삼장을 깊이 좋아하는 사건이 몇 회에 걸쳐 전개되고, 오공의 외할머니가 보리도사를 좋아하여 둘이 가까워지는 모습이 자주 등장하며, 진선미 선생님을 영양사 선생님이 좋아하여 사서 선생님을 견제하는 모습도 반복된다. 하지만 이 사건들은 갈등이 증폭되다가 제대로 갈무리되지 못하고 마법세계의 부활 과업으로 사건이 집중되면서 흐지부지된다. 그것은 다양한 사람들의 욕망을 반영하여 온 가족이 공감하며 볼 수 있는 드라마를 만들려는 의욕의 결과이자 실패로 볼 수 있다. 즉 인간 세계의 사건이 마법 세계의 부활이라는 중심사건과 유기적인 관련 아래 설정되지 못한 것이다.

2) 과업의 교체 및 반전

TV 드라마 〈마법천자문〉의 플롯에서 특징적인 것은 과업의 중단과 교체이다. 만화와 애니메이션에선 대마왕의 부활을 막기 위해 3000년 전에 사라졌던 천자문 조각을 찾고 그것으로 천자패를 완성하는 과업이 공통적으로 부여된다. 애니메이션에서 찾아야 할 한자가 반으로 줄고 그 한자 중 만화와 다른 것도 있지만 이 틀이 바뀌진 않는다.

TV 드라마도 도입부에서 주요인물들에게 주어진 과업은 3000년 전 사라진 한자 10개를 찾는 것이었다. 하지만 '友'자만 찾고서 갑자기 과업이 교체된다. 오공이 '義'자가 새겨진 마법큐브를 발견하고 나서 보리도사와 마법전사들은 이랑에게서 나머지 큐브 두 개를 찾으면 나머지 9개의 한자가 저절로 찾아와 마법 세계를 부활시킬 수 있다는 정보를 얻는다. 이 큐브는 옥황상제가 대마왕의 부활을 막기 위해 한 번 더 마련한 장치로서 상제의 자녀만 가질 수 있고 그들이 모두 모여야 제대로 힘을 발휘할 수 있다. 이러한 과업의 교체로 손오공은 극의 중반부터 갑자기 마법 세계의 태자로 신분 상승을 하게 된 것이다. 그때부터 사건은 천세태자와 샤오 공주가 가지고 있는 큐브를 찾는 데 집중되고 찾지 못한 9개의 한자는 관심 밖에서 멀어진다. 결국 혼세마왕과 진선미 선생님이 태자와 공주였다는 사실을 알고 그들이 가진 '犧'와 '愛'까지 찾아 마법세계 부활에 성공한다. 이러한 과업의 중단 및 교체는 사건의 규모를 축소하고 그 전개를 빨리 하기 위한 전략으로 보인다. 왜냐하면 '友'자 한 자를 찾기까지 10화의 시간이 필요했기 때문이다. 그래서 마법 큐브라는 새로운 장치를 고안하여 9개의 부담을 두 개로 줄이고 그 세 개가 모이기만 하면 된다는 단순한 설정으로 마지막 회에서 일사천리로 사건이 종결된다. 하지만 이것은 원작에서 멀어질 뿐 아니라 사건의 개연성을 떨어뜨린다.

앞에서 밝혔듯이 중심사건뿐만 아니라 인간 세계의 부수적 사건도 이렇게 중단되어 감상자로 하여금 초점을 잃고 긴장감이 사라지게 한다. 그러한 결점을 보완하려고 반전으로 놀람 효과를 얻기 위한 사건이 이어진다.

먼저 손오공의 아버지인 손가락이 인간계와 마법계에 걸쳐 있는 중간적 존재라는 사실이 밝혀진다. 그 후 손가락은 보리도사에게서 한자 마법 수련을 받으며 보리도사가 혼세마왕과 결전을 치를 때 조력자 역할을 한다. 다음으로 옥황상제의 호위무사인 이랑이 대마왕의 마법에 걸려 마법세계의 부활을 막고 있다가 손오공의 인연 緣 마법으로 아이들과의 추억을 떠올리며 마법에서 풀려난다. 마지막 반전은 질투마녀 나샘의 희생이다. 나샘은 손오공 일행을 감시하기 위해 어린이로 변신하여 학교를 다니다가 인간 세계 어린이들의 순수하고 착한 마음에 감동을 받아 두 번이나 희생한다. 첫 번째 희생은 혼세마왕이 만든 종말쿠키를 아이들이 먹을까 두려워 다 부숴뜨려서 봉인된 것이고, 두 번째 희생은 혼세마왕이 진선미 선생님을 죽이려 했을 때 대신 죽은 것이다. 그의 희생으로 천세 태자의 큐브가 깨어나 천세의 기억이 돌아오며 마법 세계의 부활에 성공한다.

하지만 이랑의 배신이나 나샘의 배신은 그 계기가 충분히 합리화되어 있지 않아서 작위적이란 느낌을 준다. 보리 도사는 이랑이 너무 맑은 존재라서 자기도 모르게 조금씩 대마왕의 마법에 걸렸을 거라고 하지만, 왜 맑은 존재가 악에 쉽게 물드는지에 대해선 밝히지 않았으므로 납득하기 어렵다. 나샘의 배신도 그녀의 특질을 나타내는 '질투마녀'란 이름과 너무나 상반된 행동이다. 질투마녀라면 아이들과 선생님의 모습에 감동을 받기보다 그들의 선량함을 질투했어야 합리적이다. 하지만 여기에서는 아이들과 선생님을 위해 희생하므로 마녀보다 성녀에 가까운 인상을 받는다.

요컨대 TV 드라마 〈마법천자문〉은 12세 이상의 사춘기 청소년을 주된 대상으로 하되 온 가족이 즐길 수 있는 가족 드라마를 꾀하여 이야기 요소를 크게 변형시켰다. 지금 한국 사회를 배경으로 하여 중심사건인 마법 세계의 부활을 위한 일뿐만 아니라 학업 스트레스, 사춘기 욕망, 노년의 사랑 등 청소년들의 가정에서 벌어지는 일상도 사건화하여 공감과 재미를 높이려 하였다. 하지만 인간의 일상과 마법 세계의 과업이 유기적으로 짜이지 못해 오히려 감상자의 주의를 흐리는 결과를 낳았다. 그것을 보완하기 위해 후반부에서 반전 기법을 사용하여 다소 감상자의 흥미와 기대를 끄는 데 성공한다. 특히 손오공의 비밀을 모두 아는 아버지 손가락이 다른 가족 몰래 오공과의 이별을 준비하며 나누는 부자의 정이 감동적으로 표현되어 오공이 새로운 임무를 부여받고 나타났을 때 그 기쁨과 반가움을 배가시킨다. 이 드라마의 마지막은 오공 부자가 인간 세상에 떨어진 세 개의 마법 큐브를 찾아오라는 과업을 확인하여 새로운 모험을 암시하지만 더 이어지진 않는다.

6. 나가며

문화산업시대를 맞이하여 이야기의 창작과 활용에 대한 관심이 높아지고 있다. 특히 이미 창작된 이야기의 여러 요소를 활용하여 매체와 갈래를 달리하며 각기 용도에 맞게 창작하는 일이 많아지고 그에 대한 연구도 늘어나고 있다. 하지만 아직 그와 관련된 용어나 이론이 정립되지 않아서 여러 혼동을 일으키며 체계적인 연구로 나아가고 있지 못한 듯하다. 이 연구는 그러한 문제를 극복해보고자 19년여 동안 어린이들의 사랑을 받으며 다용도로 활용되고 있는 마법천자문 텍스트들의 스토리텔링 전략을 연구하였다. 만화, 극장판 애니메이션, TV 애니메이션, TV 드라마를 시간 사용 전략 중심으로 분석하여 장르의 특성과 목적에 따른 변화와 그 효과에 대해 검토하였다.

에듀테인먼트용으로 간행된 만화 『마법천자문』은 신화적 시공간에서 중간적 존재를 주요인물로 활용하며 연쇄적 과업과 열린 결말로 끝나지 않는 이야기를 전개한다. 거기에 한자 마법을 사용한 대결 사건을 반복적으로 개입시켜 이야기 감상 과정에서 한자를 익힐 수 있도록 하였다.

만화의 성공에 기대어 극장판 애니메이션과 TV 애니메이션이 제작되었는데 둘 다 오락적 성격에 치우쳐 있다. 극장판 애니메이션은 상영 시간의 제약으로 인물, 공간, 사건이 대폭적으로 축소, 변형되었다. 그 결과 대결 사건의 축소로 인물의 능력이 약화되고 긴장과 흥미 또한 약화되었다. 또 인물을 변형시켜 경쟁심으로 인한 갈등을 부각시키다가 선악 갈등이 약화되면서 이야기의 메시지도 만화의 '악'을 품는 사랑이 아닌, 우정의 소중함만 나타냈다. 전반적으로 자극성이 줄어 유아나 초등학교 저학년에 적합한 이야기가 되었다.

TV 애니메이션은 극장판보다 10배의 방영 시간을 확보하여 만화의 이야기 요소를 보다 충실히 재현하여 만화의 재미를 보다 역동적으로 즐길 수 있도록 하였다. 그를 위해 만화 후반부의 복잡한 이야기는 생략하고 대결 사건을 추가하는 등 극적 효과를 높여 이야기의 통일성을 강화하였다. 그 결과 세계의 구원보다 친구의 구원이 더 지배적 가치가 되었으나 그것이 오히려 어린이 독자들의 이해와 공감을 사기에 적절한 것으로 보인다.

TV 드라마는 12세 이상의 감상자를 대상으로 한 가족드라마로서 이야기 요소가 크게 변형되었다. 모든 인물을 인간화하고 시공도 현재 한국의 청소년들이 주로 이용하는 공간으로 한정하였다. 사건도 마법 세계의 부활을 위해 악의 무리와 대결하는 중심사건이 가족 구성원의 일상 사건과 더불어 전개되면서 다소 산만한 양상을 보인다. 무엇보다 사건의 빠른 전개를 위해 중반부에 과업이 교체되면서 이야기의 통일성이 약화된다. 그러한 점을 반전을 통해 극복하려고 하였으나 개연성을 떨어뜨리는 결과를 낳는다.

이상에서 살펴본 바와 같이, 스토리텔링은 용도, 매체, 시간, 감상대상 등의 변화에 따라 크게 달라진다. 마법천자문 텍스트들의 경우, 만화에서의 신화적 시공과 선악 대결이 약화되었을 때 이야기의 초점이 흐려지는 경향이 있다. 그것은 다른 매체와 갈래로 창작할 때, 활용되는 이야기의 초점이나 요소에 대한 보다 면밀한 검토와 전략이 필요함을 알려 준다.

제2장 박경리 동화 · 청소년소설의 '분리불안' 플롯

1. 들어가며

박경리가 아동·청소년 독자를 염두에 두고 쓴 소설로 「돌아온 고양이」, 「은하수」, 「솔바람」, 「추억」이 있다. 「돌아온 고양이」와 「은하수」는 아동잡지인 『새벗』에 1958년부터 1959년에 발표했고, 「솔바람」과 「추억」은 청소년잡지인 『학원』에 1959년과 1961년에 발표했다. 그 수가 많지 않지만 박경리의 동화·청소년소설은 일제 말기와 전후의 폭력적이고 부조리한 사회에서 성장하는 아이들의 분리불안 심리를 핍진하게 그려내어 주목된다.

이 글에서는 박경리의 동화·청소년소설을 소녀소년 주인공들의 애착[1] 대상에 대한 분리불안과 그 해소 과정 중심으로 연구하고자 한다. 이것은 박경리 동화·청소년소설의 심리 치료적 가치를 발견하고 그러한 소설의 한 플롯을 밝히는 의의가 있다.

이 연구는 '대상관계이론'[2]과 '애착이론'[3]을 참고한다. 절대적 의존 상태로 태어난 인간은 어머니나 그 역할을 하는 양육자와 애착관계를 형성하며 '자기The Self'로 성장한다. 분리불안은 일반적으로 유아가 양육자와 애착이 형성된 이후에 애착대상이 눈에 보이지 않을 때 나타내는 일종의 공포반응을 의미한다. 이러한 분리불안은 발달 과정에서 매우 자연스러운 반응이며 양육자와의 애착 형성에 도움이 되기도 한다.[4] 한국의 경우, 대개 4세 이후에 분리불안이 사라지지만 아동기나 청소년기, 성인이 되어서도 특정 애착대상에 대해 분리불안을 겪는 경우가 있다. 특히 청소년기에는 양육자 이외에 동성, 이성 친구와 애착관계를 형성하며 그 대상의 상실을 염려하는 불안을 경험한다. 분리불안을 해소하기 위해선 먼저 분리 상황에 '노출'되어[5] 애착 대상이나 '자기'에 대한 신뢰를 회복해야 한다. 그 노출 상황에서 불안을 견디기 위한 방어기제가 작동하여 다양한 심리적 영향을 끼친다. 방어기제defence mechanism란 개인이 불안을 감소시키거나 없애기 위해 시도하는 다양한 무의식적인 책략 또는 방법이다.[6] 그 하위 유형으로 여러 가지가 제시되는데, 박경리 동화·청소년소설에서 두드러지게 쓰인 것은 중간대상, 전치, 투사이다.

'중간대상transitional objects'은 도날드 위니캇이 상실에 대한 방어 반응으로서 설정한 개념이다. 가령, 유아는 발달하면서 자신이 어머니와 분리된 존재임을 인식하고 그 불안을 감당하기 위해 담요나 보드라운 동물 인형과 같은 대리물을 중간대상으로 삼는다. 중간대상은 실제대상은 아니지만 망상적이지도 않다. 그것은 현실과 무의식적 환상 사이에 있는 경험의 중간영역으로 놀이의 출발이다.[7] '전치displacement'란 현실적으로 용납되기 어려운 특정 대상에 대한 강한 욕망이나 감정 또는 공격적 충동 등을 현실적으로 용납되거나 위험성이 적은 대상상대적으로 약한 사람이나 동물 등에게로 전환하여 표출또는 표현하는 것으로 '전위'라고도 한다.[8] '투사projection'란 개인이 가지고 있는 숨겨진 강력한 충동이나 동기 또는 사고를 자신이 아닌 다른 어떤 사람에게 있는 것으로 돌림으로써 그로 인해 자신이 경험하던 불안이나 두려움에서 벗어나거나 또는 그 수준을 감소시키는 방어기제이다.[9]

이 연구에서는 대상 작품의 플롯과 방어기제로 기능하는 요소를 분석하여 분리불안의 해소 방식을 고찰하고자 한다.

2. 불안의 극대화 플롯

1) 상실의 반복과 회복

「돌아온 고양이」의 주인공은 5학년 소녀 선주이고, 「은하수」의 주인공은 3학년 소녀 선영이다. 둘 다 한국전쟁으로 아버지를 잃고 어머니, 남동생과 애착관계를 형성하고 있다. 전쟁이라는 외상성 사건을 겪은 선주와 선영은 어머니마저 잃고 고아가 될까봐 불안해한다. 잇따른 불행은 그들의 불안감을 증폭시킨다.

「돌아온 고양이」의 중심사건은 아래와 같이 '상실'과 '분리'를 중심으로 전개된다.

① 아버지와 집 상실

② 어머니와 분리

③ 동생 상실

④ 고양이 획득

⑤ 어머니 상실 위기

⑥ 고양이 상실

⑦ 고양이 귀환

⑧ 어머니 귀환

①부터 ③까지는 선영이 가족 구성원을 점차적으로 잃고 떨어져 살게

되므로 긴장감과 비극성이 고조된다. 그래서 ④에서 선물 받은 고양이는 선주에게 더욱 소중한 존재가 되고, 고양이에게 의지하는 선주의 모습은 독자의 긴장을 이완시킨다. 하지만 ⑤에서 어머니마저 죽을 위기에 놓이고 ⑥에서 고양이까지 잃게 되면 선주의 분리불안이 극대화되고 독자의 긴장도 최고조에 이른다. 그렇게 외롭고 슬픈 선주가 여왕의 그림을 그리며 어머니를 간절히 상상하자 고양이도 오고⑦ 어머니도 오면⑧ 애착대상에 대한 믿음이 회복되며 불안도 해소된다.

「은하수」도 「돌아온 고양이」와 비슷한 구조의 이야기이지만 주인공 소녀의 능동적 행위로 상실 위기에 놓인 것을 구한다는 점이 다르다. 중심 사건을 상실과 획득 중심으로 정리하면 다음과 같다.

① 아버지와 집 상실

② 집과 가족 상실 위기

③ 가족과 외삼촌 만남

④ 집 상실

⑤ 집 획득

⑥ 외삼촌 상실

⑦ ⑧ ⑨ 동생 상실 위기

⑩ 동생의 시력 상실

⑪ 어머니 상실 위기

⑫ 어머니와 분리

⑬ 외삼촌 상실 위기와 구하기

⑭ 동생의 시력 구하기

⑮ 할아버지 찾음

결말 부분에 해당하는 ⑭, ⑮ 이전의 이야기에서 ③, ⑤를 빼고 모두 상실이나 분리 이야기이다. 특히 이 소설에서 가장 비극성을 고조시키는 이야기는 동생이 죽을 고비를 넘기고 살아나서 시력을 잃는 이야기로 가장 많은 분량을 차지할 뿐 아니라 ⑦과 ⑧에서 어머니와 선영의 불안이 제시된다. 즉 아버지와 집을 잃고 새 터전을 마련하는 ②부터 ⑥까지에서 선영이 가족, 짐, 집을 잃었다가 찾는 사건이 전개되며 긴장과 이완이 반복된다. 그러다 ⑦, ⑧의 불안을 거쳐 ⑨부터 ⑫까지 동생을 상실할 위기를 겪고 어머니와 분리되는 상황에 놓이면 비극성과 긴장은 최고조에 이르게 된다. ⑬은 결말을 향해가는 이야기의 전환점으로서 선영은 더 이상 폭력적인 불운에 무력한 희생자가 아니라 적극적으로 행동하여 구하는 자가 된다. 선영은 행동으로 자신의 능력을 확인했으므로 애착대상을 구할 수 있다는 자신감을 획득하여 불안은 해소된다.

요컨대 동화 「돌아온 고양이」와 「은하수」는 전쟁, 가난, 사고, 병 등 외부 세계의 위험 요인에 의해 가족을 상실하거나 그와 분리되는 사건의 반복으로 어머니 상실의 위기를 극대화시킨다. 하지만 결말 부분에서 애착대상이 돌아오거나 주인공이 애착대상을 구출하여 애착대상 및 자기에 대한 믿음을 회복하며 불안을 해소시킨다.

2) 패륜의 목격과 처벌

「솔바람」은 중학생 소년 병채가 함께 든 여관방에서 어머니와 삼촌의 근친상간을 목격하는, 충격적인 장면으로 시작한다. 아버지가 병으로 죽고 나서 삼촌의 사기 행각으로 병채는 집도 잃고 애착대상인 어머니, 누이와 분리된다. 그 과정을 정리하면 다음과 같다.

① 아버지 죽음

② 땅과 집 잃음

③ 돈과 짐 도난당함

④ 어머니, 누이와 헤어짐

⑤ 어머니 상실

⑥ 누이 만남

①부터 ⑤까지 이어지는 상실과 분리 이야기에서 ①을 제외한 ②부터 ⑤까지의 시련은 삼촌의 사기 행각에 기인한다. 삼촌은 아버지가 죽고 나서 어머니를 꾀어 시골의 땅과 집을 팔고 서울에 오게 한 후, 그 돈과 짐을 갖고 도망친다. 결국 어머니, 병채, 누이는 각자 일자리를 얻어 떨어져 지낸다. 병채는 중국집에서 일하며 누이와 어머니를 생각하고 그때마다 삼촌을 떠올리며 분노를 느낀다.

> 그러나 갈 곳도 없이 우두커니 앉아 있어야 하는 이런 휴일에는 잠도 오지 않았다. 눈 앞에 어린 누이 영채가 울고 서 있었다. 참아 견딜 수 없는 모습이었다. 역전 어느 집에 부엌아이로 들어간 영채는 아직 젖내도 가시지 않은 어리광스런 나이다. 생각나는 것은 누이만이 아니었다. 생각 안 하기로 한 어머니에 대한 생각은 더 집요했다. 행주치마를 입은 어머니가 멍하니 눈 앞에 서 있는가 하면 평생에 바르지 않던 연지를 입술에다 볼에다 벌겋게 칠한 어머니의 얼굴이 웃고 있었고 — (…중략…) 아무래도 이상해진 어머니였다. 병채는 얼굴을 푹 쌌다. 삼촌의 얼굴을 마음 속에서 지근지근 밟아문지르는 것이었다.[10]

위와 같이 병채는 동생의 안위를 걱정하고, 어머니가 이상해진 모습을 돌이키며 어머니가 그들을 떠날까봐 염려한다. 어머니에 대한 생각을 안 하기로 해도 더 집요하게 떠오를 만큼 병채는 그 불안에 사로잡혀 있다. 그에 대한 방어기제로 병채는 삼촌의 환상을 만들어 파괴한다. 하지만 불안은 현실이 되어 영채가 주인집에서 구타당한 모습으로 찾아오고 어머니마저 일하던 곳에서 사라지면서 비극성과 긴장은 최고조에 이른다. 이렇게 두려워하던 불행과 직면한 병채는 달라진다. 어머니를 필요로 하는 소년이 아닌 집안의 장남으로 누이의 보호자가 된다. 소설의 마지막 장면에서 병채는 누이와 함께 아버지 산소에 찾아가 인사하고 어머니를 찾는 누이에게 '엄마 생각은 하지 말'라고 이른다. 이 말은 '어머니'에 대한 애착을 끊는 동시에 패륜을 범한 어머니를 병채가 처벌하는 것이라고 할 수 있다. 마침 과자를 싸온 신문지에는 삼촌이 체포됐다는 기사가 실려 있어 패륜과 사기를 벌인 삼촌에 대한 사회적 처벌을 알린다.

이와 같이 청소년소설 「솔바람」은 아버지를 상실한 소년이 삼촌과 어머니의 패륜적 행위로 인한 불안과 분노를 극대화하는 플롯으로서 동화와 달리, 어머니를 버리고 스스로 가장이 되며 불안을 해소한다. 또한 사기꾼에 대한 사회적 처벌을 알려 세계에 대한 믿음을 회복시킨다.

3) 열패감의 심화와 상실

「추억」은 앞선 이야기들과 달리, 일제 말기 기숙사에서 생활하는 소녀 영이의 사랑과 불안 이야기이다. 영이는 투명하고 흰 피부에 붉은 입술을 지닌 아름다운 소녀 진옥을 사랑한다. 진옥도 영이를 좋아하여 식량 사정이 나빴던 시기에 매우 귀했던 간식을 먹지 않고 영이에게 선물한다. 영이는 아름다운 진옥이 자기를 좋아해서 행복하지만 한편으로 불안하다.

나는 행복하였다. 그가 나를 좋아했기 때문에. 그리고 진옥이 아름다웠기 때문에. 그러나 내 마음은 때때로 허전해진다. 진옥이보다 내가 더 그를 좋아하고 있다는 확신은 어쩐지 고독감을 갖게 하였다.[11]

위에 제시된 것처럼 영이를 불안하게 하는 것은 진옥이 자기를 좋아하는 것보다 자기가 더 진옥을 좋아하고 있다는 확신 때문이다. 그에 대한 별다른 근거는 없다. 이 소설은 1인칭 주인공 시점으로 서술되어 다른 인물의 심리를 객관적으로 알기 어렵다. 다만 진옥을 사랑하면서 서로의 마음을 저울질하는 영이의 마음에서 진옥에 대한 경쟁심을 읽을 수 있다. 그리하여 이 소설의 플롯은 영이의 열패감을 심화시키며 불안이 극대화된다. 그 과정을 정리하면 다음과 같다.

① 무턱이 선생이 진옥이 실장인 방의 부실장으로 영이를 배정함
② 학생들이 무턱이에게 반항하다 퇴학 위기를 맞이함
③ 진옥이 영이를 배신하고 무턱이에게 빌러 감
④ 영이도 다른 친구들과 함께 무턱이에게 빌러 감
⑤ 무턱이가 영이를 다른 방의 실장으로 배정함

영이는 진옥이 실장인 방의 부실장으로 배정되자, "견딜 수 없는 굴욕감"을 느끼고, "내 꼴이 왜 이리 초라할까?"라며 괴로워한다. 그만큼 방을 배정한 무턱이 선생에 대한 원망이 커지고 그에게 반항하다가 자기 방으로 쫓겨 오면서 또 "심한 패배감과 고독감"을 느낀다. 그날 밤 진옥이 혼자 무턱이 방에 빌러 가면 긴장감과 패배감은 최고조에 이른다. 그 사실을 눈치 챈 영이는 "마음이 모진 칼로 뒤쑤셔 놓은 듯" 아프다. 이것은

영이가 불안해했던 진옥의 상실을 직면한 데 따른 상처인 것이다. 그 후 서선생의 도움으로 무턱이에게 빌러 가서 영이는 "자기 염오와 굴욕"을 느낀다. 그렇게 퇴학 위기를 넘기고 무턱이가 영이를 다른 방의 실장으로 배정해 주었지만 영이는 진옥을 잃었기 때문에 "슬픈 패배"라고 생각한다.

이 소설의 주인공 영이가 애착 대상을 잃은 원인은 앞선 소설들과 달리, 외부가 아닌 영이의 열패감에 있다. 영이는 진옥을 사랑하는 마음이 커질수록 그 감정의 무게를 저울질하며 진옥과의 관계에서 자신이 뒤지는 상황을 불안해한다. 그 불안에 대한 방어기제로 무턱이와 대결하지만 열패감은 심화되고 진옥을 상실하는 결말을 맞이한다. 이 소설은 애착대상을 상실한 이야기이므로 안타까움과 여운이 느껴지는 한편, 영이의 미숙한 대상관계[12]에 대해 돌아보게 한다.

3. 방어 기제의 양상

1) 고양이와 노래 억압된 욕망을 표출시키는 중간대상

「돌아온 고양이」에서 선주의 불안감을 완화시키는 주요 중간대상은 고양이 비비이다. 비비는 선주에게 죽은 동생, 그리고 떨어져 지내는 어머니를 대신하면서 선주의 간절한 소망을 들어주는 존재이다. 즉 비비는 선주의 애착대상과 동일시될 뿐 아니라 그들을 초월한 존재로서 선주에게 억압된 욕망과 감정을 표출하게 한다. 선주의 욕망은 아버지, 어머니, 동생과 함께 사는 것이지만 죽은 자아버지와 동생에 대한 지향은 산 자에게 금지된 욕망이며 어머니는 멀리 떨어져 살기 때문에 선주의 마음을 충족시킬 수 없다. 선주의 다른 사람을 배려하는 성격도 자기 슬픔과 그리움을 억압하는 이유 중 하나이다.

(가) 선주는 어머니가 항상 보고 싶었지만 동생 민이가 더 어머니를 그리워하고 있는 것을 알고 있었기 때문에 어머니의 이야기를 쉽사리 입 밖에 내지 않았다. 괘니 어머니 이야길 잘못 하다가 민이를 울리게 하고 싶지 않았던 것이다.[13]

(나) 할머니는 한밤중에도 잠이 깨면 일어나 앉아서 잠든 선주의 얼굴을 쓸어주면서

"에미가 만일 어떻게 된다면 아이고 불쌍해서 어찌 살고."

선주는 잠들은 척하면서 그러한 할머니의 넉두리 하는 소리를 듣고 있는 것이었다. 창밖에서는 눈이 펄펄 나리고 있었다. 선주는 몸부림을 치듯이 돌아 누우며 이불 속에 파고 들어오는 고양이를 꼭 안는 것이었다.

"비비야, 우리 비비야, 엄마를 도와다고. 그리고 나를 엄마 곁에 가게 해다고."

선주는 고양이를 꼭 안으며 마음속으로 기도를 올리는 것이었다.[14]

(가)에서 선주는 동생을 울릴까봐 어머니에 대한 그리움을 표현하지 못하고 (나)에선 할머니를 걱정시킬까봐 잠든 척 하며 어머니에 대한 분리불안을 비비에게 올리는 마음 속 기도로 견딘다.[15] 그래서 선주가 비비를 잃어버렸을 때 슬픔과 우울감은 최고조에 이르고, 선주는 다시 비비 대신 그림을 중간대상으로 삼는다. 하지만 그림은 비비에 비해 그 기능이 제한적이다. 비비는 부드러운 털을 가지고 있는 살아있는 존재로서 선주와 상

호작용하면서도 선주에게 속한 채 선주의 상상에 의해 여러 능력과 역할이 부여될 수 있다. 만약 고양이가 돌아오지 않았다면 선주는 깊은 슬픔에서 벗어나지 못하고 우울증에 시달렸을 수 있다. 그러나 비비는 선주의 소망을 저버리지 않는다. 비비를 훔쳐간 사람이 묶은 질긴 목줄을 끊고 선주를 찾아온다. 이 사건은 선주가 상실했던 대상을 찾은 최초의 체험이기에 선주의 분리불안을 극복하는 데 매우 중요하다. 게다가 비비가 오고 나서 마법처럼 선주의 소망이 실현된다. 곧이어 어머니가 오셔서 선주를 데려간다고 하신 것이다. 동화의 세계에서 비비가 실제로 선주의 소망을 들어주었는가는 중요하지 않다. 선주가 상상하고 꿈꾸었던 일들이 실현되고 그로 인해 선주가 깊은 슬픔과 불안에서 벗어나 관계에 대한 믿음과 희망을 회복하게 되었다는 사실이 중요하다.[16]

「은하수」에서는 '달' 노래가 비비와 같은 역할을 하는 중간대상이다. 여기에 나온 노래는 안승자 작사, 권길상 작곡의 동요 〈둥근 달〉 2절[17]이다.

둥근 달 밝은 달
산들바람 타고 와
한없이 가는데
어디까지 가야나
은하수 강물에 뱃놀이 가자네
은하수 강물에 뱃놀이 가자네

'달' 노래는 선영이 시골로 전학 와서 배우게 된 노래로, 동생이 더 좋아하는 노래이다. 처음 이 노래가 나오는 부분에서 동생은 은하수 가서 뱃놀이 했으면 좋겠다는 소망을 말하고, 선영은 죽어서 천당 가면 그럴 수 있을 거라고 답한다. 어머니는 둘의 대화를 듣고 죽음을 말하는 것이 불길하여 그런 소리 하면 못 쓴다고 화를 낸다. 즉 이 노래는 동생의 사고에 대한 복선 역할도 한다. 하지만 이 노래는 선영과 동생에게 불안과 슬픔을 이기는 힘을 주고 나중에 동생의 시력을 구하는 수단으로 사용된다.

어머니가 폐결핵으로 요양원에 가고 선영도 학교에 가면 앞 못 보는 동생은 할머니선영 담임선생의 어머니의 냉대를 받으며 홀로 그 외로움과 그리움을 견뎌야 한다. 그때 동생은 애착대상과의 추억이 서린 '달' 노래를 부르며 슬픔을 표출하고 위안을 얻는다. 선영은 그러는 동생을 보며 이 노래를 부를 때마다 그를 떠올린다. 그래서 동생의 눈 수술비를 구하기 위한 노래 대회 곡목으로 이 노래를 채택한다.

> 피아노가 울린다. 달노래다.
> 둥근달 밝은 달
> 산들바람 타고와
> 한없이 한없이
> 어디까지 가아나……
> 선영의 목소리가 울려나온다.
> 은하수 강물에……
> 그때 선영의 눈에는 경수의 얼굴이 크게 떠올랐다. 은하수가 어디냐 묻던 그 귀여운 경수, 눈을 뜨게 하리라 눈을 뜨게 해서 은하수 강물이 보이게 하리라. 노래가 끝났을 때 회장에는 우레 같은 박수소리가 울려나왔다. 선영의 노래는 아이가 부른 노래가 아니고 그야말로 천사가 부른 듯 아름답고 성스러운 것이었다. 다른 아무도 선영의 노래처럼 청중들의 감격을 불러일으키지 못하였다.[18]

위 제시문과 같이 선영은 동생과의 추억을 떠올리며 노래를 불러 청중의 감동을 불러일으킨다. 선영은 그의 노래 실력뿐 아니라 동생에 대한 사랑이 담긴 '달' 노래를 불렀기 때문에 그 깊이와 진정성으로 높은 성취를 보였다고 할 수 있다. 즉 여기서 중간대상은 불안을 해소하는 방어기제에 머물지 않고 미적 성취를 북돋우는 기능을 한다. 작품의 제목인 '은하수'는 이 노래의 가사이자 동생의 욕망을 반영하며 동생의 시력이 회복된 마지막 부분에서 밝고 희망찬 이미지로 바뀐다.

모든 고난은 이제 다 가버리고 끝없는 꿈과 희망이 이들 마음 속에 자리잡고 있으며 다만 하루라도 속히 통일이 되어 아버지가 돌아오시기를 기다리고 있을 뿐입니다. (…중략…) 지금 선영의 방에서는 피아노 소리가 들려오고 경수와 선영이, 미옥의 합창이 맑게 사방을 울리고 있습니다.

은하수 강물에 뱃놀이 가자네……

그렇습니다. 이제 경수는 밤하늘에 흐르고 있는 은하수를 보지요.[19]

요컨대, 이 소설의 중간대상인 노래는 아이들에게 슬픔과 불안의 정서를 꿈과 희망의 정서로 승화시키는 작용을 한다.

2) 진기 분노의 전치

「솔바람」에서 병채의 불안은 삼촌에 대한 분노와 얽혀 있다. 애착대상의 상실이 삼촌의 패륜에 기인한 때문인데, 문제는 병채가 그 대상을 직접 만나 분노를 표출할 수 없는 상황이라는 데 있다. 이러한 상황에서 병채는 그 분노를 같은 날 중국집에서 일하게 된 소년 진기에게 표출한다. 진기는 병채와 달리, 약삭빠르게 편한 일만 하며 요리사 왕과 공모하여 음식 값을 가로챈다.

약이 바짝 오른 병채는 다듬고 있던 파를 놓고 칼자루를 꽉 쥔다. 입을 벌리고 웃고 있는 진기의 얼굴에다 던져주고 싶었던 것이다.

"자식이, 대가리 까지지도 않았는데 공것잡이야. 주시오 하면 하나 주겠다마는…"

진기는 얼떨떨해하며 횡설수설하고 달아나 버린다.

병채는 부엌 바닥에 침을 탁 뱉고 다듬던 파를 손에 든다. 병채는 삼촌이 미웠다. 이러한 일이 있으면 언제나 삼촌의 얼굴을 마음 속에서 갈기 갈기 찢는 것이었다.[20]

이렇게 병채는 진기가 놀리거나 시비를 걸면 칼을 쥐고 얼굴에 던져주고 싶을 정도로 증오와 분노를 느낀다. 삼촌에 대한 분노감을 대신 그에게 표출하기 때문이다. 그러나 병채의 진기에 대한 반응은 그 둘의 관계에 비추어 지나친 것이다. 병채의 진기에 대한 혐오는 진기와 삼촌의 유사성을 자꾸 찾아냄으로써 강화된다.

푸른빛 맘보샤쓰에 빼기고 나간 진기 생각이 자꾸만 났다. 돈을 잘 쓰는 것이 역시 신기했다. 오늘도 아마 그 영화구경을 하러 간 모양이라고 생각했다.

저녁이 되어도 진기는 돌아오지 않았다. 왕은 걱정을 하였고 주인은 오기만 하면 쫓아낸다고 벼르는 것이었다. 다음 날 낮에 파출소에서 전화가 왔다. 진기는 극장에서 소매치기를 하다가 발각이 되어 파출소에 구류된 것이다. (…중략…) 병채는 처음으로 진기가 돈을 잘 쓰는 이유를 알았다. 그리고 진기가 바로 자기의 삼촌 같은 인간이라는 것도 ……[21]

병채가 진기의 돈 씀씀이를 부러워하고 신기하게 생각했던 날 저녁, 진기는 극장에서 소매치기를 하다가 발각이 되어 파출소에 구류된다. 이 소식을 들은 병채는 "진기가 바로 자기의 삼촌 같은 인간이라는 것"을 확신한다. 이 사건은 두 가지 측면에서 병채의 불안을 해소한다. 먼저 병채의 진기에 대한 분노와 증오를 합리화하고, 진기의 범죄가 발각되어 처벌되므로 삼촌에 대한 복수심이 어느 정도 대리 만족되면서 삼촌의 사기행각도 처벌될 수 있다는 믿음을 준다. 그리하여 진기의 파출소 구류 사건은 삼촌의 체포 사건에 대한 복선 기능을 한다.

요컨대 진기는 병채의 삼촌에 대한 분노와 복수심을 해소하는 전치 대상으로 기능하고 있다.

3) 무턱이 열패감의 투사

「추억」에서 영이의 불안은 자기가 진옥을 더 사랑한다는 확신에 기인한다. 이 주관적 확신은 진옥이가 자기보다 한 살 아래지만, 아름답고 매사에 훌륭한 태도를 지니고 있다는 판단 때문이다. 따라서 진옥이 실장인 방에 부실장으로 배정되자 영이는 열패감에 괴로워하며 학교를 그만두고 싶은 마음까지 든다. 이 불안에 대한 방어기제로 영이는 기숙사 방을 배정한 일본인 선생 '무턱이'를 사용한다. 즉 자기와 진옥이 사이에 무턱이 선생을 두고 자신의 열패감을 투사하여 그와 대결하는 것이다.

(지나친 무턱이의 장난이다!)

무턱이 선생은 진옥을 좋아한다. 질투였다. 나는 견딜 수 없는 굴욕감에서 입술이 떨렸다. 확 돌아섰다. 목련나무 밑에 진옥이 서 있었다. 그는 걱정스런 눈으로 나를 바라보고 있었다, 나는 진옥을 밉다고 생각했다. 내 초라하고 굴욕적인 모습을 본 것이 미웠다. 그것을 느꼈음인지 진옥은 고개를 푹 숙였다. (모욕이다! 일학년생이 실장이래도 나는 참겠다! 진옥이만은 안 돼!)[22]

영이는 기숙사 방 배정을 무턱이 선생이 진옥과 영이의 사이를 질투하여 벌인 장난이라고 본다. 영이처럼 부실장으로 임명된 다른 아이들도 무턱이 선생의 행위가 부당하며 조선인 선생인 서 선생과 그 반 아이들에 대한 일종의 복수 행위라고 한다.

"일종의 복수야. 서 선생이 미우니까 그랬지 뭐야." (…중략…)

"어쩌면 그런 심술이, 아 하필이면 친한 진옥이하고 한 방에 넣다니, 무턱이 그게 다 속심이 있어 하는 짓이야. 사이를 갈라 놓으려고 그러는 거지 뭐냐?"[23]

부실장으로 배정된 영이와 다른 아이들이 무턱이 선생을 위와 같이 판단하는 데는 환경적 요인도 있다. 일제 말기 일본인 교장과 선생이 지도하는 기숙사 학교에서 영이와 친구들은 유일한 조선인 교사 서 선생이 담당하는 학생들이었기 때문이다. 그렇다고 해서 무턱이 선생과 서 선생, 영이와 무턱이 선생의 갈등이 민족 갈등으로 서술된 것은 아니다.

이들 다섯 사람 중에서 일료의 무턱이 선생은 따돌린다. 급수가 위였기 때문에 총 책임자였지만 여러 가지 비행도 많고, 성질이 나빠서다. 똑똑하고 야무진 얼음이란 별명의 미야모도 선생은 무턱이 선생의 지배를 받으려 하지 않는다. 그래서 자연히 개성이 강한 서 선생하고 친하며, 나머지 소녀 선생과 간호부는 이들을 따랐다. 이러한 미묘한 사감들의 감정 갈등 속에서 서 선생이 숨쉬기 수월한 것은 따지고 보면 무턱이 선생과 미야모도 선생의 반목 때문일 거다. 그러나 무턱이 선생은 비록 급수는 자기보다 아래지만 학교에서도 발언권이 강하고 똑똑한 미야모도 선생에게 정면으로 도전하지 못하는 대신 서 선생을 몹시 미워했다. 그러나 서 선생은 고립되어 있지 않았기 때문에 좋았다.[24]

위에서 알 수 있는 바와 같이 무턱이 선생은 다른 일본인 선생들에게도 따돌림을 받고 있으며 서 선생은 오히려 가장 영향력이 있는 미야모도 선생과 친하고 다른 선생들하고도 사이가 좋다. 즉 여기서 무턱이 선생과 서 선생의 갈등은 무턱이 선생의 열등감 때문에 생기므로 민족의 문제가 아니라 개인의 성격에 기인한 것이다. 영이와 친구들이 한복을 입고 조선어를 쓰며 화장을 하고 놀다가 무턱이 선생에게 발각되는 사건도 영이들의 민족의식을 드러낸다기보다 당시의 학교 규칙을 심각히 위배했다는 점을 보여준다.

요컨대 이 작품을 해석할 때 민족갈등이나 부당한 권위에 초점을 두는 것은 적절해 보이지 않는다. 주인공인 영이의 욕망이 정의 실현에 있지 않고 진옥이와의 사랑에 있으며, 무턱이 선생과 대결하는 이유도 영이의 열패감에 대한 방어 반응이기 때문이다. 그래서 무턱이 선생과 대결한 이후 영이는 무턱이 선생도 약자임을 깨달으며 실장으로 배정받는 승리를 쓰라린 패배로 받아들인다. 애착대상인 진옥과의 사랑이 깨어졌기 때문이다.

이 소설은 앞선 작품들과 달리, 방어기제가 문제 상황을 파국으로 치닫게 해 결국 애착대상을 상실하게 한다. 그것은 문제의 원인을 회피하게 하는 투사기제였기 때문이다.

4. 박경리 동화·청소년소설의 심리 치료적 의의

박경리는 1958년부터 1961년 사이에 아동잡지와 청소년잡지에 동화·청소년소설을 발표했다. 그들은 공통적으로 소녀·소년 주인공이 애착대상과 분리불안을 겪고 그것을 해소하는 이야기이다. 애착대상의 상실에 의한 분리불안은 불편한 정서이므로 그 상황에 대한 회피나 여러 가지 방어 반응을 초래한다. 따라서 그것을 극복하려면 우선 불안한 상황에 직면해야 하고, 그 공포를 견디기 위한 방어기제가 불안의 회피가 아닌 대상에 대한 믿음과 상황 주도력을 획득하는 데 기여할 수 있어야 한다. 박경리의 동화·청소년소설은 불안을 극대화하는 플롯을 사용하여 주인공 소녀·소년을 불안한 상황에 노출시키고 그에 대한 다양한 방어기제로 불안의 해소 방식을 보이고 있다.

주지하듯이 문학작품 읽기는 심리 치료의 주요 수단이 될 수 있다. 독자는 주인공에게 동일시를 하여 자신의 억압된 욕망을 인식하고, 카타르시스를 맛보며 심리적인 해방감을 가질 수 있다.[25] 박경리의 동화인 「돌아온 고양이」와 「은하수」는 전쟁이라는 외상성 사건으로 집과 아버지를 잃은 소녀가 애착대상인 동생과 어머니마저 잃을 위기를 겪고 극도의 슬픔에 놓여 있을 때, 애착대상이 돌아오거나 그를 구할 수 있는 능력을 획득하여 불안이 해소된다. 독서 과정에서 주인공의 심리는 독자들에게 전이되어 주인공이 갖게 되는 슬픔과 불안을 함께 느끼며 그들의 억압된 정서와 기억을 떠올릴 수 있다. 그리고 애착대상을 회복하는 결말을 보며 각자의 상황 — 가족과 분리되었다가 만난 경우나 그렇지 못한 경우 — 이 어떠하든 애착대상과 자기에 대한 믿음이 생겨날 수 있다. 그래서 욕망을 실현시켜주는 중간대상의 기능이 매우 중요하다. 그것은 개연성보다 동화적 상상력을 따른 결과로, 어린이들에게 위안과 희망을 주기 위한 작가의 서술 전략이었다고 생각한다.

청소년소설 「솔바람」과 「추억」은 근친상간과 동성애라는 다소 파격적인 제재로 사춘기 소년, 소녀의 분리불안을 다룬다. 「솔바람」은 아버지를 상실한 소년이 삼촌의 사기 행각으로 애착대상과 분리되어 그들의 안위와 상실에 대한 불안을 느끼다 그것을 현실로 맞닥뜨리자, 아버지의 상속자로서 패륜을 범한 어머니를 버리고 동생의 보호자가 되면서 불안이 해소된다. 여기서 또래 소년 진기는 삼촌에 대한 분노를 전치시키는 대상인물이다. 진기는 삼촌에 대한 분노감을 표출하고 그에 대한 사회적 처벌을 암시하여 소년의 법과 질서에 대한 믿음을 회복시키는 데 기여한다. 「추억」은 일제 말기 기숙사에서 생활하는 소녀가 열패감을 심화시키다 사랑하는 소녀를 상실하는 결말을 맺는다. 여기서 무턱이 선생은 열패감의 투사 대상으로 사용되어 소녀는 그에게 반항하다 파국적 상황을 맞이한다.

이상에서 살핀 바와 같이 박경리의 동화·청소년소설은 연령별 애착대상 및 심리 구조를 핍진하게 그려내고 있어서 당대 독자뿐 아니라 오늘날의 독자들에게 심리 치료적 기능을 할 수 있을 것으로 보인다.

제3장 — 청소년 웹툰의 현황과 정서적 기능
네이버 웹툰 〈김스맨〉, 〈그날 죽은 나는〉을 중심으로

1. 청소년의 자발적 향유물, 웹툰

한국 웹툰은 국내뿐 아니라 전 세계에서 사랑받는 문화 상품이자 '이야기'이다.[1] 디지털 만화 연재물로 부를 수 있는 이것은 종이책시대의 만화가 디지털화되면서 폭발적으로 늘어난 2010년대 이후, 웹 서사 중 가장 먼저 인기를 끌며 개성 있는 작품들을 선보여 왔다. 웹소설, 웹드라마와 마찬가지로 로맨스와 판타지 비중이 높긴 하지만 수신지의 〈며느라기〉2017~2018처럼 현실의 문제를 사실적으로 재현한 작품도 많다. 다양한 웹툰 중 이 글에서 주목하는 것은 청소년 웹툰이다.[2] 최근 '네이버 웹툰'에서 연재되는 웹툰 중 청소년이 주인공인 작품은 전체의 약 30퍼센트를 차지한다.[3] 제재도 학교 및 가정 폭력, 외모 콤플렉스, 우정, 경쟁, 입시, 가출, 사랑, 게임, 마법, 공포, 에이아이AI, 디스토피아, 역사, 옛이야기, 스포츠, 반려동물 등으로 다양하다. 물론 플랫폼에 따라 작품 양상이 달라서 '레진코믹스' '카카오페이지'에는 이에 비하면 청소년 웹툰이 적다. 또 웹툰을 보는 청소년 독자 수도 정확히 파악하기 어렵다. 그러나 분명한 것은 청소년의 결핍 및 욕망과 연관된 웹툰들이 현재 활발히 창작되고 있으며 그러한 작품들을 청소년들이 아무 교육적 장치 없이 자발적으로 감상한다는 점이다. 이 사실은 청소년들이 청소년문학이나 청소년극 등의 다른 이야기 갈래에 별 관심을 보이지 않는 현상과 비교해 볼 때 매우 중요한 사실이다.

최근 학계에서 웹툰을 교육에 활용하기 위한 연구가 늘고 있지만, 한국에서는 여전히 웹 콘텐츠가 청소년에게 유해한 'B급 장르'로 여겨지는 경향이 있다. 반면 정작 웹 플랫폼에서 제공되는 작품들은 노골적인 성적 표현이 담긴 성인물을 제외하면 대부분 '15세 이용가'이다. 드라마나 영화에 비해 선정적인 장면이 많고 대사의 상당 부분이 비속어임에도 말이다. 이에 대한 민원이 꾸준히 제기되고 있지만 그 처리는 제대로 이루어지지 않는 실정이다.[4] 이 모순된 현상은 교사, 학부모 또는 연구자들이 청소년에게 허용하는 이야기와 웹 플랫폼에서 청소년에게 제공하는 이야기, 곧 실제 청소년들이 즐기는 이야기 사이의 간극을 드러낸다. 그 결과 청소년은 유해한 콘텐츠로부터 제대로 보호받지 못할뿐더러 자신들이 향유하는 이야기의 작품성을 온당하게 인정받지도 못한다. 이러한 맥락에서 2019년 8월, 포항의 한 중학생이 목숨을 버린 사건은 큰 충격을 주었다. 2교시 자습 시간에 한 학생이 라이트노벨을 읽자, 교사는 아이가 '야한 책'을 읽는다며 다른 아이들 앞에서 체벌을 가했다. 3교시에 교실에 혼자 남은 아이는 '따돌림당하기 좋은 조건'을 만들어 줘서 감사하다는 내용의 유서를 작성하고 4층 교실에서 투신했다.[5] 1990년대부터 일본에서 유행하기 시작한 '라이트노벨'은 주로 청소년 독자를 대상으로 한 대중 소설로서 로맨스, SF, 판타지, 추리, 공포물 등이 많다. 만약 라이트노벨을 청소년의 오락 문화로 인정하는 사회 분위기가 조성되었더라면 이 같은 비극적 사건은 막을 수 있었을 것이다.

한국 사회에서 어린이와 청소년은 교육과 보호의 대상으로 타자화되어 그들의 목소리를 쉽게 내기 어렵다. 공적으로 발화되지 못한 욕망은 이중적이고 폐쇄적인 그들만의 장場에서 표출되며, 웹툰은 거기서 접할 수 있는 하나다. 그러니 청소년이 자발적으로 감상하는 콘텐츠를 무조건 금기시할 것이 아니라 함께 감상하고 대화할 필요가 있다. 나아가 유해 콘텐츠로부터 청소년을 보호하기 위해서라도 웹 플랫폼에서 청소년에게 제공되는 작품들을 제대로 비평하는 일은 긴요하다. 그래야 관련 주체들이 청소년들이 향유하는 콘텐츠의 관리, 감독 문제에 대해 실질적이고 생산적인 대책을 강구할 것이기 때문이다.

이 글은 그 대화의 물꼬를 트기 위한 시도이다. 여기에서는 네이버 웹툰 연재물 중 학원물 두 편을 비평한다. 학생들의 학교생활 이야기를 뜻하는 하위 장르 명칭인 '학원물'은 청소년 웹툰의 상당수를 차지한다. 최근 학원물 중에는 학교 폭력을 다룬 작품이 많은데, 액션 위주의 잔인한 싸움 장면과 지나친 비속어 사용으로 논란을 일으키는 경우도 많다. 이 글에서는 그와 달리, 학교 폭력이라는 제재에 보다 합리적으로 접근하고 개성적으로 스토리텔링한 작품 두 편을 소개한다. 바로 남성 청소년의 학교 폭력을 정의와 위선의 문제로 탐구한 맹물의 「깁스맨」, 여성 청소년의 학교 폭력 문제를 감정의 착취와 방어 기제의 문제로 파고든 이언의 「그날 죽은 나는」이다. 두 작품의 구조와 독자 반응을 분석하여 오늘날 청소년 웹툰의 현황과 정서적 기능에 대한 논의를 불러일으켜 보고자 한다.

2. 남성 청소년 폭력 서사의 한 모습 「깁스맨」

맹물의 「깁스맨」은 2019년 9월 25일부터 2020년 12월 30일까지 총 62화로 연재되었다. 이 웹툰은 교내 '일진' 패거리를 주인공으로 내세운 학교 폭력 이야기임에도 하위 갈래가 '학원, 액션'이 아닌 '드라마'로 분류되었다. 또 「깁스맨」은 초등 고학년도 감상할 수 있는 '12세 이용가'이다.

폭력적인 장면이나 비속어 표현이 나오지 않는 것은 아니지만 제재가 비슷한 다른 작품에 비해 그 빈도가 적고 폭력이 '정의'를 위해 쓰인다는 점이 다르다. 무엇보다 이 작품을 초등학생도 이용 가능한 '드라마'로 볼 수 있는 요소는 주인공의 성격과 작품의 주제에 있다.

열일곱 살 주인공 '이경수'는 일진 무리와 어울리지만 폭력을 쓰지 않고 오히려 그들을 구슬려 약한 친구들을 보호한다. 하지만 일진들에게 괴롭힘을 당하던 한 아이가 자살을 시도한 이후, 경수는 지금까지의 처세가 위선임을 깨닫고 죄책감을 갖는다. 그 후 경수는 약자를 위해 행동하기 시작하며 자신과 세상에 대한 신뢰를 회복한다.

학교 폭력을 다룬 학원물 웹툰의 상당수는 가해자에 대한 피해자의 복수 서사를 통해 독자의 쾌감을 높인다. 이는 학교 폭력의 원인이나 해결에 대한 진지한 고민 없이 독자들을 폭력의 구경꾼 혹은 심리적 가담자에 머물게 한다는 문제가 있다. 그런 가운데 「깁스맨」은 가해자를 응징하는 쾌감을 안기면서도 '일진 문화'라는 근본 문제를 돌아보게 하여, 청소년 독자가 주체적이고 책임감 있는 태도로 학교 폭력에 대해 고민하게 한다. 작가는 독자들에게 '약자는 왜 비겁해지는가', '진정 강한 사람이란 어떤 사람인가', '잘못한 자는 어떻게 용서를 구해야 하는가' 등의 질문을 던진다.

「깁스맨」에서 일진 무리를 지배하는 것은 무분별한 경쟁 사회의 폐단이 낳은 약육강식의 논리다. 그들은 "겉은 친해도 속으로는 급을 나누고"[5화], 자신보다 약한 이들의 위에 군림하는 것으로 자신이 강하다는 만족감을 얻는다. 그러나 '강함'과 '약함'은 상대적인 것이며 물리력으로만 측정되지도 않는다는 것을 「깁스맨」은 효과적으로 보여 준다. 가해자가 된 피해자, 학교 밖 조직 폭력배의 하수가 된 일진 무리, 개인의 전횡을 제압하는 공권력을 비추며 피해자를 두려움에 떨게 만드는 가해자의 힘이 절대적이지 않다는 것과 우리 사회가 단지 약육강식의 법칙으로 유지되는 것이 아니라는 점을 밝힌다. 이러한 주제 의식은 학교 폭력의 근본 원인과 해결을 힘의 논리에서 찾으면 안 됨을 깨닫도록 이끈다.

「깁스맨」은 훌륭한 성장 서사이다. 그것은 청소년에 대한 작가의 희망적이고 진지한 시선 때문이다. 작가는 일진 무리를 상투적, 집단적으로 그리지 않고, 보조 인물일지라도 저마다 욕망과 개성을 가진 청소년으로 형상화하여 그들의 비행을 나름의 심리적 결핍과 왜곡된 욕망의 결과로 보여준다. 그래서 나중에 일어나는 가해자들의 반성과 변화가 작위적으로 느껴지지 않는다.

다만 이 작품에서 경수의 비현실적인 괴력을 문제 해결의 방법으로 삼은 것은 한계로 보인다. 경수는 사고 이후 왼팔에 생긴 괴력으로 '정의로운' 폭력을 사용하여 곤경에 처한 친구들을 돕는다. 후반부로 갈수록 왼팔의 힘이 약해지기는 하지만 그 힘이 없었다면 경수는 제 뜻을 관철할 수 없었을 것이다. 그런데 경수는 정의에 대해 성찰하면서도 '정의를 위한 폭력이 정당한가'에 대해서는 의문을 갖지 않는다. 오른팔에 붕대를 감은 경수가 강력한 왼주먹을 휘두르는 장면은 독자들에게 쾌감을 선사하기는 하지만, 강한 힘에 대한 환상과 의존은 여전히 남성 청소년의 학교 폭력 서사가 넘어야 할 한계이자 과제이다.

3. 여성 청소년 폭력 서사의 한 모습 「그날 죽은 나는」

이언의 「그날 죽은 나는」은 2019년 7월 23일부터 2021년 2월 1일까지 총 70화로 연재되었다. 여자 기숙학교에서 일어난 학교 폭력을 다뤘지만 「깁스맨」과 마찬가지로 '12세 이용가'이며 하위 갈래도 '드라마'로 분류된다. 여성 청소년의 학교 폭력은 남성 청소년의 그것과는 다르게 그려지는데, 피해자의 신체를 해치기보다 심리적 타격을 입히거나 함정에 빠뜨리는 양상을 띤다. 이 때문에 남성 청소년 폭력 서사에 비해 사건이 정적이고 심리 중심으로 전개되며 주로 정보의 감춤 — 드러냄 기법에 의해 긴장을 지속시킨다. 「그날 죽은 나는」 역시 핵심 정보를 지연시켜 제공하고 유사한 사건을 반복하여 앞으로 전개될 사건에 대한 불안과 호기심을 고조시킨다. 「깁스맨」의 심리 묘사가 주로 인물의 성찰 및 가치 판단 중심이라면, 「그날 죽은 나는」에선 사유보다 감정, 즉 두려움과 불안, 그에 대한 방어 기제로서 체념이나 자기 합리화 위주이다. 완결 후기에서 "감정의 착취"에 대한 이야기를 쓰고 싶었다고 밝힌 작가는 이 작품에서 여성 청소년뿐 아니라 그들의 어머니 세대로까지 확대하여 여성들의 관계 의존 및 그를 이용한 폭력과 동화同化 문제를 다룬다.

「그날 죽은 나는」은 학교 폭력 피해자가 그 트라우마를 딛고 용기를 내어 진실을 밝히는 이야기이다. 18세 '양이영'은 기숙학교에 전학 온 지 얼마 지나지 않아 옥상에서 추락하는 '남소미'를 목격한 이후 'S', 곧 '이서아'의 노예가 된다. S는 이영뿐 아니라 여러 친구의 약점을 잡아 그들의 불안감을 무기로 시험지 유출 등의 범죄를 저지른다. 이영은 모든 진실을 알고 있는 '이향조'와의 우정 덕분에 자존감을 회복하고 다른 친구와 함께 S의 실체를 밝혀낸다.

학교 폭력이 주로 신체적 폭력으로 인식되는 현실에서 「그날 죽은 나는」은 심리적 폭력의 위험성과 심각성을 환기한다. 심리적 폭력은 겉으로 잘 드러나지 않아 더 공포스럽고 가해자에게 죗값을 물리기도 어렵다. 또 피해자의 마음을 깊이 병들게 해 회복하기 어려운 상태로 만들 수 있다. 그 폐해를 이 작품에서는 자살에 이르는 절망남소미, 지독한 자기혐오이향조와 그의 어머니, 가해자와의 동일시 욕망이서아으로 나타낸다. 심리적 폭력은 마음이 약해진 이들을 대상으로 거짓 친절과 애정을 베풀어 가해자에 대한 심리적 의존도를 높인 상태에서 벌어지기 때문에 진실이 드러났을 때의 심리적 타격이 크다. 작품 속 '송 아줌마'가 악한 본색을 드러낸 뒤에도 피해자들은 진실을 직시하기보다 송 아줌마의 애정과 관심을 얻기 위해 서로가 서로의 가해자가 된다. 불안감을 억누르기 위해 진실을 회피하며, 결국 자기 파괴적인 행동을 하는 것이다. 그러면 진실이 드러나도 남는 것은 가해자에 대한 분노가 아니라 지독한 자기혐오다. 혹은 세상은 원래 그런 것이라며 자기 합리화를 하는 서아처럼 가해자를 계속 숭배하며 모방하는 길로 나아간다.

주요 인물이 모두 여성인 이 웹툰은 남성 청소년 이야기에 비해 그 수가 적은 여성 청소년의 성장 서사라는 점에서도 주목할 만하다. 여성 청소년 인물들의 성격을 섬세하게 형상화하며 사소한 심리적 갈등까지 세밀하게 묘사하여, 여성 청소년들이 친구 관계에서 느끼는 예민한 문제를 공감하고 성찰할 수 있도록 돕는다.

4. 독자 반응의 딜레마

웹툰 「깁스맨」과 「그날 죽은 나는」은 학교 폭력을 제재로 폭력의 구조 및 심리 문제를 비교적 깊이 있게 탐색한 청소년 성장 서사이다. 그런데 이 작품들이 이른바 '인기작'은 아니다. 작품을 '관심 웹툰'으로 저장한 이용자 수를 보여 주는 '관심 수'나 연재 기간 중의 인기 순위는 낮은 편이었다.

「깁스맨」의 경우 관심 수는 2만 초반대로 낮았고, 독자 반응은 호불호가 극단적으로 나뉘는 양상을 보였다. "명작", "대작"이라 추켜세우는 댓글이 있는가 하면, "시작부터 재미없"다는 혹평도 많았다. 별점 1점을 매기는 이른바 '별점 테러'를 당하기도 했다. 이러한 반응은 비슷한 제재를 다루며 '일진이 반성하는' 이야기를 다룬 박태준·전선욱의 「인생존망」 2019~2020 및 채용택·한가람의 「참교육」 2020~과 확연한 차이를 보인다.

「인생존망」은 성인이 된 일진의 영혼이 과거 자신이 괴롭혔던 피해자의 몸에 들어가서 피해자의 트라우마가 된 사건들을 바로잡으며 자신의 행동을 반성하는 이야기이다. 이러한 설정은 가해자와 피해자의 관계가 결국 '과거의 나'와 '현재의 나'가 되며, 현재 성인인 '나'의 시선으로 서술되기 때문에 학교 폭력 문제를 왜곡할 수 있다. 더 심각한 문제는 가해자가 피해자의 트라우마 극복을 돕고 자신의 행동을 반성하는 것이 결국 피해자의 탈을 쓴 가해자 본인의 강한 힘과 자신감 덕분이라는 것이다. 결국 피해자 스스로 자신의 과거를 극복한 것이 아니기에 그로 인한 변화도 환상에 불과하다. 「인생존망」의 인물들은 그러한 '가짜' 세계에서 살아가며 현실을 회피한다. 엄밀히 말해 「인생존망」은 피해자의 욕망을 빌어 가해자에게 면죄부를 주는 서사라 할 수 있다. 겉보기엔 피해자가 주인공인 것 같지만, 그 영혼이 가해자이기에 사건은 가해자의 시선에서 전개된다. 또 그는 가해자였을 때나 피해자의 몸으로 들어갔을 때나 강하게 그려진다. 그런데 이 작품의 관심 수는 「김스맨」의 스무 배가 넘는 48만을 웃돈다.

2020년 11월 1일부터 연재를 이어가고 있는 「참교육」 역시 관심 수가 82만을 넘는다. 이 작품의 인기 비결은 신체적·언어적·심리적 폭력을 일삼는 학생과 교사를 '교권 보호국' 소속 직원들이 응징하는 데서 오는 쾌감이다. 교권 보호국이라는 제도를 "정부가 실제로 만들어야" 한다거나 "제발 우리 학교로 와" 달라는 댓글 반응은 이 웹툰에서 제시하는 해법이 독자들에게 설득력 있게 받아들여짐을 보여 준다. 그런데 「참교육」에서 학교 폭력을 해결하는 방식은 「인생존망」과 마찬가지로, 또 가해 과정과 같이 매우 폭력적으로 이루어진다. 특수 부대 출신 군인으로 구성된 교권 보호국 직원들은 피해자가 겪은 고통을 가해자에게 고스란히 가하는 방식으로 문제를 해결한다. '교권' 붕괴의 원인이 체벌 금지 정책에서 비롯한다고 주장하며 체벌을 교육의 필수 수단으로 전제한 것 역시 군인을 교원으로 설정한 것만큼이나 문제의 소지가 있다. 교권 보호국 직원들을 '영웅'처럼 그린다는 점 또한 약자의 성장보다 슈퍼맨 같은 타자가 나타나 악당을 물리쳐 주길 바라는 비합리적이고 낭만적인 정서를 충족시키는 데 머문다.

한편 「그날 죽은 나는」의 관심 수는 9만 초반대로 주요 인기작의 관심 수에는 미치지 못하지만 「김스맨」의 네 배가 넘는다. 이러한 차이는 주요 독자의 성별과도 관련이 있어 보인다. 남성 인물이 거의 나오지 않는 이 작품의 독자는 대부분 여성으로 추정되며, 댓글란에도 여학생을 다룬 학원물이 나와 좋다는 반응이 눈에 띄기 때문이다. 하지만 이 작품 역시 연재 중에 인기 순위는 낮은 편이었고, 무슨 내용인지 이해가 안 된다며 어려워하거나 지루해하는 반응도 있었다. 이는 웹 서사의 공식처럼 여겨지는 이른바 '사이다' 같은 전개와는 매우 다른 심리 위주의 전개 방식을 취한 데 기인하는 듯하다. 이 작품은 문제 상황을 속 시원하게 해결하기는커녕 갈등을 연쇄적으로 심화시켜 터질 듯한 긴장감과 의문을 남기는 데서 독자의 몰입감을 높이는데, 일반적인 웹 서사에 익숙한 독자라면 보기 힘들었을 것이다.

「인생존망」, 「참교육」의 독자 반응과 비교해 볼 때, 웹 플랫폼에서 작가가 「깁스맨」과 「그날 죽은 나는」처럼 비교적 진지하고 개성이 뚜렷한 작품을 창작하는 데에는 용기가 필요해 보인다. 웹 플랫폼에서 독자의 관심을 덜 받는 것은 작가로서의 생명에 위협이 되기 때문이다. 그러나 단순히 쾌감을 극대화하는 작품만 창작하는 것은 궁극적으로 상업주의 혹은 대중영합주의에 흘러 이야기의 가치를 깎아내리는 길이 될 것이다. 여기에 독자 반응의 딜레마가 있다. 독자들의 선택을 받지 못하면 작품을 발표할 기회를 잃을 수 있고, 반대로 독자들의 관심만 추구하면 기존 웹 서사의 상투성과 모순 안에 갇힐 수 있는 것이다.

5. 청소년 웹툰의 다양화와 논의의 장을 기대하며

최근 활발히 창작되는 웹 콘텐츠 중에는 청소년을 주인공으로 내세운 작품이 늘고 있다. 그중 앞서 살펴본 청소년 웹툰은 당대 청소년들의 삶을 제재로 하여 그들의 억눌린 감정을 표출시키고 현실에서 이루기 힘든 욕망을 환상적으로 충족시켜 준다는 의의를 지닌다. 사실 성장에 대해 깊이 있게 탐구한 작품도 적지 않다. 그러나 작가의 철학이 담긴 진지한 서사를 둘러싸고 독자의 평가가 극단적으로 나뉘며 관심을 모으기 어려운 경우가 많다.

이 같은 딜레마를 극복하기 위해서는 웹툰을 비롯한 웹 서사에서 댓글과 관심 수로 표현되는 독자 반응을 다각도로 해석해야 한다. 실상 댓글과 관심 수는 전체 독자의 감상을 대변한다고 보기 어렵다. 독자의 감상은 끊임없이 변하며 댓글은 그 특성상 즉흥적인 반응을 보이는 경우가 많다. 최근 웹 서사는 그 접근성이 낮아져 독자층이 다양해지고, 비윤리적인 콘텐츠에 대한 대중의 거부감과 비판 의식도 높아지고 있다. 그러한 점을 고려하면 웹 콘텐츠 이용자들의 실제 감상은 댓글과 관심 수가 보여 주는 것보다 훨씬 더 다양하리라 짐작한다.

아울러 청소년들이 즐기는 웹 콘텐츠를 무조건 금기시하기보다는 교육 현장과 비평 현장에서 관심을 갖고 활발한 논의를 이어가야 할 것이다. 그래야만 청소년들이 향유하는 문화를 사회적으로 해석하고, 바람직한 방향으로 이끌어 줄 수 있다. 21세기가 디지털 매체의 시대라는 점을 상기하더라도, 무작정 시장 논리에 맡겨 두는 것은 부적절하고 무책임하다.

마지막으로 웹툰 시장 역시 다양성을 확보해 가는 방향으로 나아가야 한다. 장기적 관점에서 그래야 독자들의 사랑을 지속적으로 받을 수 있을 것이다. 이는 작가 개인에게만 달린 일은 아니다. 관심 수가 낮은 작품이라도 독자들에게 잘 알려질 수 있는 여건을 플랫폼사가 책임지고 만들어야 한다. 좋은 작품을 읽고 작가는 물론 플랫폼사까지 응원하는 독자들의 반응은 플랫폼사가 좋은 작품을 발굴하고 소개하는 역할을 적극적으로 수행하길 바라기 때문일 것이다.

제4장 ─── '아이나무툰' 웹툰의 젠더 형상화

1. 들어가며

아동들은 태어나면서부터 자라는 전 과정 동안 그 사회의 문화에 의해 젠더화된다. 우리가 스스로를 인식하기 전부터 우리에게 규정된 젠더 문화로 인해 고정된 젠더 관념과 역할이 내면화되는 것이다.[1] 그동안 여성운동의 성과로 이에 대한 문제의식이 사회적으로 확산되고 문화적으로 개선되기도 했지만, 아직 곳곳에서 여성 혐오 및 성차별적 문화는 재생산되고 있다. 특히 대중들이 향유하는 콘텐츠에서 여성 혐오 코드는 하위장르의 관습으로 견고하게 자리 잡고 아동들의 젠더 형성에 영향을 미친다. 멀리사 에임스와 사라 버콘이 지적한 것처럼 대중문화는 수없이 많은 소녀와 여성의 상투적 역할을 만들어 냈다. 그리고 대중문화에서 만들어진 여성의 생애주기별 묘사는 행동 기준이 되어 여성의 생애 내내 영향을 미치고 있다.[2] 이 연구는 한국의 온라인 교육 콘텐츠에서 나타나는 이러한 문화적 악순환에 대한 문제의식에서 시작되었다.

최근 한국에서는 유아기부터 스마트폰과 PC를 접하게 되면서 온라인 콘텐츠가 아동들의 젠더 인식에 미치는 영향이 매우 커졌다. 더욱이 코로나19 사태로 온라인 교육 의존도가 높아지면서 이러한 현상은 심화되고 있다. 하지만 한국의 대표적인 교육 전문 방송국 EBS에서 서비스하는 초등학생 국어과 교육 콘텐츠를 보면 대부분 젊은 여성 교사가 긴 머리에 원피스를 입고 공주 같은 이미지로 나오는 등 성별 고정관념을 답습하는 경우가 많다. 그뿐 아니라 약 18년 동안 방영되었던 인기 있는 EBS 어린이 프로그램 〈생방송 톡!톡! 보니하니〉2003.9.29~2021.3.26의 주요 캐릭터가 기존의 차별적 젠더를 재현하고,[3] 성인 남성 연기자의 청소년 여성 연기자에 대한 폭행 논란으로 사회적 우려를 낳기도 했다.[4] EBS는 다른 방송국에 비해 교육적 관점에서 콘텐츠 심의를 까다롭게 하는 듯 보이지만, 그조차 성 이데올로기의 작용으로 판단의 공정성을 의심케 하는 사례들이 있다.[5] 따라서 여성주의 시각에서 온라인 교육 콘텐츠 전반에 대한 비판적 검토가 필요하다. 그러한 작업의 일환으로 먼저 아이나무툰EBS툰을 대상으로 젠더 형상화 양상을 살펴보고자 한다.

2016년 12월부터 서비스한 아이나무툰은 국내 최초 아동 전문 웹툰 플랫폼이다. 2020년 8월 15일에 EBS툰이 만들어지면서 EBS와 합작으로 플랫폼을 운영하다가 2021년 10월 1일부터 단독으로 운영하고 있다. EBS와 분리했지만 비중이 작았던 EBS 제작 학습만화만 빠졌을 뿐 서비스하는 콘텐츠에 큰 차이는 없다. 또 교육적 성격이 약해지지도 않았다. "가족형 웹툰 플랫폼 아이나무툰"을 내세우며 네이버 등의 일반 웹툰 플랫폼과 달리, "건강한 콘텐츠"를 지향한다. 2021년 10월 29일 현재, 월요일부터 토요일까지 100편의 작품을 연재하고 '학습, 액션, 어드벤처, 판타지, 개그, 일상, 드라마'로 하위 갈래를 분류한다. 일반적으로 서비스되는 웹툰과 비교할 때 '로맨스'가 빠졌다는 점이 특징적이다. 또 교육 콘텐츠로서의 성격이 강하게 드러난 항목으로 독립운동가 웹툰을 들 수 있다. 현재 방정환, 강우규, 도산 등 32명의 독립운동가에 대한 이야기가 있는데 그중 여성 독립운동가는 오광심, 지복영, 전월선, 부춘화, 연충효, 남자현, 김향화, 한도신, 한계옥으로 9명을 차지한다. 여성 독립운동가가 잘 알려지지 않은 점을 고려할 때 그 비중이 높은 편이며, 최근 발굴 사업의 성과가 반영된 것으로 보인다.[6] 또 강추 발굴단을 두어 작품을 상시적으로 공모하는데, 그중 영재 발굴단이 특징적이다. 영재 발굴단은 아동에게 도전할 기회를 주고, 본인 희망에 따라 웹툰 교육과 멘토링, 이후 데뷔를 할 때까지 연재할 수 있는 기회를 제공한다. 이러한 사항들에서 아이나무툰 플랫폼의 교육적 성격을 알 수 있다.

그밖에 '브랜드관'에서 참여하는 회사명과 서비스한 작품 비중을 파악할 수 있다. '조선일보', 만화전문 출판사 '거북이북스'의 작품도 있지만 몇 편 안 되고 꾸준히 업로드되지 않는다. 가장 많은 비중을 차지하는 회사는 '아이나무'와 '모두의 툰'인데 아이나무는 앞에서도 밝힌 것처럼 가족형 콘텐츠 전문기업으로 건강한 콘텐츠를 만들겠다고 하고, 모두의 툰은 공익을 위한 웹툰 플랫폼을 내세우며, 사회적 가치를 위해 제작된 웹툰을 보이겠다고 한다. 즉 둘 다 공공성을 내세우는 회사로서 아이나무툰 플랫폼의 실질적인 운영에 참여하는 회사로 보인다.

요컨대 아이나무툰은 현재 국내에서 가장 공신력 있는, 아동 전문 웹툰 플랫폼으로서 많은 아동들이 부모의 눈치를 보지 않고 떳떳하게 웹툰을 감상할 수 있는 곳이다. 그만큼 다양한 아동들이 감상하여 그들의 젠더 의식에 영향을 끼치므로 주목할 필요가 있다. 특히 인기 웹툰은 아동들의 취향을 확인할 수 있는 소중한 자료이다. 따라서 이 연구는 2021년 10월 29일 현재, 인기 웹툰 상위 5위의 작품을 대상으로 젠더 재현 양상을 검토하고자 한다.

아이나무툰을 대상으로 한 선행 연구는 아직 찾을 수 없었고, EBS 콘텐츠 대상으로 이루어진 젠더 관련 논의는 김은영의 「어린이 텔레비전 단편영화의 서사구조 분석—EBS의 2009 ABU 어린이 드라마 시리즈 5개국 편을 중심으로」, 이미솔·홍성욱의 「과학 다큐멘터리는 어떻게 구성되는가－EBS 〈뇌로 보는 인간〉의 '섹스'편의 콘텐츠 변화를 중심으로」, 홍지아의 「한국 모성담론의 역사성」[7]을 들 수 있다. 김은영은 "유독 일본 편과 한국 편에서는 성차별적 성향이 두드러지게 나타났으며 남성과 여성의 위치와 역할은 고정되어 있었다. 특히 한국 편은 경쟁적 가치가 두드러지게 나타났다"고 지적하고, 홍지아는 일제강점기 잡지 『신여성』 게재 모성 담론과 EBS 프로그램 〈부모〉의 모성 담론을 비교하여 100년 전 결론인 '헌신적인 육아전문가'라는 어머니 역할에 변함이 없음을 논증한다. 이미솔·홍성욱은 과학 다큐멘터리 제작 과정을 통해 젠더 의식의 차이가 프로그램 기획과 제작, 공급에 어떤 영향을 미치는지 구체적으로 논증하고 있다. 이러한 논의들의 문제의식을 공유하며 아이나무툰 작품을 살펴볼 것이다. 대상 작품 목록은 〈표 1〉과 같다.

〈표 1〉 아이나무툰 인기 웹툰 상위 5위 작품 목록

순위	표시갈래 / 제목	만든 이	연재 기간
1	판타지 / 말랑말랑 무브먼트 비긴즈	아이나무	2019.12.25~2021.3.24. (연재 완료)
2	일상 / 지우개똥	아이나무	2020.9.20~2021.10.21. (60화 연재 중)
3	판타지 / 노리야 학교가자	글 : 구운몽 / 그림 : 차차	2021.3.1~2021.8.16. (26화 휴재)
4	어드벤처 / 루루의 다이노 어드벤처	아이나무	2020.8.12~2021.7.14. (미완)
5	학습 / 강철의 아레스	글 / 그림 : 손병준	2019.11.27~2021.8.7. (연재 완료)

위와 같이 아이나무툰 인기 웹툰 상위 5위 작품에는 판타지, 일상, 어드벤처, 학습 등의 다양한 갈래가 망라되어 있고, 아이나무에서 제작한 작품의 비중이 높다. 여성 주인공 두 편, 남성 주인공 세 편인데, 〈지우개똥〉의 주인공은 성별이 불분명하다. 〈지우개똥〉을 제외한 작품들에서 주

인공의 성별에 따라 보조 인물의 성별 재현 양상이 달라지는 경향이 있으므로, 주인공의 성별을 기준으로 작품을 분류하여 논의하고자 한다.

주요 연구 방법은 최시한의 인물 분석 방법을 참고하여[8] 인물의 특질을 분석하되, 여성주의 관점에서 비판적으로 검토할 것이다. 최시한에 따르면 인물의 특질은 크게 외면적 특질, 내면적심리적 특질, 기능적 특질로 나눌 수 있다. 이를 참고하여 아동의 성별을 구분하는 외모 재현 양상, 성별에 따른 인물의 욕망과 갈등 상황에서의 심리, 작품에서 수행하는 기능 등을 분석하며 문화적 악순환의 정도를 가늠해볼 것이다. 특히 인물의 특질은 관계 속에서 형성되고, 아동 인물의 경우 부모를 비롯한 가족 관계가 중요한 영향을 미치므로 그에 유념하며 분석할 것이다. 여성주의 문화 연구는 재현된 여성과 현실 속의 여성들을 연관 짓는 이론적 시각이 변화함에 따라, 재현된 여성 이미지를 연구하는 것에서 여성이 어떻게 재현 체계에서 여성으로 구성되는가 하는, 이미지로서의 여성 연구로 변화되어왔다. 근래에는 재현된 이미지가 특정한 사회적, 역사적 맥락에서 만들어내는 의미를 연구하는 방향으로 나아가고 있다.[9] 이 연구에서도 재현된 아동 이미지들을 현실의 반영으로 보지 않고, 하나의 기호 체계로 간주하며 텍스트 맥락에서 그 의미를 해석할 것이다.

2. 리본을 단 여성 해결사

아이나무툰의 인기 웹툰 상위 5위 작품에서 여성 주인공 웹툰은 〈노리야 학교 가자〉와 〈루루의 다이노 어드벤처〉이다. 〈노리야 학교 가자〉의 주인공은 3학년 여성 한노리이다. 노리는 이름에 나타나듯 공부보다 놀이를 좋아하고 차림새도 치마가 아닌 회남색 멜빵바지를 입고 삼선 슬리퍼를 신고 있다. 멜빵끈도 한쪽은 흘러내리게 해 자유분방한 노리의 특질을 묘사한다. 또 얼굴에 주근깨가 있고 늘 장난기 어린 표정을 짓고 있다. 이런 특질은 원피스를 입고 하트 무늬의 분홍색 거울을 들고 다니며 자기 외모에 신경 쓰는 백설과 대비된다. 백설은 피부에 잡티도 없고 햇빛 때문에 피부가 상할까봐 걱정한다. 그런데 노리와 백설의 외모 중 비슷한 부분이 있다. 바로 머리에 단 리본이다. 노리는 한쪽으로 묶은 머리를 하고 있는데 거기에 커다란 분홍 리본을 달고 분홍색 티셔츠를 입고 있다. 백설은 노란 파마머리를 양 갈래로 묶어 빨강 리본을 달고 있다. 분홍색과 리본은 노리를 나타내는 중요한 상징으로 쓰여 작품 제목의 "노리야"도 분홍색 글씨에 리본을 표시했고, 1화에서 인물을 소개할 때도 "한노리" 이름만 분홍색 테두리로 강조하고 있다. 즉 분홍색과 리본은 남자 아이들보다 강하고 씩씩한 노리가 여성임을 나타내기 위한 기호임을 알 수 있다. 남성 친구인 유턴과 암기는 짧은 머리에 바지를 입고 있는데 발명과 실험을 잘하는 유턴은 실험복 같은 상의를 입고 장갑을 낀 점이 특징적이다.

그밖에 외모에서 차별적 젠더가 눈에 띄는 인물은 노리네 반 담임 선생과 미술 선생이다. 담임 선생은 남성인데 자주색 상하의 추리닝을 입고 면도도 안 해 턱에 수염이 듬성듬성 나 있다. 반면 담임 선생과 사귀는 여성 미술 선생은 긴 웨이브 머리에 치마를 입고 분홍색 하트 배경에 분홍 글씨로 "샤라랑" 하고 나타난다. 이런 이미지를 접하는 아동들은 남성 선생은 깔끔하지 않고 편한 차림을 해도 매력이 있지만, 여성 선생은 곱게 꾸며야 사랑스럽다는 편견을 가질 수 있다. 이 작품에서 여성 혐오적 외모 묘사도 큰 문제로 지적할 수 있다. 주인공 아동들이 동화 세계에서 백설공주와 이상한 나라의 앨리스를 만나는데, 두 캐릭터의 외모를 심하게 왜곡한다. 백설공주의 얼굴형은 울퉁불퉁하고 큰 점과 주근깨가 있으며, 앨리스는 넓적한 얼굴형에 몸집이 크다. 이러한 묘사는 아동들의 기대를 깨면서 재미와 웃음을 주려는 전략인데, 주로 예쁜 줄 알았던 여성 캐릭터가 못생겼다는 의미를 형성하며 여성 혐오를 유머 코드로 활용한다는 점이 문제이다.

노리의 심리적 특질과 기능적 특질은 여성 캐릭터의 상투성을 벗어난 편이다. 노리는 남자 아이들과 딱지치기를 해서 이기고, 말뚝박기도 잘한다. 무엇보다 겁이 없고 용감하며 소방관인 아버지처럼 사람들을 구하는 일을 하고 싶어 한다. 이 웹툰의 중심사건은 노리와 친구들이, 마음이 약한 친구들 속에 들어간 악마 심현귀들과 대결하여 친구들을 구하는 것이다. 이때 심현귀의 대상이 된 아이들이 모두 남성이라는 점도 주목할 만하다. 백설은 외모를 중시하고, 백마 탄 왕자를 기다리며 원하는 것을 얻을 때 애교를 부리는 등 상투적 여성성을 보이지만 마음이 약하진 않다. 겁이 많아 심현귀 앞에서 울기도 하고 그들에게 납치도 되지만 지혜롭고 눈치가 빨라서 문제 해결에 도움을 준다. 노리는 심현귀들과의 대결에서 언제나 용감하게 몸을 날려 싸운다. 유턴이 심현귀들을 공격하는 무기를 개발하고 암기가 마법의 카드를 선택하여 싸우는 것과 달리, 노리는 직접 몸으로 부딪쳐 심현귀들과 싸운다. 그래서 심현귀들의 힘을 빼고 결정적 승리를 가져오게 하는 것은 언제나 노리의 몫이다. 힘으로 적을 물리치는 역할을 주로 남성이 해왔던 점을 상기할 때 노리의 이러한 기능적 특질은 관습을 벗어난 것이다. 그런데 이런 노리를 보는 이야기 속 인물의 시선은 불온하다. 마지막 에피소드에서 노리를 오해한 담임 선생은 노리 말을 믿지 않고 혼내며 부모님을 호출한다. 그 일로 담임 선생 앞에서 우울해하던 노리는 선생이 사과하자 눈물을 흘리며 기뻐한다. 그 모습을 지켜

보던 진실의 거울에 사는 아저씨는 "노리가 평행세계에서는 그렇게 강하고 멋지지만 현실에서는 그저 마음이 약한 여자아이구나"26화라며 노리의 또 다른 모습을 발견한 듯이 말한다. 오해를 받아서 불편해하다가 사과를 받아서 기뻐하는 심리는 여자만의 것도 아니고, 마음이 약해서는 더더욱 아니다. 타당하지 않을 뿐더러 불필요한 서술이 삽입된 이유는 씩씩한 노리에게 분홍색 리본을 달아준 의도와 상통한다. 즉 상투성을 깬 여성 아동의 재현에서도 여전히 여성은 여성다운 미를 추구하고 약한 마음이 있다는 고정관념과 그로써 여성 정체성을 묘사해야 한다는 관습이 작용하고 있다.

〈루루의 다이노 어드벤처〉에서 주인공은 여성 아동 루루이다. 나이는 정확히 나오지 않지만 외모나 말씨를 볼 때 초등학교 고학년으로 보인다. 이 작품은 공룡들이 사는 세상에서 트리발자드라는 공룡과 대결하는 이야기가 중심사건이므로 루루의 사람 친구는 많이 나오지 않는다. 루루를 도와 모험을 하고 문제를 해결하는 친구는 대발이라는 공룡과 다이노마스터 캡, 버섯 소라게 등의 동물이나 사물이다. 사람 친구는 여성 아동 연지가 유일한데 루루를 돕기보다 대결할 관계를 암시한다. 루루는 긴 머리를 양 갈래로 땋아 도넛처럼 둥글게 말고 있다. 분홍 후드티에 파란색 바지를 즐겨 입는데, 탐험을 떠날 땐 공룡 탐험대 복장을 한다. 그것은 스카우트 복장과 유사하여 반팔, 반바지에 조끼를 입고 주황색 리본 스카프를 매고 있다. 또 모자를 쓰고 배낭을 메고 있다. 연지는 단발머리를 하고, 흰 티셔츠 위에 주황 조끼, 아랫단 접은 청바지를 입고 있다. 스니커즈 신발을 신고 에코백을 즐겨 멘다. 루루와 연지의 차림새는 노리와 백설의 차림새보다 성숙하고 요즘 유행을 반영한다. 그런데 루루의 외모에서도 긴 머리와 분홍색 상의로 여성의 젠더를 나타냄을 알 수 있다.

또 루루의 부모님 외모에서 차별적 젠더 의식이 잘 드러난다. 루루의 어머니는 공룡탐험대 마스터 라라이고, 아버지는 다이노월드의 공룡수호대 대원이자 루루 동물병원 원장이다. 작품에서 어머니는 다이노월드의 감옥에 갇혀 있기 때문에 루루처럼 공룡탐험대 복장을 하고 있다. 긴 셔츠에 긴 바지를 입고 폭이 넓은 초록색 스카프를 뒤쪽에선 케이프처럼 두르고, 앞쪽에선 리본을 매고 있다. 어머니의 외모에서 눈에 띄는 점은 머리 모양이다. 긴 머리를 올렸는데 옆머리만 길게 내리고 있다. 올린 머리는 모험에 용이한 형태라 납득이 가는데 길게 내린 옆머리가 특이하다. 탐험대라는 신분의 제약 속에서도 어머니의 여성적 매력을 나타내기 위한 궁여지책이라고 할 수 있다. 아버지는 공룡수호대 대원이지만 다이노월드엔 가지 않고 현실 세계에서 주로 동물병원에 있다. 그러니 직업에 맞게 의사 가운을 걸치고 상의엔 와이셔츠와 넥타이를 매고 있다. 그런데 하의가 독특하다. 추리닝 반바지를 입고 중목 양말에 삼선 슬리퍼를 신고 있다. 〈노리야 학교가자〉의 담임 선생처럼 아버지의 차림새도 격식보다 편안함을 추구한다. 아동들은 이러한 대중문화 이미지들을 접하면서 성인 남성은 직장에서도 자기 편의적 옷차림을 하고 여성들은 어떤 상황에서도 여성적 미를 추구한다는 암시를 받을 수 있다.

루루의 심리적 특질과 기능적 특질은 한마디로 '영웅적'이다. 루루는 특별한 부모에게서 태어나 다이노월드에서 선택받은 전설의 마스터이다. 즉 다이노월드에 대한 그의 욕망과 그곳에서 발휘하는 능력은 그의 의지나 노력에 의한 것이라기보다 주어진 것이다. 이 점이 친구 연지와 다르다. 루루는 본래 공룡이나 비현실적 세계에 대한 관심이 없었지만, 연지는 할아버지의 영향으로 아주 어릴 때부터 공룡을 좋아하고 다이노월드의 존재를 믿으며 그러한 세계를 모험하기 바랐다. 그래서 루루가 공룡탐험대 마스터란 사실을 알고 연지는 질투심과 경쟁심을 가지며 "나에게도 선택이 될 자격이 생기는 거라면 내가 가져주겠어. 다이노월드의 모든 것, 그것이 루루 그곳에서 너를 끌어내리는 일이라고 해도 말이야"[23화] 하고 결심한다. 이러한 여성끼리의 경쟁과 갈등도 여성은 시기를 잘한다는 편견을 조장하며 여러 이야기에서 관습적으로 쓰이는 모티프이다. 루루는 모험을 통해 성장한다. 루루는 연지와 비교할 때 결핍이 없는 인물로서 자기 욕망을 내세우기보다 상황을 냉정히 파악할 줄 안다. 그래서 처음 다이노월드로 모험을 떠날 때는 소풍 가는 것처럼 들떠 했지만, 트리발자드의 세력을 느끼고 나서는 문제의 심각성을 인식하고, 어머니와 다이노월드를 구하기 위한 정보와 방법을 알기 위해 집으로 다시 돌아온다. 반면에 연지는 부모 없이 할아버지에 의해 양육되어, 어려서부터 친구들과도 잘 어울리지 못하고 외롭게 자랐다. 즉 연지의 특질은 루루와 대조되며 루루의 영웅적 특질을 부각시킨다. 모험 이야기에서 남성 주인공 및 남성 영웅의 비중이 높다는 사실을 상기할 때 여성 아동을 주인공으로 한 모험과 그 과정이 결국 여성 영웅의 탄생이 되도록 한 점은 새롭고 의미 있다.

한편 연지가 할아버지의 뽀뽀를 거절한 부분도 의미심장하다. 할아버지는 연지를 만나서 반갑다며 입술을 모으고 뽀뽀해달라고 애원하지만 연지는 강력히 거부한다. 그리고 자기 방에 와서 "에휴~ 참 할아버지는 다 좋은데 애정표현이 너무 과하시다니깐. 이제 나도 다 컸다는 걸 모르시나 봐"[20화] 하고 생각한다. 이 장면은 스토리 전개와 별 상관이 없어서 생략해도 무방하다. 그러나 여성 아동들에게 일종의 성교육적 기능을 하고 있다. 할아버지가 연지에게 뽀뽀를 요구할 때 할아버지 입술만 클로즈업으로 그려서 섹슈얼하고 징그럽다는 인상을 주어 연지가 할아버지 뽀뽀를 거절하는 심리를 공감케 한다. 그리고 연지의 말을 통해 고학년이 된 여성 손녀에게 할아버지가 과한 애정 표현을 하는 것은 적절치 못한 행위이자, 여성 아동이 그것을 거절해도 되는 일임을 알려준다.

이상에서 살펴본 것처럼 여성 주인공 웹툰에서 여성의 외모는 상투성을 벗어나지 못했지만 그 심리적 특질과 기능적 특질은 남성 주인공과 유사한 경향을 띠며 문화적 악순환의 고리를 끊을 가능성을 보인다.

3. 힘없는 남성 구원자

대상 작품에서 남성 아동 주인공 웹툰은 〈말랑말랑 무브먼트 비긴즈〉, 〈강철의 아레스〉, 〈지우개똥〉이다. 〈말랑말랑 무브먼트 비긴즈〉의 주인공은 남성 지연우이다. 연우는 크고 동그란 눈이 특징적이다. 순정만화 여자 주인공 같은 눈을 하고 있어서 예쁘고 순수하고 내성적으로 보인다. 이 웹툰에서 연우 삼촌 명한과 연우네 반 주변 남학생도 연우처럼 눈이 크고 동그란데 비슷한 성격과 기질을 갖고 있다. 얼굴만 보면 여성과 구분이 안 가는데 짧은 머리와 옷차림으로 남성적 특질을 나타낸다. 연우는 남색 배색이 있는 흰 티셔츠와 검은 면바지를 입고 있다. 그런데 집에서는 연분홍 티셔츠를 입고 있다. 대상 작품에서 남성 아동이 연분홍 옷을 입은 경우는 연우가 유일하다.

연우의 여성 친구는 한송이이고, 남성 친구는 철구와 공치이다. 철구와 공치는 처음에 연우를 괴롭히다가 나중에 친해진다. 대개 주인공의 단짝 친구가 동성인데 여기선 이성인 점이 특징적이다. 그것은 연우의 외모와 기질이 여성적이기 때문이다. 여성적 남성 아동을 주인공으로 한 점은 새롭지만 그렇다고 이 작품에서 여성 아동 비중이 높은 것은 아니다. 오히려 매우 낮다. 여성 아동은 한송이밖에 나오지 않는다. 반 친구들이 모인 자리에서도 여성 아동은 한송이 한 명이다. 송이가 다른 여성 친구와 어울리는 장면도 나오지 않는다. 송이의 차림은 〈노리야 학교 가자〉의 백설과 유사하다. 양 갈래로 머리를 묶고 하얀 와이셔츠에 빨강 원피스를 입고 있다. 남성 친구 '철구'와 '공치'는 연우와 다르게 각진 눈을 하고 있다. 강하고 성나 보인다. 특히 철구는 덩치가 크고 힘이 세며 폭력적 성향이 있다. 바가지 머리를 하고 빨강 후드 반팔티에 검은색 바지를 입고 있다. 공치는 철구의 단짝이면서 그의 힘에 기대는 아이이다. 마른 체격이고 살짝 곱슬머리이다. 소매만 하얀, 파란 반팔 티셔츠에 검은색 바지를 입고 있다.

연우의 심리적, 기능적 특질은 성장 이야기에 등장하는 주인공의 전형성을 띠고 있다. 결핍이 많은 나약한 아이가 위기 속에서 부정적 자아를 극복하고 다른 이들을 도우며 존재 변이를 일으키는 것이다. 연우는 상상력이 발달하였고, 감수성이 풍부하며 예민하다. 그래서 인간의 긍정 에너지로 세계를 유지하는 팬시지아의 슈퍼 셀렉터이다. 팬시지아는 인간에게 부정적 영향을 주는 드림버그[부정적 감정]와 대결하며 인간들을 행복하게 하는 일을 한다. 슈퍼 셀렉터는 긍정 에너지를 다른 사람들에게 줄 수 있는 영향력이 큰 사람으로 그의 부정 에너지는 팬시지아와 지구를 위험에 빠뜨린다. 연우는 철구의 괴롭힘과 사고사한 부모에 대한 그리움으로 내면이 황폐해졌지만 친구를 도우려는 선량한 마음과 성찰 능력으로 팬시지아와 지구를 구한다. 즉 연우도 앞선 이야기들의 노리, 루루처럼 구원자 역할을 하지만 그 방식이 다르다. 노리처럼 힘으로 대결하는 것도 아니고, 루루처럼 능력을 발휘할 수 있는 마법적 수단도 없다. 말랑 요정들과 삼촌이 도와주지만 그들은 연우가 무너지지 않게 드림버그로부터 방어할 수 있을 뿐이다. 연우 스스로 문제의 원인을 근본적으로 파악하고 무너져 가는 팬시지아를 구할 수 있었던 비결은 바로 자신의 부정적 감정을 포용하고 사랑하는 마음이었다. 즉 대결하고 없애려던 부정적 감정을 자신의 일부로 인정하고 안아주면서 연우는 자기 확신을 가진 아이로 거듭난다.

이 웹툰은 힘없는 남성 아동을 주인공으로 하여, 약한 자신을 극복하고 사랑하도록 만든 점에서 남성 아동 성장 이야기의 상투성을 극복하고 있다. 그런데 아동의 꿈을 짓밟는 성인을 모두 여성으로 재현하여 여성 혐오의 악순환을 초래한다. 〈말랑말랑 무브먼트 비긴즈〉는 아동들이 꿈꿀 수 있어야 건강하고 행복하게 성장할 수 있다는 주제를 전한다. 그 메시지를 알게 하는 에피소드가 유명한 이야기이다. 연우 삼촌 유명한은 어릴 때부터 만화가라는 꿈을 갖고 노력하여 결국 꿈을 이룬다. 그런데 여성 담임선생이 어린 명한의 꿈을 짓밟는다. 그녀는 머리를 단정히 틀어 올리고 안경을 썼으며, 목까지 올라오는 밤색 상의에 긴 치마를 입고 있어 엄격하고 고지식한 인상을 준다. 선생은 명한의 꿈이 만화가라고 하자 "꿈은 크면서 바뀔 거야. 명한아, 만화가는 아무나 되는 줄 아니?"하며 만화가는 명한이 꿈꿀 수 없는 직업인 것처럼 말한다. 또 손톱을 다듬으며 면담하는 모습은 학생에 대한 관심이 없을뿐더러 학생을 존중하지 않는 어른의 모습을 풍자한다. 송이의 어머니도 성적만을 중시하며 송이가 자유롭게 꿈꿀 수 없게 하는 어른이다. 송이 어머니는 올린 머리에 옆머리를 내리고 귀걸이와 목걸이를 하고 있다. 송이를 대할 때 자세는 늘 팔짱을 끼고 있고, "이제 말하기도 지치는구나. 넌 언제쯤 네 일을 스스로 할래?"라며 엄격하고 신경증적인 면을 보인다. 자기 기준에 따라 송이에게 완벽주의적 태도를 강요하여 송이는 "완벽하게 못 하느니 안 하는 게 나아"라는 극단적 사고를 하게 된다.

주로 과학과 관련된 단편적 정보를 제공하는 학습 만화 〈강철의 아레스〉는 대상 작품 중 젠더 재현이 가장 상투적인 작품이다. 주인공은 남성 아레스 펀치인데, 블링 왕국 왕실 기사단장 아들로 16세이다. 1부는 용이 납치해간 샤롯 공주를 구하는 이야기이고, 2부는 용을 추적하여 지구에 왔다가 제니를 구하고, 제니와 함께 제니 엄마의 유품인 최초의 스펙터를 지키는 일을 한다.

1부 세계가 중세 판타지 관습을 따르므로 인물의 여러 특질이 익숙하고 왜곡된 젠더를 구현한다. 주인공 아레스는 노란 짧은 머리에 중세 전사 복장을 하고 칼을 차고 있다. 샤롯 공주는 긴 웨이브 머리에 가슴이 파이고 허리가 잘록하게 드러난 드레스를 입고 있다. 머리엔 작고 노란 왕관을 쓰고 있으며 목에 구슬 목걸이를 하고 있다. 머리 빛깔은 진한 핑크빛이고 드레스는 흰색인데 하단에 보랏빛이 감돈다. 눈은 동그랗고 영롱하며 속눈썹도 길게 올라가 있다. 블링 왕국을 침입한 마룡은 인간의 모습으로 나타나기도 하는데 가슴골이 드러난 흰 와이셔츠에 검정 스키니 바지를 입고 허리에 회색 끈을 매고 있다. 차림새에서 야성적인 느낌을 주려는 의도가 보인다. 붉은 얼굴과 눈동자로 마룡의 정체성을 표현한다. 마룡의 복장이 현대적인데 그것은 마룡이 현대 지구에서 왔기 때문이다. 그 마룡을 찾아 지구로 가서 벌어지는 이야기가 2부 내용을 구성한다. 아레스는 마룡이 샤롯 공주를 인질로 납치하자 기사도를 발휘하여 마룡에게 덤비지만 힘이 부족해 마룡의 한 방에 나가떨어지고 만신창이가 된다. 하지만 어렸을 때부터 친구이자 사랑하는 샤롯 공주를 구하고 싶어서 신에게 "샤롯을 구할 수만 있다면 악마라도 좋으니… 제발… 그 어떤 댓가라도 치를 테니 제발…"[1화]하고 기도하니 오니 로봇이 나타난다. 오니 로봇도 몸체가 망가져 하체는 없는 상태다. 결국 아레스는 오니 로봇과 결합하여 사이보그로 탄생하며 강력한 힘을 갖게 된다. 즉 남성 주인공 아레스는 아직 기사 견습생에 불과한 힘없는 소년이었지만, 로봇 덕분에 존재 변이를 일으켜(이 작품에선 이 과정을 곤충의 변태 과정으로 설명한다) 마룡도 물리치고 공주를 구한다. 이런 상상력은 인공지능시대를 반영하며 기계와 인간의 결합을 또 다른 인류의 가능성으로 전망하는 문화의 산물이기도 하다. 새 인류의 탄생이 여성이 아닌 남성, 그 계기도 공동의 적을 물리치기 위한 남성의 연대란 점에서 이 웹툰은 매우 남성 중심적이다.

2부에선 아레스와 함께 여성 제니 한이 주인공으로 등장한다. 제니는 세계 최연소 공학박사로서 샤롯 공주와 달리, 문제 상황을 해결할 능력과 지혜가 있으며 아레스와 함께 최초의 스펙터를 지키기 위해 맞서 싸운다. 하지만 외모 및 심리적, 기능적 특질에서 샤롯과 같은 젠더 고정 관념에 따른다. 그녀는 멜빵바지를 입고 있는데 가슴이 두드러지고 잘록한 허리와 하체가 발달한 체형이다. 특히 엉덩이둘레가 허리둘레의 세 배쯤 될 정도로 크다. 눈은 크고 타원형이며 긴 머리를 양 갈래로 늘여서 묶고 있고 빨간 테두리 핀을 양쪽에 꽂아 귀여운 인상을 준다. 그녀와 싸우던 남성 악당들은 이런 그녀의 얼굴을 보자마자 "결혼을 해야 할 것 같아요. 달링! 알라븀~!"시즌2 1화하고 호들갑을 떤다. 이런 성희롱적 발언을 유머 코드로 사용했다는 점도 문화적 악순환의 폐해로 지적할 수 있다. 제니는 아레스와 비교할 때 공감 능력이 뛰어나고 어려운 사람을 보면 자기가 손해를 보더라도 도와준다. 가난한 할머니와 장애인 손자의 딱한 사연을 듣고 제니는 매우 가슴 아파하며 도울 방법을 찾지만 아레스는 그런 제니를 이상히 여긴다. 이런 설정은 여성은 남성에 비해 공감 능력이 뛰어나고 마음이 약해서 동정을 잘한다는 편견을 재생산한다. 제니는 최초의 스펙터를 사용하게 하는 다른 스펙터들을 용감히 싸워서 획득하고 최초의 스펙터인 드레곤 퀸으로 변신했지만 결국 강력한 남성에 의해 제압되고 남성들이 권력을 지닌 조직에 납치된다. 여성이 남성과 동등하게 공부하고 스펙터 헌터로 살아갈 수 있는 현대 세계에서도 여성은 남성들보다 힘이 부족할 뿐 아니라 이야기에서 납치되는 기능을 한다는 점은 여성은 아무리 시대가 지나고 능력이 있어도 남성들에 미치지 못한다는 편견을 줄 수 있다.

〈지우개똥〉은 '지우개똥'을 주인공으로 한 이야기이고 특히 지우개똥의 변형력을 제재로 삼아서 젠더적 특질이 잘 나타나지 않는다. 그런데 3화 '지우개똥 똥'을 보면 주인공이 남성일 가능성이 있다. 지우개똥이 시원하게 똥을 누었는데 그 아기 똥이 지우개똥을 보고 "아빠!"라고 부른 것이다. 이 간단한 유머는 우리에게 두 번의 충격을 주며 고정관념을 깨뜨려 웃음을 준다. 첫 번째는 언어 유희적 발상인데, 지우개똥이 힘을 주어 똥을 누는 행위는 똥을 출산하는 행위일 수 있다는 점이고, 두 번째는 지우개똥의 경우, 지우개똥을 출산하는 자가 남성일 수도 있다는 점이다.

이상에서 살핀 바와 같이, 남성 아동 주인공 웹툰의 경우 남성의 외모는 젠더 고정관념을 벗어난 경우도 있으나 여성의 외모는 상투적 재현을 반복하고 있으며 성인 여성의 경우, 여성 혐오적이기도 하다. 하지만 심리적, 기능적 특질에서는 마음도 약하고 힘없는 남성 주인공을 등장시켜 육체적 강함보다 따뜻한 마음과 기계와의 연대를 부각시킨 점이 새롭다.

4. 나가며

태어나면서부터 디지털 환경 속에서 사는 아동들에게 온라인 콘텐츠는 중요한 사회화 수단이 되고 있다. 아직 여성주의 교육이 교육과정에 도입되지 않은 상황에서 아동들은 문화적으로 재현된 젠더를 무비판적으로 받아들이고 내면화하게 된다. 특히 교육 콘텐츠는 여러 심의 과정을 거치며 아동들에게 안전하고 유익한 콘텐츠라는 믿음을 주지만, 최종심의 결정권자들이 주로 남성이고 그들의 성 이데올로기가 작용하여 젠더 교육적 관점에서는 신뢰할 수 없는 문제가 있다. 이러한 문제의식 아래, 이 글은 한국 최초의 아동 전문 웹툰 플랫폼이자, 가족 콘텐츠를 표방하며 건전성과 교육성을 내세우는 아이나무툰의 인기 웹툰 상위 5위 작품에 재현된 젠더 양상을 검토하였다.

그 결과, 여성과 남성의 외모 특질은 젠더 고정 관념을 답습하는 경우가 많았다. 여성은 모두 긴 머리였고, 남성은 모두 짧은 머리였으며 원피스를 입은 여성이 많았다. 모험을 하고 몸으로 싸우는 여성은 활동하기 좋은 바지를 입고 있으나 그 경우에도 리본과 분홍색을 여성적 상징으로 사용했다. 특히 성인 여성과 남성의 외모 특질은 더욱 차별적 젠더를 재현했다. 성인 남성은 직장에서도 편한 차림을 하고 단정치 않아도 매력 있게 표현했으며, 성인 여성은 거의 모두 긴 웨이브 머리나 올린 머리에 치마를 입고 신경 써서 꾸민 차림을 하고 있다.

심리적 특질이나 기능적 특질은 젠더의 상투성을 깬 측면이 있었다. 남성과 여성 모두 해결사나 구원자로 기능하며 용감하고 지혜롭게 문제 상황을 극복해 나갔다. 하지만 판타지 관습을 모방한 학습만화 〈강철의 아레스〉는 심리적, 기능적 특질에서도 구시대적 젠더 재현이 반복되는 문제가 보였다. 이를 통해 대중 서사의 하위 장르 코드가 문화적 악순환을 일으키는 요인 중 하나임을 확인할 수 있다. 공통적으로 주인공이 아닌 인물들에서 성별 고정관념을 답습한 재현이 두드러졌는데, 특히 성인 여성의 심리나 기능에서 여성 혐오적 묘사를 발견할 수 있다.

한 가지 흥미로운 사실은 주인공의 젠더 재현에서 남녀 모두의 젠더 고정 관념이 약하게 나타난 작품일수록 순위가 높다는 점이다. 예쁘게 생기고 섬세한 내면의 남성 아동이 이해와 포용력으로 부정적 자아를 극복하는 〈말랑말랑 무브먼츠 비긴즈〉가 1위를 차지하고, 성차가 잘 나타나지 않는 〈지우개똥〉이 2위, 용감하고 힘센 여성 아동이 발차기로 심현귀를 물리치는 〈노리야 학교 가자〉가 3위를 차지한다. 이러한 사실은 아동 감상자들이 콘텐츠의 영향을 받기만 하는 피동적 수용자가 아니라 콘텐츠 생산에 영향을 미치는 소비자임을 환기시키며, 아동 감상자들의 비판적 수용과 선택이 젠더의 문화적 악순환을 끊어내는 데 기여할 수 있음을 시사한다.

닫는 말

100년 후 아동·청소년 이야기

100년 전 아동·청소년 이야기는 식민지 조선의 청년들이 독립운동의 일환으로 전개한 '소년문예운동' 과정에서 형성되었다. 청년들은 그들의 아우나 자식뻘 되는 소년들이 조선의 미래를 책임질 세대라고 여기며 그들을 가정과 사회의 억압에서 해방시켜야 한다고 주장했다. 그래야 자유롭게 자기 본성대로 성장할 수 있다는 의식이 싹텄던 것이다. 그래서 그들을 위한 이야기도 만들고, 여러 문화예술 활동을 진작시키기 위해 노력했다. 하지만 청년 자신의 안위도 보장하기 힘든 일제 강점 하에서 '유소년노동금지법안' 같은 실질적인 대책을 마련할 수 없었고, 아동·청소년의 개성이나 욕구를 살필 여유가 없었다. 그러기에 100년 전 이야기 속 아동·청소년은 어른들의 희망이 반영된 이상적 모습을 하고 있으며 매우 유형적이고 단일한 목소리를 갖고 있다. 그들은 기댈 어른도 없는 약자라서 부조리하고 폭력적인 현실에 희생당하는 경우가 많지만, 가족이나 타인을 위해 자기 자신을 희생하고, 정의롭고 용감하다. 요컨대, 청년들이 쓴 이야기에서 아동·청소년은 척박한 현실뿐 아니라 가치관, 심리, 관심사 등에서도 자기답지 못하고 작가인 어른에 예속되어 있다.

오늘날 아동·청소년 이야기는 1990년대 이후 독서교육의 바람과 2000년대 이후 아동·청소년 문학 공모전 등의 영향으로 활발히 창작되기 시작하였다. 한국에서 영화산업이 번성하며 출판 시장이 위축되는 상황에서 아동·청소년 문학의 붐은 출판업계에 다행스럽고 고무적인 일이었다. 학교와 사교육 현장에서 독서교육을 위해 다양한 아동·청소년 문학작품을 필요로 하였고, 어린이 도서를 읽고 연구하는 어른들의 모임이 생겼으며, 아동·청소년 문학 연구자 및 평론가들도 배출되었다. 외국 아동·청소년 문학의 번역, 출판도 활발히 이루어져 권장도서로 추천되는 일이 많아졌다. 요컨대, 오늘날 아동·청소년 이야기는 교육산업이 부흥하여 그 수요가 폭발적으로 늘어난 교육상품의 일환으로 창작되고 있다. 교육적 성격은 100년 전과 변함없지만 그때에는 상상할 수 없을 정도의 산업 발달로 상품성이 엄청나게 강화된 것이다. 이 말은 오늘날 아동·청소년 이야기가 100년 전과 마찬가지로 계몽성과 이념성이 강하지만, 소비자 취향과 유행에 민감해졌음을 뜻한다. 주지하듯이 이때의 상품 구매력을 가진 소비자는 어른이니 작가, 기획자, 제작자 등의 아동·청소년 이야기를 만드는 사람들은 아동·청소년 못지않게, 때로는 그들보다 더 어른들의 가치관과 취향을 고려한다. 그런데 부모나 교사들은 주로 양서를 원하고 그 판단을 도서관 사서, 연구자, 평론가들이 추천하는 이야기에 의존하는 경우가 많다. 공모전 작품 심사도 대개 평론가들이 하니, 한국 사회에서 아동·청소년 이야기는 그들의 선택과 지향에 따라 변화해온 경향이 있다. 그들이 아동·청소년의 수준과 정서를 얼마나 충분히 고려하느냐는 차치하더라도 그 수가 매우 적으므로 그들이 추천하는 작품의 경향이 다채롭지 못하다. 100년 전에 비해 아동·청소년 이야기의 매체와 갈래, 제재는 매우 다양해졌지만, 아동·청소년 인물이나 스토리 구조는 그렇지 못한 이유도 그와 무관하지 않을 것이다. 한마디로 오늘날에도 100년 전과 마찬가지로 아동·청소년 이야기 속 아동·청소년들은 어른들에게 예속되어 있다.

이러한 통찰이 아동·청소년 이야기의 가치를 폄하하거나 그와 관련된 종사자들이 무언가 잘못하고 있다는 주장으로 읽히지 않기 바란다. 아동·청소년 이야기는 반드시 필요하고, 아동·청소년들에게 기쁨을 주는 유익한 친구가 될 수 있다. 아동·청소년 이야기의 가치는 무엇보다 아동·청소년을 주인공으로 한 데 있다. 그들을 주인공으로 한 이상, 창작자와 감상자 모두 아동·청소년이란 존재와 삶에 관심을 가지고 의견을 나누며 탐구하게 된다. 타자를 덜 폭력적으로, 잘 이해하려면 탐구하는 자세로 대해야 한다. 그러기 위해선 먼저 어른들이 아동·청소년을 잘 모른다는 사실과 그들에게 가장 적합하고 좋은 삶을 정해줄 수 없음을 인정해야 한다. 그런 사회에서는 '아동·청소년 이야기가 어떠해야 한다'는 당위나 천편일률적인 이야기 구조로부터 자유로울 수 있을 것이다. 또 아동·청소년 이야기가 그들의 정체성 형성에만 도움을 주는 것이 아니라 어른들을 비롯한 한 사회의 거울로 기능하게 될 것이다.

100년 후, 아동·청소년 이야기는 어떠할까? 4차 산업혁명, 감염병 사태 등을 겪으며 미래는 점점 더 예측하기 어렵게 되었다. 100년 후 사회에 대해 합리적으로 상상하기 힘드니 그때의 아동·청소년 이야기도 희망 사항을 말할 수 있을 뿐이다.

100년 후, 아동·청소년 이야기에선 미래라는 굴레에 갇혀 무언가의 노예로 사는 이들이 등장하지 않았으면 좋겠다. 아동·청소년은 백지도, 미래도 아니니 말이다. 최근 MZ세대라고 일컬어지는 젊은이들은 그의 부모 세대들처럼 미래를 위해 아끼거나 고통을 견디지 않고, 현재의 쾌락을 중시하는 삶을 산다고 한다. 다양한 측면에서 그 이유를 찾을 수 있겠지만, 그들의 아동·청소년 시절에 기인한 바도 크리라 짐작한다. 미래에 대한 속박이 당장의 쾌감만 추구하는 찰나주의적 삶을 지향하게 했을지도 모른다. 아동·청소년이 온전한 주체로 살아가려면 더 이상 사회적 약자가 아니어야 할 것이다. 그렇다고 아동·청소년이 사회적 강자로 군림해야 하는 것도 아니다. 100년 후를 살아갈 아동·청소년 이야기 속 인물들은 '약육강식', '혐오', '배척' 등의 폭력적 세계관과 관련된 말들을 모르기 바라고, 그 언어들은 역사책의 고어古語로만 존재하기 바란다.

미래 사회에서 사람들은 오늘날의 한국인처럼 고속도로에 갇혀 생존 강박에 시달리며 질주하는 삶을 살지 않기 바란다. 여기저기 둘러보며 새로운 세계를 발견하고, 세상에 '나'를 맞추기보다 '나'라는 세계로 세상을 채울 수 있기 바란다. 그런 사회의 아동·청소년 이야기에선 그 사회를 살아가는 아동·청소년의 수만큼 다양하고 다채로운 삶을 접할 수 있을 것이다.

처음 수록된 지면

제1부 아동 · 청소년 이야기의 형성

근대 청소년소설의 '직업소년' : 『대중서사연구』 22(3), 2016.

'소녀소설'의 '소녀' : 『아시아여성연구』 53(2), 2014.

차상찬 '어린이 역사 이야기'의 담화 방식 : 『아동청소년문학연구』 27, 2020.

근대 아동극의 희극적 요소 : 『드라마연구』 50, 2016.

제2부 아동 · 청소년 이야기의 사회학적 상상력

청소년소설의 장르 융합과 사회학적 상상력 : 『어린이와 문학』 봄호, 2021.

가부장의 붕괴, 집을 벗어나는 엄마와 아이들 : 『어린이책이야기』 봄호, 2018.

페미니즘 리부트 이후의 아동 · 청소년 문학 : 『어린이책이야기』 가을호, 2019.

아동 · 청소년 과학소설에 나타난 공포 : 『어린이책이야기』 겨울호, 2018.

아동 · 청소년 과학소설의 디스토피아 : 『대중서사연구』 26(1), 2020.

제3부 아동 · 청소년 이야기 콘텐츠의 스토리텔링 방식

만화 『마법천자문』의 전용(轉用) 전략 : 『문화산업 시대의 스토리텔링』, 태학사, 2018.

박경리 동화 · 청소년소설의 '분리불안' 플롯 : 『문학치료연구』 48, 2018.

청소년 웹툰의 현황과 정서적 기능 : 『창비어린이』 여름호, 2021.

'아이나무툰' 웹툰의 젠더 형상화 : 『한국콘텐츠학회논문지』 22(3), 2022.

주석

제1부/ 아동 · 청소년 이야기의 형성

| 제1장 | 근대 청소년소설의 '직업소년'

1 '한국아동보고서'에 따르면 한국 아동·청소년들의 공부 시간은 OECD 평균 33시간의 2배이고, 성인 법정 노동 시간보다 많다(https://www.youtube.com/watch?v=55kl-R5zzM3w).

1 일제강점기에 노동하는 존재로서의 청소년상 및 그것을 지칭하는 용어가 '직업소년'이었음에 대한 논증은 최배은, 『한국 근대 청소년소설의 정치적 무의식』, 박문사, 2016, 88~97쪽 참고.

2 이만규, 『다시 읽는 조선교육사』, 살림터, 2010, 504~505쪽.

3 발달심리학의 생애주기 이론에서, 인간의 생애를 연령별 단계로 나누고 각 시기에 성취해야 할 과제로 부여된 일을 말한다.

4 최배은, 앞의 책, 부록 참고.

5 최배은, 「근대 청소년소설에 재현된 '직업소년' 연구」, 『대중서사연구』 22(3), 대중서사학회, 2016, 부록 참고.

6 방정환, 「금시계」, 『신청년』, 1919.1; 「졸업의 일」, 『신청년』, 1919.12; 「영호의 사정」, 『어린이』, 1923.10~12; 「동무를 위하야」, 『어린이』, 1927.2; 김순옥, 「남매의 운명」, 『소년계』, 1927.3; 안운파, 「달도 운다」, 『별나라』, 1929.4·6·10; 이정호, 「귀여운 희생」, 『어린이』, 1929.2; 연성흠, 「창수의 지각」, 『어린이』, 1929.10; 이태준, 「눈물의 입학」, 『어린이』, 1930.1; 최병화, 「눈보라 치는 날」, 『어린이』, 1930.12; 「내 힘과 땀」, 『별나라』, 1934.1; 홍북원, 「수첩」, 『신소년』, 1932.9·10·11.

7 김현철, 「일제기 청소년 문제에 대한 연구」, 연세대 교육학과 박사논문, 1999, 112쪽, 〈표 5-1〉 직업별 연령별 인구구조(1930년) 참고.

8 노동하는 소녀가 등장하는 25편의 소설에서 식모는 직공 다음의 비중을 차지하고 있다.

9 "작품 속에서 인물은 특질(特質)들의 총체이다. 특질이란 지속적인 속성 또는 자질로서, 인물 해석의 기본 단위이며, 다른 인물과 구별되는 것이 보다 의미를 지닌다. 그것이 모이고 종합되어 관심, 욕망, 윤리적 원칙 등의 복합체, 곧 '성격'을 이룬다." 최시한, 『소설, 어떻게 읽을 것인가』, 문학과지성사, 2010, 200쪽.

10 '소년운동'은 1920년대 초반 천도교소년회조직운동을 계기로 본격적으로 전개된 소년 인권운동과 소년 대상의 인성계발·민족의식 교육운동을 의미한다. 최배은, 「한국 근대 청소년소설의 형성과 이념 연구」, 숙명여대 박사논문, 2013, 14쪽.

11 이것은 프레드릭 제임슨의 서사 개념에 근거한 것이다. 그에 따르면, 서사는 "사회적

모순을 상상적으로 해결하려는 상징 행위"이다. Fredric Jameson, *The Political Unconscious : Narrative as a Socially Symbolic Act*, Ithaca : Cornell University Press, 1981, p.77.

12 현동염, 「백삼포 여공」, 『신소년』, 1931.10, 34쪽.

13 김영팔, 「소년직공」, 『어린이』, 1929.3, 36쪽.

14 안회남, 「병든 소녀」, 『신동아』, 1933.6.

15 현덕, 「잃엇든 우정」, 『소년』, 1939.10, 39쪽.

16 최병화, 「내 힘과 땀」, 『별나라』, 1934.1, 37쪽.

17 박승진, 「산기슭」, 『어린이』, 1929.9, 42쪽.

18 송근우의 「이천냥 빗으로 대신 가는 언년이」(『어린이』, 1926.3.1)와 이동규의 「곡마단」(『신소년』, 1931.2·4·5) 등 그런 현실을 제재로 한 다수의 작품이 있다.

| 제2장 | '소녀소설'의 '소녀'

1 국사편찬위원회의 '한국사 데이터베이스'에서 제공하는 자료를 참고할 때, 일제강점기에 간행된 근대 잡지(『대한자강회월보』, 『대한협회회보』, 『서우』, 『서북학회월보』, 『기호흥학회월보』, 『대조선독립협회회보』, 『태극학보』, 『호남학보』, 『대한학회월보』, 『대한유학생회학보』, 『대한흥학보』, 『대동학회월보』, 『개벽』, 『동광』, 『별건곤』, 『삼천리』, 『대동아』, 『삼천리문학』, 『만국부인』)에 나타난 '소녀' 담론은 1910년대 이전까지는 10편뿐이고 1920년대 이후부터 활발히 등장하고 있다. 그리고 거기에 등장하는 '소녀' 담론은 530개, '소년' 담론은 1209개, 근대 신문자료(『동아일보』, 『시대일보』, 『중외일보』, 『중앙일보』, 『조선중앙일보』, 『공립신보』, 『신한민보』, 『부산일보』, 『조선시보』)에 등장하는 '소녀' 담론은 3,468개, '소년' 담론은 14,060개로, '소년' 담론의 개수가 '소녀' 담론에 비해 훨씬 많다.

2 근대 청소년소설 325편 중에서 '소녀'를 주인공으로 한 작품은 49편으로 약 15%를 차지하고 있다. 최배은, 『한국 근대 청소년소설의 정치적 무의식』, 박문사, 2016, 부록 참고.

3 2000년대 이후 주요 출판사(사계절, 문학동네, 문학과지성사, 창비, 푸른책)에서 간행된 청소년소설 단행본 70여 권 중 35권이 '소녀'를 주인공으로 하여 약 50%를 차지하고 있다.

4 소래섭, 「『소년』지에 나타난 '소년'의 의미와 '아동'의 발견」, 『한국학보』 28(4), 일지사, 2002; 박숙자, 「근대문학에 나타난 개인의 형성 과정 연구」, 서강대 박사논문, 2004; 소영현, 「미적 청년의 탄생」, 연세대 박사논문, 2005; 조은숙, 「한국 아동문학의 형성과정 연구」, 고려대 박사논문, 2005; 엄미옥, 「한국 근대 여학생담론과 그 소설적 재현 연구」, 서강대 박사논문, 2007.

5 방정환의 "소녀소품"과 최경화의 "소녀애화"는 그 명칭이 소설이 아니지만 작품의 실상이 소설과 다름없어서 포함시켰다. 이정호의 "소녀소설"은 방정환의 "소녀소품"을 그대로 발표한 것이어서 이러한 판단의 근거를 뒷받침한다.

6 『필사본 고어대사전』을 보면 '소년'만 있고 '소녀'는 없다. 박재연 주편, 『필사본 고어대

사전』, 학고방, 2008.

7 "소년이 아동의 개념으로 한정되면서 '소년소녀'라는 말이 쓰이기는 하지만, 이때 '소년소녀'는 '무성'적인 아동의 내포 안으로 한정되기 때문에 생물학적 차이를 드러내는 기호 이상이 아니다." 박숙자, 앞의 글, 2004, 29쪽.

8 최의순, 「處女讀本 卷之一, 第一課 處女期의 煩悶」, 『별건곤』, 1928.7.1, 132~133쪽.

9 그 예로 『개벽』에 실린 「유범」의 장면 중 "6세 소녀가 7세 중식이를 오빠로 부르게 되었다"(방정환, 「유범」, 『개벽』, 1920.6)를 들 수 있다.

10 星海, 「戀의 序曲」, 『개벽』, 1924.4; 金南柱, 「南國의 겨울 情緒 눈오든 날의 記憶」, 『별건곤』, 1927.12 등.

11 "아저씨! 껌 한 갑 사주서요. 12, 3세 가련한 소녀의 탄원이다." 이헌구, 「종로야화」, 『개벽』, 1934.11, 87쪽; "가엽슨 소녀가 잇스니…… 그는 부산(釜山)출생의 김금선(金錦仙)이라는 금년에 16살 박게 아니 된 소녀로 두 살 되든 해에 불행히도 자긔의 어머니를 여힌 후 세 살 때에 일본 사람의 어머니를 새로 마지하게 되엇다." 이태운, 「二八美女 金錦仙哀話, 曲馬團 花形女로 路頭 彷徨」, 『별건곤』, 1931.3, 26쪽 등.

12 "아! 반갑소이다 / 님의 맑은 소리가 한 번 솔솔 / 少女떼의 情다운 微笑와 가티" 春城, 「가을」, 『개벽』, 1920.9, 20쪽; "한아버지는 어린애 업고 이웃 출입하는데 소녀는 바구니 끼고 최ㅅ뚝으로 나아감니다. 바자ㅅ밋테서는 병아리 떼가 속살거리고 마당 귀에서는 강아지 떼가 쓰릅을 함니다. 첨下에는 제비가 나러 들고 半空에는 나비가 춤을 춤니다. 후원 桃梨는 含笑를 하고 庭前楊柳는 황금색을 띄고 잇습니다." 春坡, 「都會의 春과 農村의 春」, 『별건곤』, 1927.4, 76쪽 등.

13 "三晝夜나 고심하다가 方面을 잡아놋코 보니 不良少女團이 어대 잇는지 여학생전문의 뚜장이가 어느 곳에 출몰하는지 알 수가 업섯고" 北隊記者 双S, 「戰慄할 大惡魔窟 女學生 誘引團 本窟探查記, 그들의 毒手는 집마다 노린다! 家庭마다 님으라, 學校當局도 닑으라」, 『별건곤』, 1927.3, 77쪽; "A란 나히 열일곱으로 룩년급이엇는데 쥶잔은 뒤자태 길고 검은 머리 리성덕인 또 온정적 얼골에 미를 더한 것, 검은 눈 하얀 닛발 모든 것이 드물게 보는 미인이엇스며, 미소녀이엇습니다." 김남주, 앞의 글, 131쪽 등.

14 효종, 「소설개요(속)」, 『개벽』, 1920.7, 125쪽.

15 효종, 「소설개요」, 『개벽』, 1920.6, 131쪽.

16 鳥越 信, 『日本兒童文學』, 建帛社, 1995, 20쪽 참고.

17 박소영, 「1930년대 요시야 노부코(吉屋信子) 소녀소설 연구－소녀 표상을 중심으로」, 고려대 석사논문, 2012 참고.

18 한시봉, 「즐거운 나의 가정」, 『삼천리』, 1940.10.1, 156~157쪽.

19 『어린이』의 '독자 담화실'과 '독자 사진란'을 참고할 때 1920년대 초·중반까지는 소녀 독자의 참여가 저조하여 소녀 사진은 거의 발견되지 않는데, 1920년대 중반 이후 소녀들의 사진이 한두 장씩 꾸준히 실리고 담화실에 등장하는 횟수도 늘어난다.

20 「독자담화실」, 『어린이』, 1927.2.1.

21 최배은, 앞의 글, 199~201쪽 참조. 〈표 1〉에서 여성으로 확인된 작가는 김복진, 김자혜,

백시라, 최의순이다.

22 양친이 없는 경우가 일곱 편, 아버지가 없는 경우가 여섯 편, 어머니가 없는 경우가 한 편이고 부모가 있지만 가난하고 무능력한 경우가 네 편이다.

23 본문에서 달라진 내용은 아버지 생신 날짜와 마지막 부분의 독자에게 당부하는 말이 생략된 것이다. 방정환의 글에서 생신은 "삼월스므여들엣날"인데, 이정호의 글에선 "오월스무엿새날"로 바뀌었다. 그것은 글이 게재되는 때를 고려한 데서 비롯된 것으로 보인다.

24 김자혜, 「댕기」, 『어린이』, 1934.1, 경희대 한국아동문학연구센터 편, 『별나라를 차져간 소녀』 3, 국학자료원, 2012.7, 119쪽에서 재인용.

25 신창원, 「그윽한 생각」, 『반도소년』, 1925.3, 35쪽.

26 초단파, 「그림 그리는 소녀」, 『아이생활』, 1943.2; 『별나라를 차져간 소녀』 4, 361~362쪽에서 재인용.

27 장동근, 「월하의 소녀」, 『아이생활』, 1943.3; 『별나라를 차져간 소녀』 4, 370쪽에서 재인용.

28 Michale I. Toolan, 김병욱·오연희 역, 『서사론』, 형설출판사, 1995, 138쪽.

29 김영수, 「네거리의 순이」, 『소년』, 1939.8, 12쪽.

30 최시한, 「가련한 여인 이야기 연구 시론—『직녀성』, 『순정해협』, 『탁류』를 예로」, 한국소설학회, 『현대소설 인물의 시학』, 태학사, 2001 참고.

| 제3장 | 차상찬 '어린이 역사 이야기'의 담화 방식

1 이 정의는 최시한의 '역사문화 이야기'의 개념과 상통한다. "'역사문화 이야기'란 역사, 문화, 자연 등을 자료로 창작하여 그 의미와 진실을 드러내고 체험시키는 정보적(실용적) 이야기다." 최시한, 『콘텐츠 창작과 스토리텔링 교육』, 문학과지성사, 2020, 125쪽.

2 "서술을 '어떻게' 하는지에 관심이 있으므로 담화는 항상 내용이 아닌 형식(form) 차원의 문제가 된다. 그런 점에서 발화의 매체가 글이냐, 몸동작이냐 표정이냐, 음악이냐 그림이냐 등등의 표현 매체의 형식 또한 담화의 국면이 된다. 그러나 이러한 실체로서의 매체 형식은 각 매체들이 갖는 특수한 측면과 요소들에 의해 규정되는 경향이 있는 반면, 담화는 오히려 매체의 차이를 초월하는 보편적인 측면과 관련된다. 그것이 무슨 매체이건 간에 발신자와 수신자가 함축되어 있고, 그러한 소통의 맥락에서 그들의 인식론적이고 심리적인 국면이 반영된 형식들, 이를테면 시점과 거리, 서술의 순서와 속도, 어조 또는 어투 등등이 담화의 중요한 국면을 형성한다. 담화에는 이처럼 발신자와 수신자, 그리고 주변 맥락의 시각 또는 관점이 내재해 있는 것이다." 김현주, 『고전서사체 담화분석』, 보고사, 2006, 16~17쪽.

3 『어린이』에 게재된 차상찬의 역사 이야기 목록은 유정월, 「『어린이』 소재 차상찬 역사동화 연구—자료와 서술방식을 중심으로」, 『리터러시연구』 11(1), 한국리터러시학회, 2020, 357~359쪽 참고. 『소년』에 게재된 역사 이야기 목록은 다음과 같다.

대상 인물	수록 매체	갈래 표시	작품명
임경업	『소년』 1(1), 1937.4.	소년영웅전1	활 잘 쏘는 장수
정충신	『소년』 1(2), 1937.5.	소년영웅전2	독 속의 적병
맹상군, 궁예	『소년』 1(1), 1937.4.	소년영웅전3	외눈백이 영웅
궁예	『소년』 4(6), 1940.6.	소년사화	태봉국왕김궁예
강감찬	『소년』 1(5), 1937.8.	소년영웅전4	키 작은 곰보 장수
김경손	『소년』 1(6), 1937.9.	소년영웅전5	혹부리장군
서고청	『소년』 1(9) 송년호, 1937.	위인의 소년시대2	서고청
홍서봉	『소년』 2(2), 1938.2.	위인의 소년시대3	홍서봉

4 방정환, 「소년의 지도에 관하여」, 『천도교회월보』, 1923.3.15.

5 「허생전」, 『한국민족문화대백과사전』(https://100.daum.net/encyclopedia/view/14XXE0063073).

6 최시한은 이야기 갈래를 보다 체계적이고 입체적으로 분류하기 위하여 이야기 갈래 좌표를 제시한다. 즉 행위의 목적에 따라 분류한 정보적(실용적) 갈래와 표현적(예술적) 갈래를 가로축에, 이야기의 대상 범주로 나눈 사회와 개인을 세로축에 표시한 뒤, 그 지향하는 방향을 화살표로 나타낸 것이다. 이러한 이야기 갈래 좌표는 전통적으로 이야기를 구분하던 '허구적 / 비허구적' 특성에 따른 분류로는 제외되던 갈래들을 포괄한다는 장점이 있다. 최시한, 앞의 책, 83~84쪽 참고.

7 이재선, 『한국소설사』, 민음사, 2000, 204쪽 참조.

8 최배은, 『한국 근대 청소년소설의 정치적 무의식』, 박문사, 2016, 136~153쪽 참조.

9 권영민, 『서사양식과 담론의 근대성』, 서울대 출판부, 2000, 30쪽.

10 이동근, 『조선후기 「전」문학 연구』, 태학사, 1991, 202쪽.

11 차상찬, 「만고정충 임경업장군」, 『별건곤』 1, 개벽사, 1926.11, 93쪽.

12 차상찬, 「만고 정충 병자명장 임경업의 어릴 때 이약이」, 『어린이』 8(1), 개벽사, 1930.1.20, 8쪽.

13 차상찬, 「활 잘 쏘는 장수」, 『소년』 1(1), 조선일보사, 1937.4, 24쪽.

14 청오생, 「천하용장 을지문덕 장군」, 『어린이』 3(9), 개벽사, 1925.9.1, 14~15쪽.

15 박달성, 「이번은흔나든김삿갓이약이」, 『어린이』 3(9), 개벽사, 1925.9.1, 46~47쪽.

16 "전(傳)은 사실을 기록하는 문(文)의 양식이다. 역사에 그 태생적 기원을 두고 있기 때문에 역사적 인물에 관한 전(傳)은 '사실'로부터 결코 자유로울 수 없다. 그러나 개화기에 들어서면서 절대적 '사실'의 기록으로 인식되던 사(史)가 유학적 사관의 산물임을 깨달았다. 더 나아가 우승열패라는 냉엄한 국제 질서 속에서 민족의 자긍심을 높이기 위해 야사를 적극적으로 정사에 편입시키면서 민족의 기원을 구성하려는 노력들이 나타났다." 송명진, 『역사·전기소설의 수사학』, 서강대 출판부, 2013, 115쪽.

| 제4장 | 근대 아동극의 희극적 요소

1 박숙자, 「1920년대 '아동극'의 발흥과 역사적 의미」, 『아동청소년문학연구』 4, 한국아동청소년문학학회, 2009.6, 144~145쪽 참고.

2 해방 이후 1948년과 1949년에 복간된 『어린이』에도 4편의 희곡이 실려 있으나, 근대 아동극 희곡의 선구적 의의에 초점을 둔 연구이므로 일제강점기에 간행된 『어린이』 게재 작품만 검토한다.

3 놀이연극으로서의 교육극은 텍스트 중심주의 대신 창의적이고 즉흥적인 신체의 움직임을 중시한다. 김효, 「연극과 교육의 접경 지대－놀이(놀이에 관한 인문학적 고찰)」, 『교육연극학 창간호』 제1집, 한국교육연극학회, 63~64쪽 참고.

4 『어린이』 게재 희곡 34편 중 '동화극'이라는 명칭이 붙은 것은 총 17편인데, 그러한 명칭과 상관없이 내용상 동서양 설화의 개작이나 각색으로 보이는 것은 총 27편이다. 또 희극적 요소가 들어 있는 작품은 22편으로 64%를 넘는다. 구체적인 목록은 연구 대상을 밝히는 자리에서 제시한다.

5 근대 아동문학의 대표적 장르인 '소년소설'은 유년을 대상으로 하는 '동화'의 공상성, 환상성과 달리 10대 중후반의 독자를 대상으로 하여 그들의 현실적 삶을 재현하는 장르로 형성되어왔다. 방정환이 『어린이』 창간호부터 「아버지의 눈물」, 「졸업의 날」과 같이 부모님의 부재로 슬퍼하는 청소년의 삶을 그린 이후, 소년소설에서는 궁핍한 고아 청소년의 애환을 제재로 한 비극적인 작품이 지배적인 경향을 보인다. 이에 대한 자세한 사항은 최배은의 「한국 근대 청소년소설의 형성과 이념 연구」, II.2. '청소년소설'의 형성(숙명여대 박사논문, 2013)을 참고할 수 있다.

6 앙리 베르그송, 정연복 역, 『웃음－희극성의 의미에 관한 시론』, 세계사, 2005; 블라지미르 쁘로쁘, 정막래 역, 『희극성과 웃음』, 나남, 2010; 원명수, 『한국희곡의 희극성 연구』, 국학자료원, 2008 등.

7 쁘로쁘는 "웃음은 물질적인 것이 정신적인 요소를 차단함으로써 그때까지 숨겨져 있던 어떤 결함이 갑작스럽게 밝혀지는 경우에 생성된다"고 하였다. 블라지미르 쁘로쁘, 위의 책, 56쪽.

8 1930년대부터 한국에서는 풍자와 해학에 대한 여러 연구가 이루어져 왔는데 여기에서는 그러한 논의를 점검하고 총괄한 이도연의 개념을 따른다. "주체(X)와 대상(Y)과의 관계 속에서 풍자의 구조는 'X가 Y를 비판한다'로 정의되며, 해학은 'X가 Y와 화해한다'로 정의될 수 있다." 이도연, 「국문학 연구에 있어 희극성의 '개념'과 '범주'설정을 위한 예비적 시론」, 『인문논총』 제65집, 서울대 인문학 연구원, 2011, 468쪽.

9 아동문학의 희극성에 대한 연구는 희소하여 아동문학을 대상으로 풍자와 해학에 대해 본격적으로 이루어진 연구는 찾아보기 힘들고, 이상진의 연구에서 동화의 희극성이 희극적 결함에 대한 거리두기를 통해 사회성과 도덕성을 교육한다는 주장을 확인할 수 있다. 이상진, 「동화의 희극성－소통의 딜레마와 교육적 효과」, 『한국아동문학연구』 22호, 한국아동문학학회, 2012, 253쪽.

10 베르그송은 크게 성격, 말, 상황으로 나누어 보고 있고, 쁘로쁘는 실제 텍스트들에 대한 분류 결과를 바탕으로 신체, 닮음과 다름, 직업, 패러디, 과장, 바보 만들기, 비논리, 거짓말 등 매우 다양한 요소로 설명하고 있다.

11 이 표의 장르명은 당시 작품이 발표될 때 제목 앞에 붙은 명칭이다. 체계적이지 않고 일관성이 떨어지지만 당대 인식을 확인할 수 있는 근거라 함께 밝힌다. 근대 아동극의 장르명에 대한 자세한 사항은 오판진의 「『어린이』지 수록 동극 연구—장르명과 특징을 중심으로」(『아동청소년문학연구』 14, 한국아동청소년문학학회, 2014.6)와 임지연의 「한국 근대 아동극 장르의 용어와 개념 고찰」(『아동청소년문학연구』 5, 한국아동청소년문학학회, 2009.12)을 참조할 수 있다.

12 〈노래주머니〉는 『어린이』 게재 희곡 가운데 가장 연구가 많이 이루어진 작품이다. 당시 『조선어독본』에도 실려 있고, 우리 설화와 일본 설화에도 있는 '혹부리영감' 이야기의 각색이므로 그러한 텍스트들에 대한 비교 및 시대적, 이념적 측면에서의 연구가 이루어져 왔다. 그러한 연구로 장정희, 「『조선어독본』의 '혹부리영감' 설화와 근대 아동문학의 영향 관계 고찰」(『한국아동문학연구』 20, 한국아동문학학회, 2011.5)과 손증상, 「방정환의 동화극 〈노래주머니〉의 탈식민성 모색」(『한국극예술연구』 47, 한국극예술학회, 2015.3)이 있다.

13 〈노래주머니〉, 1923.4.1, 8쪽.

14 〈음악선생〉, 64쪽.

15 학생들은 선생의 저시력이 공부를 많이 했기 때문이라며 선생의 성악 실력이 세계 제일이라고 자랑한다. 위의 글, 64쪽 참고.

16 〈톡기의 재판〉, 26쪽.

17 〈싀골쥐 서울쥐〉, 43~44쪽.

18 〈둑겁이의 배〉, 46쪽.

19 〈끗업는 넷말〉, 53~54쪽.

20 〈세 가지 대답〉, 64쪽.

21 호랑이와 나무꾼은 토끼에게 물어보기 전, 나무와 길에게 물어보는데 그들은 인간이 평소 자신들에게 저지른 악행을 근거로 호랑이 편을 든다.

22 〈방학여행〉, 71~72쪽.

23 『어린이』 '독자담화실'에 실린 독자들의 말을 참고하면, 학교 선생님이 『어린이』를 추천하기도 하고, 소년회에서 『어린이』를 함께 읽기도 하며 어린이들끼리 『어린이』 문예물을 읽는 동화회 등의 모임을 꾸려 활동했다는 사실을 알 수 있다. 최배은, 「근대 소년 잡지 『어린이』의 '독자담화실' 연구」, 『세계한국어문학』 제2집, 세계한국어문학회, 2009 참고.

24 「노래주머니」, 「톡기의 재판」, 「똑갓치 똑것치」, 「끗업는 넷말」, 「꾀바른 톡기」, 「방학여행」, 「도적과 현인」, 「엉터리 조각가」, 「세 가지 대답」, 「사자와 호랑이」, 「원숭이의 재판」, 「도야지」.

| 제1장 | 청소년소설의 장르 융합과 사회학적 상상력

1 C. 라이트 밀즈, 강희경·이해찬 역, 『사회학적 상상력』, 돌베개, 2019, 20~21쪽.
2 위의 책, 11쪽.
3 위의 책, 18~19쪽.
4 위의 책, 19쪽.
5 최영희, 곽은숙 그림, 『여덟 살 꼬마시인 허난설헌 이야기 초희가 썼어』, 머스트비, 2014.
6 최영희, 유영주 그림, 『조선시대 최고의 책장수 조신선은 쌩쌩 달려가』, 머스트비, 2014.
7 최영희, 유설화 그림, 『오늘도 개저녀기는 성균관에 간다』, 푸른숲주니어, 2018.
8 최영희, 「2000년대 이후 촛불 집회 이야기, 점 하나」, 김소연 외, 『소설로 읽는 한국 현대사 광장에 서다』, 별숲, 2018.
9 마커스 주삭, 정영목 역, 『책도둑』, 문학동네, 2015.
10 인터넷 사이트 중심으로 그 정보에 대한 단서를 찾아보았지만 찾지 못했다.
11 최영희, 「묽은 것」, 최영희 외, 『한낙원과학소설상 수상 작가 작품집 우주의 집』, 사계절, 2020.
12 위의 글, 126쪽.
13 최시한, 「맺힘-풀림의 이야기모형에 관한 시론」, 『현대소설의 이야기학』, 역락, 2008, 347~350쪽 참고.
14 최영희, 「묽은 것」, 135쪽.
15 최영희, 『칡』, 창비, 2020.
16 프랑코 모레티, 조형준 역, 『공포의 변증법』, 새물결, 2014, 52쪽.
17 최배은, 「한국 아동·청소년 과학소설에 재현된 '공포'의 상상력」, 『어린이책이야기』 44, 아이창, 2018, 29쪽.
18 〈새(The Bird)〉는 1963년에 제작된 알프레드 히치콕 감독의 공포영화이다.
출처 : 다음백과(https://100.daum.net/encyclopedia/view/b11s2634a)
19 『칡』, 27쪽.
20 위의 책, 96쪽.

| 제2장 | 가부장의 붕괴, 집을 벗어나는 엄마와 아이들

1 다이애너 기틴스, 안호용 외역, 『가족은 없다-가족이데올로기의 해부』, 일신사, 2001, 12쪽.
2 사회학자들은 전산업사회에 일반적이었던 확대가족이 산업화가 진행되면서 핵가족으

로 변화했다고 주장해왔는데, 최근의 연구에 따르면 전산업사회의 대다수 사람들은 평균 가구원 4.75명 정도의 소규모 가구에서 살고 있었다고 한다. 위의 책, 19~20쪽 참고.

3 우광훈, 『나의 슈퍼 히어로 뽑기맨』, 문학동네, 2017.

4 김태호, 「게임 중」, 『제후의 선택』, 문학동네, 2016.

5 김태호, 「남주부전」, 위의 책.

6 홍부용, 『아빠를 빌려드립니다』, 문화구창작동, 2012. 이 작품은 영화로도 제작되어 2014년에 개봉되었다.

7 송미경, 「아버지 가방에서 나오신다」, 『어떤 아이가』, 시공주니어, 2014.

8 임어진, 「아르고스의 외출」, 김해원 외, 『가족입니까』, 바람의아이들, 2010.

9 김희숙, 「엄마는 파업 중」, 『엄마는 파업 중』, 푸른책들, 2001.

10 곽영미, 『스스로 가족』, 한솔수북, 2016.

11 정임조, 『엄마도 밥 좀 해!』, 킨더주니어, 2011.

12 김해원, 「자라는 건 나무토막이 아니다」, 김해원 외, 앞의 책.

13 김해원, 앞의 책, 43쪽.

14 박현숙, 『엄마, 나를 포기하세요』, 좋은책 어린이, 2015.

15 임지형, 『가족선언문』, 아이앤북, 2015.

16 김태호, 「제후의 선택」, 앞의 책.

17 김은재, 「광마사거리 도시락 폭탄사건」, 『연애세포 핵분열 중』, 푸른책들, 2017.

18 이경화, 『안녕히 계세요, 아빠』, 뜨인돌, 2014.

19 김남중, 『해방자들』, 창비, 2016.

20 손현주, 『불량가족 레시피』, 문학동네, 2011.

21 구경미, 『파란만장 내 인생』, 문학과지성사, 2016.

22 김려령, 「이어폰」, 『샹들리에』, 창비, 2016.

| 제3장 | 페미니즘 리부트 이후의 아동 · 청소년 문학

1 김도연 외, 『안드로메다 소녀』, 북멘토, 2014.

2 피터 게이, 정영목 역, 『프로이트』 II, 교양인, 2011, 269쪽.

3 정수정, 신현정 그림, 『엄마는 참!』, 큰북작은북, 2019.

4 이명하, 『엄마를 구해줘』, 웅진주니어, 2018.

5 최은순, 『어둔리 엄마』, 답게, 2019.

6 이규희, 『두 소녀의 용기』, 답게, 2019.

7 이상권, 『첫사랑ing』, 특별한서재, 2019.

8 이현, 「나는 여성 작가입니다」, 『창비 어린이』 여름호, 창비, 2017, 70쪽.

9 이현, 『일곱 개의 화살』 1·2, 문학동네, 2017.

10 이현, 『조막만 한 조막이』, 휴먼어린이, 2018.

11 김해원 외, 『그날 밤 우리는 비밀을』, 우리학교, 2018.

12 휘민, 최정인 그림, 『빨간 모자의 숲』, 브와포레, 2019.
13 이지은, 『팥빙수의 전설』, 웅진주니어, 2019.
14 임정자, 이선민 그림, 『내 편이 필요해!』, 아이세움, 2018.
15 최숙희, 『먹어도 먹어도 줄지 않는 죽』, 책읽는곰, 2019.
16 임정자, 홍선주 그림, 『무지무지 힘이 세고, 대단히 똑똑하고, 아주아주 용감한 당글공주』, 아이세움, 2018.
17 조히, 『용기가 사라진 날에』, 노란상상, 2019.
18 진수경, 『뭔가 특별한 아저씨』, 천개의바람, 2018.
19 최상희, 「나의」, 『그날 밤 우리는 비밀을』, 우리학교, 2018.
20 윤이형, 「눈그림자」, 『그날 밤 우리는 비밀을』, 우리학교, 2018.
21 김혜정, 「52hz」, 『그날 밤 우리는 비밀을』, 우리학교, 2018.
22 김미승, 『저고리 시스터즈』, 도서출판 다른, 2018.
23 김진영, 『아침의 피아노』, 한겨레출판, 2018.
24 배소현 외, 『여학생』, 도서출판 제철소, 2017.
25 루실 드 페슬루안, 주느비에브 다를링 그림, 강미란 역, 『무엇이 여자의 심기를 불편하게 하는가!』, 우리나비, 2017.
26 배소현, 「고등어」, 『여학생』, 도서출판 제철소, 2017.

| 제4장 | 아동 · 청소년 과학소설에 나타난 공포

1 여기서 다루는 1950년대부터 1970년대까지 창작된 총 작품 수는 56편, 그중 '공포 상황'이 중심사건으로 재현된 작품 수가 36편이다.
2 프랑코 모레티, 조형준 역, 『공포의 변증법』, 새물결, 2014, 52쪽.
3 당시에 미국과 일본의 SF를 편역하거나 번안한 작품이 많았는데 그 사실을 밝히지 않거나 확인이 어려운 경우가 있다. 여기선 편역작이나 번안작이라도 공포 상황을 재현한 것이면 당시 한국 사회의 억압과 관련이 있다고 보아 함께 논한다.
4 원제 〈E.T. the Extra-Terrestrial〉는 1982년 미국에서 제작한 스티븐 스필버그 감독의 SF영화이다.
5 원제 〈Mars Attacks!〉은 1996년 개봉된 팀버튼 감독의 SF영화이다.
6 공포 대상에 따라 분류한 작품 수는 다음과 같다. 탐욕과 파괴력을 지닌 인간 : 15편, 외계 : 12편, 시공의 이탈 : 9편. 외계 존재는 외계인과 다른 생물로 나눌 수 있는데, 외계인의 침입 이야기는 모두 10편으로 인간을 공포 대상으로 한 것보다 적다.
7 안정희, 「달나라 탐험」, 『새벗』, 새벗사, 1957.9~1957.11.
8 강성철, 「서기 2026년」, 『학생과학』, 과학세계사, 1974.11~1975.7.
9 김학수, 『한국과학소설전집 2 텔레파시의 비밀』, 해동출판사, 1975.
10 한낙원, 「화성에 사는 사람들」, 『새벗』, 새벗사, 1959.4~1960.5.
11 유신, 「그림자 없는 인간」, 『학원』, 학원사, 1956.5~1956.10.

12 이영호, 「비행접시 제7호」, 위의 책, 1956.2~1956.4.
13 윤동일, 「돌아오지 않는 성」, 위의 책, 1969.7~1970.1.
14 「돌아오지 않는 성」은 미완이라 공포의 해소 방식을 알 수 없다.
15 주일석, 「백만 년 여행」, 『학원』, 학원사, 1955.10.
16 이종기, 「그리운 지구」, 『새벗』, 새벗사, 1961.1.
17 조능식, 「소녀만의 세계」, 『학원』, 학원사, 1959.1.
18 조능식, 「원자 미수의 내습」, 위의 책, 1959.3.
19 서광운, 「우주 함대의 최후」, 『학생과학』, 과학세계사, 1969.1~12.
20 문호, 「청동의 거인」, 『학원』, 학원사, 1967.12.
21 정용훈, 「공포 괴물 세계에 나타나다」, 위의 책, 1969.5.
22 한낙원, 「투명인간」, 『길 잃은 애톰』, 삼성당, 1968.2.
23 정휘창, 『밀리미터 학교』, 배영사, 1968.6.
24 김복순, 『화성마』, 개척사, 1954.2.
25 강석호, 「10만 광년의 추적자」, 『학원』, 학원사, 1966.2.
26 서광운, 「4차원의 전쟁」, 『학생과학』, 과학세계사, 1972.12~1973.10.
27 한낙원, 「우주벌레 오메가호」, 『학원』, 학원사, 1967.6~1969.2.
28 서기로, 「북극성의 증언」, 『학생과학』, 과학세계사, 1965.12~1966.12.
29 조능식, 「곤충왕국」, 『학원』, 학원사, 1959.9.
30 오영민, 『한국과학소설전집 5 마의 별 카리스토』, 해동출판사, 1975.
31 한낙원, 「어떤 기적」, 『새벗』, 새벗사, 1966.4.
32 박석기, 「기적」, 『학생과학』, 과학세계사, 1966.2.
33 오영민, 『한국과학소설전집 6 화성호는 어디에』, 해동출판사, 1975.
34 김학수, 「우주 조난」, 『학생과학』, 과학세계사, 1971.8~1971.10.
35 서광운, 「수수께끼의 모랫벌」, 『관제탑을 폭파하라』, 해동출판사, 1974.
36 유신, 「스텔라 우주선을 타고」, 『학원』, 학원사, 1958.7.
37 강성철, 「방랑하는 상대성인」, 『학생과학』, 과학세계사, 1966.8~1966.11.
38 서광운, 「서 박사의 실험」, 『관제탑을 폭파하라』, 해동출판사, 1974.
39 지영, 「이별」, 『학생과학』, 과학세계사, 1967.4.

| 제5장 | 아동 · 청소년 과학소설의 디스토피아

1 David Seed, "Especially in the 20th century, utopias have tended to be replaced with 'distopia', a term suggesting a mis-functioning utopia", *Science Fiction : A very short Introduction*, Oxford Univ. Press, 2011, p.74.
2 여기서 '생명정치' 개념은 푸코 이후 발전해온 관계적이고 역사적인 개념이다. 푸코의 '생명정치'는 정치적 질서에서 나타난 하나의 단절을 가리킨다. 인간의 생명에 고유한 현상들이 지식과 권력의 질서에, 즉 정치 테크닉의 영역에 등장하기 시작한다. 푸코는

근대 정치가 경향적으로 생명정치가 된다고 주장한다. 이는 주권자의 '죽일 권리'는 사라지지 않고, 생명을 유지하고 계발하고 관리하려는 권력에 귀속된다는 의미이다. 토마스 렘케, 심성보 역, 『생명정치란 무엇인가』, 그린비, 2015, 19~72쪽 참고.

3 마땅한 용어가 없어서 동화, 청소년소설 등 아동·청소년 이야기에 드는 것으로서 SF인 것을 통칭한다.

4 토마스 렘케, 심성보 역, 『생명정치란 무엇인가』, 그린비, 2015, 63~66쪽.

5 미셸 푸코, 김상운 역, 『사회를 보호해야 한다』, 난장, 2015, 291쪽.

6 여기서 '수용소'는 아감벤의 개념을 따른다. 수용소는 예외상태가 규칙이 되기 시작할 때 열리는 공간으로서 국민국가의 시민들이 활용할 수 있는 권리와 법에 기댈 수 없는 곳이다. 조르조 아감벤, 박진우 역, 『호모사케르-주권 권력과 벌거벗은 생명』, 새물결, 2008, 315~339쪽 참고.

7 '벌거벗은 생명' 곧 '호모사케르'는 살해할 수 있지만 희생물로 바칠 수 없는 생명으로, 법의 영역과 종교의 영역에서 이중으로 배제된 자이다. 벌거벗은 생명은 '조에(실존)'와 '비오스(정치적 삶)'사이의 균열에 의해 산출된다. 벌거벗은 생명은 정치적인 것의 위기와 정치적인 것의 내부로부터의 잠재적인 붕괴를 표상한다. 알렉스 머레이, 김상운 역, 『조르조 아감벤 호모사케르』, 앨피, 2010, 166~168쪽 참고.

8 유일한 병원은 아이들의 금지 구역인 베타기지에 있는데, 병을 고치는 역할보다 시체 처리실에 가깝다.

9 고재현, 『꿈꾸는 행성』, 문학동네, 2009, 107쪽.

10 장은선, 『밀레니얼 칠드런』, 비룡소, 2019, 12쪽

11 위의 책, 217~219쪽.

12 최양선, 『몬스터 바이러스 도시』, 문학동네, 2012, 16~17쪽.

13 위의 책, 166~167쪽.

14 조규미, 『가면생활자』, 자음과모음, 2019, 45쪽.

15 위의 책, 61쪽.

16 가면은 고객의 얼굴을 본뜬 것이라서 세상에 하나뿐이어야 한다.

17 "포스트휴먼 유목적 주체는 유물론적이고 생기적이며, 체현되고 환경에 속해 있다. 그것은 다면적이고 관계적인 주체, 스피노자, 들뢰즈와 과타리의 렌즈를 통해 유목적 존재론 안에서 개념화된 주체이며, 페미니즘과 포스트식민 이론들이 더해진 주체다. 그것은 포스트휴먼 사유 자체를 특징짓는 관계적 생기성과 본질적 복잡성에 의해 현실화된 주체다." 로지 브라이도티, 이경란 역, 『포스트휴먼』, 아카넷, 2015, 240쪽.

18 김초엽, 『원통 안의 소녀』, 창비, 2019, 52쪽.

19 위의 책, 69~70쪽.

20 이조은, 『프로젝트 원』, 햇살어린이, 2018, 89쪽.

21 위의 책, 200쪽.

22 "요즘 세상은 줄기세포 연구로 연일 뜨겁습니다. 인간을 난치병으로부터 구제해줄 희망으로 보는 시각과 생명 윤리를 생각하며 반대하는 입장이 팽팽히 맞서고 있습니다.

지난달에는 미국에서 지엠오 옥수수를 먹인 쥐에 대한 비밀 보고서가 세상에 알려졌지요. (…중략…) 그 뉴스를 보는 제 마음은 씁쓸하기 그지없었습니다." 문선이, 『지엠오 아이』, 창비, 2005, 4쪽.

23 "학교가 아니라 교도소에 들어선 것 같은 공간 설계가 제겐 너무나 충격적이었습니다. (…중략…) 『밀레니얼 칠드런』의 이미지는 거기서 태어났습니다. (…중략…) 다 쓰고 나서는 좀 과격한가 고민하기도 했습니다만, 세월호의 비극을 보며 과격하기는커녕 턱없이 미지근하다고 생각하게 되었습니다. 현실의 야만성은 이 정도가 아닌데, 실력이 부족해서 따라잡을 수 없는 것이 안타깝습니다." 장은선, 『밀레니얼 칠드런』, 비룡소, 2014, 252~253쪽.

24 『지엠오 아이』: 창비 제9회 '좋은 어린이책' 원고 공모 수상작. 윤태규, 원종찬 심사

『밀레니얼 칠드런』: 비룡소 제8회 블루픽션상 수상작. 김경연, 이옥수, 박성원 심사.

25 "20세기 후반의 기계들은 자연과 인공, 정신과 육체, 자생적 발달과 외부로부터의 설계를 비롯해 유기체와 기계 사이에 적용되던 수많은 차이를 철저히 섞어버리고 말았다. 우리가 만든 기계들은 불편할 만큼 생생한데, 정작 우리는 섬뜩할 만큼 생기가 없다." 도나 해러웨이, 황희선 역, 『해러웨이 선언문』, 책세상, 2019, 24~25쪽.

| 제1장 | 만화 『마법천자문』의 전용(轉用) 전략

1 여기서 마법천자문은 만화, 애니메이션, TV 드라마, 게임 등 다양한 용도로 만들어진 모든 마법천자문 텍스트를 통칭한다. 만화책은 『마법천자문』, 애니메이션과 TV 드라마는 〈마법천자문〉으로 구별하여 표기한다.

2 "'(이야기)전용'이란 기존 이야기를 다른 이야기의 창출에 활용하는 행위를 뜻한다. 거기서 장르나 형태의 변화는 필수적이지만 매체의 변화는 필수적이 아니다. (…중략…) 이 용어는 이제까지 이야기의 재창작 활동에 관해 의식적·무의식적으로 사용되어온 여러 말들 — '변용' '매체 변이' '장르 전환' '재매개' '개작' '번안' '각색' '트랜스미디어 스토리텔링' 등을 두루 고려하면서, 그들을 포괄하는 넓은 의미로 사용하는 데 적합한 용어를 찾은 결과이다." 최시한, 「이야기 콘텐츠의 창작과 전용」, 『문화산업 시대의 스토리텔링』, 태학사, 2018, 25쪽.

3 그 변용 양상은 최수웅, 「손오공의 이야기가치와 문화콘텐츠적 활용양상 연구」, 『인문콘텐츠』 23, 2011 참고.

4 "에듀테인먼트(edutainment)란 교육(education)에 오락(entertainment)을 결합시킨 신조어이다. 이는 대표적 경성문화라 할 수 있는 교육에 주요한 연성문화인 오락을 접목한 것인 동시에 지식과 정보의 습득 중 학습 활동에 흥미를 유발하는 오락적 요소를 가미한 것이다." 강현구 외, 『문화콘텐츠와 인문학적 상상력』, 글누림, 2005, 55쪽.

5 스튜디오 시리얼(김규홍·김시현), 김창환 감수, 『마법천자문 – 손오공의 한자대탐험』 1~20, (주)북21 아울북, 2003.11~2012.1; 김현수, 홍거북 그림, 김창환 감수, 『마법천자문 – 손오공의 한자대탐험』 21, (주)북21 아울북, 2012.3.

6 감독 윤영기, 〈마법천자문 – 대마왕의 부활을 막아라〉, 제작 디앤에이 프로덕션, 배급 CJ 엔터테인먼트, 2010.8.19.

7 감독 이병직, 〈마법천자문〉 1~26, 기획 MBC, 제작(주)지앤지엔터테인먼트, 2011.9.5 ~12.20.(월, 화 방송)

8 프로듀서 기훈석·정효영, 극본 권인찬 미수리팀, 〈마법천자문〉 1~24, 기획 KBS, 제작 마법천자문 드라마 유한회사, 2014.8.6~11.19(수, 목 방송).

9 이에 대해 박진의 「디지털 콘텐츠 시대의 매체적 정체성」, 『작가세계』 21, 2009에서 자세히 살피고 있다.

10 제라르 즈네뜨, 권택영 역, 『서사 담론』, 교보문고, 1992.

11 "여기에 도서보다 더욱 섬세해진 캐릭터들의 개성들은 영화에 더욱 강력한 재미를 부여했다. 책에서 가장 사랑받았던 손오공의 강화된 캐릭터는 확실히 원작에 비해 레벨업이 되었고 여기에 늘 1등이고 싶어하는 삼장과의 팽팽한 경쟁 구도는 극의 새로운 활기를 불어넣는다. 여기에 원작에서는 미비한 역할이었던 '돈돈'이라는 사랑스러운 캐릭터의 등장으로 손오공, 삼장, 돈돈이라는 3인 중심의 스토리로 재구축되어 관객들의 마음을 사로잡을 예정이다." 〈ABOUTMOVIE〉, Daum 영화(movie.daum.net).

12 네티즌들의 다음과 같은 리뷰를 그 예로 들 수 있다. 피프님, "조카꺼 심심풀이로 읽다 빠져든… 원작을 읽은 나로선 꽤 실망. 원작의 출연진만 같고 내용을 완존 회손시킨데다 스토리가 예고편 보여주듯 띄엄띄엄 나옴. 그나마 만듦새는 떨어지지 않아 초등학생은 좋아할래나?", 2010.8.19. 곰돌이님, "왕유치임", 2010.8.11. 이요상, "저학년 아이들이 보기 딱이네요.", 2010.8.18. 소라나님, "아가가 너무 좋아하네요. 아가한테 유익한 영화였어요.", 2010.8.17. 〈ABOUTMOVIE〉, Daum영화(movie.daum.net).

13 TV 드라마 〈매직키드 마수리〉는 평균 시청률 15%를 달성하며 2002년부터 2004년까지 KBS2 TV에서 총 496회를 방영하였다. 이후 애니메이션으로 제작되어 같은 방송사에서 2008년 9월 26일부터 12월 16일까지 방영했으나 시청률이 저조하여 39부작으로 계획된 것을 13부작으로 조기 종영했다.

| 제2장 | 박경리 동화 · 청소년소설의 '분리불안' 플롯

1 여기서의 애착은 '두 사람 간의 밀접한 정서적 관계로 상호 간의 애정과 근접성을 유지하려는 욕구를 특징으로 한다'는 보편적 개념을 의미한다. 보울비는 애착은 '종의 생존'이라는 개념을 제외하면 올바른 인식이 아니라고 하였지만, 최근 발달심리학이나 임상학 관련 연구물에서는 애착의 개념을 '종의 생존'으로서의 개념은 제외하고 모든 인간에게 내재된 '생물학적 욕구'의 개념으로 규정하고 있다. 정옥분 외, 『애착과 발달』, 학지사, 2009, 28쪽 참고.

2 대상관계이론은 영국 프로이드 학파의 정신분석이론가들이 프로이드 이론을 수정하고 발전시키는 과정에서 생겨난 것이다. 대상관계이론은 프로이드가 인간을 생물학적 욕동의 체계로 본 것과 달리, 인간이 본질적으로 사회적인 존재라는 믿음에 기초하여 관계 욕구를 일차적인 것으로 본다. 즉, 타인과 접촉하고자 하는 인간의 욕구는 일차적인 것이며 다른 욕구로 설명되거나 그보다 더 근본적인 어떤 것으로 환원될 수 없다는 것이다. Lavina Gomez, 김창대 외역, 『대상관계이론입문』, 학지사, 2008, 12~13쪽 참고.

3 제2차 세계대전으로 인해 어린이들이 양육자와 분리되는 경우가 많아지면서 부모 자녀 간의 애착관계에 대한 관심과 연구가 이루어졌다. 애착이론의 형성에 이바지한 학자는 보울비(Bowlby)로, 그는 프로이드와 달리 영유아의 양육자에 대한 애착은 신체적인 만족이 주요 목적이 아니라 사회적 상호작용 자체가 목적이며, 이는 진화의 산물이라고 하였다. 초기의 애착경험이 이후의 성격발달에 지대한 영향을 미치며 개인의 애착발달과정이 정신건강 및 범죄행동과 관련이 있다고 주장하였다. 보울비의 애착이론은 신경증적 발달보다는 정상적인 발달의 관찰에 기초하고 있다는 점에서 높이 평가받고 있다. 보울비 이론은 개인내적 이론이라기보다 대인관계 이론이며, 본질적으로 유아의 삶에서 내적 갈등이나 본능적 충동보다는 애정 어린 보살핌과 상호작용을 보다 강조한다. 이런 점에서 애착이론은 대상관계이론과 일맥상통한다. 정옥분 외, 『애착과 발달』, 학지사, 2009, 63~81쪽 참고.

4 김기환, 『분리불안장애』, 학지사, 2017, 23쪽.

5 여기서 '노출(exposure)'이란 자녀가 회피하거나 심한 불안을 견뎌야 하는 상황에 직면하도록 하는 것이다. 앤드류 에이센·린다잉글러, 신민섭·김상섭 역, 『엄마랑 있어야 안심이 돼요』, 시그마프레스, 2008, 64쪽.

6 양돈규, 『심리학 사전』, 박영사, 2017, 217쪽.

7 도날드 위니캇, 이재훈 역, 『놀이와 현실』, 한국심리치료연구소, 1997, 14~20쪽 참고.

8 양돈규, 앞의 책, 506쪽.

9 위의 책, 625쪽.

10 박경리, 「솔바람」, 『학원』 8-12, 학원사, 1959.12, 103쪽. 이후 인용은 쪽수만 밝힌다.

11 박경리, 「추억」, 『학원』 10-2, 학원사, 1961.4, 216쪽.

12 여기서 '대상관계'는 자신과 다른 사람 사이의 정서적 유대를 뜻한다.

13 박경리, 「돌아온 고양이」, 『새벗』, 새벗사, 1958.3, 7쪽. 이후 인용은 쪽수만 밝힌다.

14 9쪽.

15 이 작품에서 선주가 비비에게 올리는 기도는 "비비야, 비비야, 날 우리 엄마 곁에 가게 해 주렴"(10쪽)하는 표현으로 두 번 더 반복된다.

16 전쟁으로 아버지를 잃은 소녀가 고양이와 애착관계를 형성하는 제재를 다룬 박경리의 또 다른 소설로 「영주와 고양이」(『불신시대』, 지식산업사, 1987)가 있다. 그래서 「돌아온 고양이」와 동화로 보기 쉬우나, 「영주와 고양이」는 영주의 어머니를 초점자로 하여 전쟁미망인의 불안을 나타낸 단편소설이다. 거기서 영주의 어머니 민혜는 동화 속 여왕놀이를 하는 영주를 보며 "하루살이처럼 서글프게 살기 때문에 어른들에게도 동화가 필요한가부다"(310쪽)고 한다. 이 부분을 통하여 작가의 동화관을 엿볼 수 있으며, 대상 독자에 따라, 그에 부합하는 의도와 기법으로 창작했음을 알 수 있다.

17 이 노래는 본래 윤석중의 동시 〈보름달〉(『윤석중 동요집 카네이션은 엄마 꽃』, 교학사, 1967)에 권길상이 곡을 붙여 〈둥근 달〉로 제목을 바꾼 것이다. 〈둥근 달〉 1절 가사는 다음과 같다. "보름달 둥근 달 동산 위로 떠올라 어둡던 마을이 대낮처럼 환해요. 초가집 지붕에 새하얀 박꽃이 활짝들 피어서 달구경 가지요." 1절은 2절과 달리, 밝은 분위기이다.

18 박경리, 「은하수」, 『새벗』, 새벗사, 1959.6, 118쪽. 이후 인용은 쪽수만 밝힌다.

19 121쪽.

20 박경리, 「솔바람」, 『학원』 8-12, 학원사, 1959.12, 103쪽. 이후 인용은 쪽수만 밝힌다.

21 103~104쪽.

22 박경리, 「추억」, 『학원』 10-2, 학원사, 1961.4, 218쪽. 이후 인용은 쪽수만 밝힌다.

23 219쪽.

24 217쪽.

25 김현희, 「아동을 위한 독서치료－이론적 고찰」, 『어린이문학교육연구』 2-1, 한국어린이문학교육학회, 2001, 74쪽 참고.

| 제3장 | 청소년 웹툰의 현황과 정서적 기능

1 「잠재 시장만 100조원… K웹툰 新한류을 이끌다」, 『시사저널』, 2021.3.16 참조.
2 이 글에서는 청소년이 주인공인 웹툰을 '청소년 웹툰'으로 칭한다.
3 2021년 2월 말 기준, 월요일부터 금요일까지 네이버 웹툰에 연재되는 전체 작품 수(268편) 중 청소년이 주인공인 작품 수는 96편이었다.
4 현행 규정상 웹툰 심의는 2012년부터 한국만화가협회가 방송통신심의위원회로부터 위임받아 처리하고 있다. 「웹툰 선정성·폭력성 민원 5년간 1,269건 발생, 심의 처리 39%에 그쳐」, 『데일리 안』, 2020.12.24 참조.
5 「'야한 책 봐서 공개 체벌' 포항서 중학생 투신… 부모, 억울함 호소」, 『머니S』, 2019.8.8 참조.

| 제4장 | '아이나무툰' 웹툰의 젠더 형상화

1 조셉 조네이도, 구은혜 역, 『만들어진 아동』, 마고북스, 2011.
2 멀리사 에임스·사라 버콘, 조애리 외역, 『대중문화는 어떻게 여성을 만들어내는가』, 한울아카데미, 2020.
3 김은영, 「어린이 텔레비전 단편영화의 서사구조 분석—EBS의 2009 ABU 어린이 드라마 시리즈 5개국편을 중심으로」, 『미디어, 젠더&문화』 제14권, 5~42쪽, 2010.
4 장슬기, 「EBS '보니하니' 폭행논란, 사장 사과에도 분노 계속」, 『미디어오늘』, 2021.10.29(http://www.mediatoday.co.kr/news/articleView.html?idxno=204122).
5 이미솔·홍성욱, 「과학 다큐멘터리는 어떻게 구성되는가—EBS 〈뇌로 보는 인간〉의 '섹스' 편의 콘텐츠 변화를 중심으로」, 『영상문화콘텐츠연구』 제23권, 303~330쪽, 2021.
6 이 사업은 본래 성남문화재단의 '독립운동가 100인 웹툰 프로젝트'의 일환으로 2020년 EBS툰에서 연재를 시작하기로 한 데 따른 것이다. EBS툰이 처음 서비스될 때는 독립운동가 웹툰을 전면에 배치하여 적극적으로 선전하기도 했다(https://blog.naver.com/snartc/222075759747, 2021.10.29).
7 홍지아, 「한국 모성담론의 역사성」, 『현상과인식』, 제38권 제1·2호, 205~228쪽, 2014.
8 최시한, 『소설, 어떻게 읽을 것인가』, 문학과지성사, 2010.
9 김은실, 「대중문화와 성적 주체로서의 여성의 재현」, 『한국여성학』 제14권 제1호, 41~77쪽, 1998.